EL SECRETO DE NAUGHTON
BUTLER RANCH
LIBRO III

HEATHER SLADE

Traducido por
ALICIA TIBURCIO

Tektime

EL SECRETO DE NAUGHTON

En las soleadas colinas de California, el amor florece entre secretos familiares y amenazas inminentes. ¿Podrá el nuevo vínculo entre Naughton y Bradley resistir la cosecha de la verdad?

NAUGHTON

He dedicado mi vida al rancho Butler, pero ¿el amor? Ese es un territorio desconocido para mí. Cuando Bradley St. John entró en nuestras vidas, supe que era alguien especial. Pero a medida que surgen amenazas para nuestro sustento y salen a la luz secretos familiares, me encuentro enfrentándome a retos más complejos que cualquiera que haya conocido. La presencia de Bradley es cautivadora, pero ¿puedo confiar en mi corazón cuando el peligro acecha en cada esquina? Mientras recorro las colinas bañadas por el sol de Paso Robles, estoy decidido a demostrar que algunos lazos pueden resistir incluso las tormentas más fuertes. Pero ¿tendré el valor de superar mis miedos y construir un futuro con ella?

BRADLEY

Pensaba que tenía mi vida resuelta: una carrera profesional estable y una relación tan cómoda como un suéter viejo. Pero cuando acepté un trabajo en el Rancho Butler, descubrí posibilidades que nunca había imaginado. Naughton Butler es un enigma, una mezcla de fuerza y vulnerabilidad que me deja con ganas de más. Mientras trabajo para establecerme en mi nuevo puesto, mi pasado y mi futuro chocan deformas inesperadas. Con las amenazas en aumento y los motivos de mi exnovio cada vez más sospechosos, ¿puedo confiar en la innegable atracción que siento por Naughton? En un mundo donde la lealtad es primordial, debo decidir si nuestro amor está listo para florecer o si necesita más tiempo para crecer.

NAUGHTON

—¿Quién eres?, —preguntó Naughton a la mujer que encontró vagando por la bodega del Rancho Butler—. El cartel dice que solo el personal tiene permitido entrar.

La miró de arriba abajo, fijándose en cómo el vestido ajustado y sin mangas se ceñía a su cuerpo firme y curvilíneo y cómo le llegaba justo por encima de las rodillas de sus piernas larguísimas, que llevaba enfundadas en unos botines de ante.

—Tú debes de ser Naughton. —La mujer se acercó y le tendió la mano para estrechársela.

Naughton, en cambio, cruzó los brazos. —Te he hecho una pregunta. ¿Quién eres?

Ella bajó la mano y frunció el ceño. —Soy tu cita de las tres. —Miró su reloj—. Y llegas veinte minutos tarde.

Sintió cómo la tensión se acumulaba en su pecho y apretó los puños para contener el gruñido que se formaba en su garganta.

La mirada que le dirigió no pareció perturbarla. Sus ojos color avellana, que tenían los mismos tonos verdes que las hojas de las uvas de sus propios viñedos y estaban salpicados de motas doradas del color de las colinas de Paso Robles, no parpadearon.

— ¿Tienes nombre, cariño?

Imitando su postura, ella cruzó los brazos. —Bradley St. John, y tú me estabas esperando.

Naughton habría jurado haber oído «imbécil» al final de la frase, aunque ella no lo había dicho.

—Muy graciosa. ¿Eres su novia o algo así? — ¿Quién traía a su pareja a una entrevista? Este tipo no tenía ninguna posibilidad de conseguir el trabajo.

—Debes de estar sordo. Soy Bradley St. John. Yo. La mujer que está delante de ti.

Ahí estaba otra vez. Ella no lo había dicho, pero Naughton definitivamente había oído «imbécil» al final de esa frase también.

— ¿Ah, sí? —Sonrió con aire burlón. Esto iba a estar bien. Envidiaba a este tal Bradley. No solo tenía una mujer increíblemente guapa, con el tipo de cuerpo con el que su yo de catorce años había pasado muchas noches soñando, sino que además era divertida—. Vamos, dime. ¿Dónde se esconde?

Naughton se quedó junto a Mad y observó cómo la mujer con la que había estado hablando se subía a lo que parecía ser una Ford F100 Ranger de principios de los setenta completamente restaurada

— ¿Qué le has dicho? —preguntó Maddox mientras veían cómo la parte trasera de la camioneta verde y blanca se alejaba a toda velocidad por la carretera principal del rancho.

—Le he preguntado dónde se escondía su novio.

Maddox abrió la boca, sorprendido. — ¿Qué clase de pregunta es esa?

—El tipo de pregunta que se le ocurre a alguien cuando está buscando a la persona a la que se supone que debe entrevistar. ¿Dónde demonios está, por cierto? —preguntó Naughton.

Su hermano ladeó la cabeza. — ¿Dónde está quién?

—Por Dios, Maddox, sigue el hilo. ¡Bradley St. John!

—Ella es Bradley St. John, idiota.

Naughton podía imaginar que la mujer que Maddox insistía en que era un tipo llamado Bradley lo llamara idiota, pero no imaginaba que su hermano lo llamara así.

—Lo digo en serio, Naught. Ella es Bradley.

— ¿Esa mujer es Bradley? —Naughton sonrió burlonamente.

Maddox se alejó.

— ¿Adónde vas?

—A perseguirla y suplicarle que te de otra oportunidad. Acabas de enfadar a la enóloga más prometedora de la costa central de California. Una con la que tendríamos mucha suerte de contar para trabajar con nosotros. Aprendió a elaborar vino de la mano de su tío, que resulta ser Charlie Jenson.

Mad tenía razón en una cosa: esa mujer estaba buenísima. Quedaba por ver si sabía hacer vino o no. Pero el hecho de que fuera la sobrina de Jenson significaba algo. Él era una leyenda en Paso Robles.

—Vamos —le gritó Maddox.

— ¿Adónde?

—Vas a venir conmigo, idiota, y te pondrás de rodillas para pedirle perdón si es necesario.

—Ni loco le voy a pedir perdón.

Maddox sacudió la cabeza y abrió la puerta de su camioneta. —Sí que lo vas a hacer. Es más, más te vale rezar para que acepte tus disculpas y vuelva al rancho con nosotros.

Naughton se encogió de hombros.

—Dentro de un mes, te replantearás tu pésima actitud, Naught. Entonces desearás no haber enfadado a Bradley, porque en ese momento te quedarás solo para la cosecha.

Naughton puso los ojos en blanco, algo que no pasó desapercibido para Maddox.

—Te lo juro, Naught. O la contratamos a ella o no contratamos a nadie. No hay otra persona que se acerque a su nivel, y ella lo supera con creces. Dios, eres un idiota.

Ese insulto ya había salido con demasiada facilidad de la boca de su hermano hoy, y empezaba a enfadarlo.

❧ 2 ❧
BRADLEY

Maddox le había advertido que Naughton podía ser brusco. Sin embargo, no le había advertido que era un imbécil arrogante y sexista.

Bradley estaba acostumbrada a que la gente se sorprendiera por su nombre, pero no a que alguien insistiera en que estaba mintiendo al respecto.

— ¿Qué haces de vuelta tan pronto? —preguntó su tío.

—Naughton Butler es un... imbécil. —Podría haber agregado cientos de epítetos para referirse a él, pero la tía Jean y el tío Charlie siempre habían sido buenos con ella. Aunque Naughton fuera escoria, no les faltaría el respeto.

Su tío se rio. —Tienes razón.

— ¿Qué ha pasado, cariño? —preguntó su tía.

—Me preguntó dónde escondía a mi novio.

—Qué raro.

—Se negó a creer que yo era Bradley St. John. Al parecer, lo último que esperaba era que una mujer solicitara un puesto como gerente de una bodega.

Su tío se rio y señaló la carretera. —Ahí viene Maddox, y parece que no viene solo.

—Me iré adentro.

—*Bradley.*

Eso fue todo lo que hizo falta: que la tía Jean dijera su nombre de esa manera que a Bradley le recordaba a su madre. —De acuerdo, —murmuró y se quedó donde estaba.

Naughton fue el primero en salir de la camioneta. Saludó con la cabeza a su tía y a su tío, y se acercó a ella, tendiéndole la mano. En lugar de estrechársela, Bradley cruzó los brazos.

— ¿Por qué estás aquí? —preguntó.

—Te debo una disculpa —dijo en voz tan baja que solo ella pudo oírlo.

Bradley dio un paso atrás. Naughton era demasiado guapo como para estar tan cerca de ella. —Bonita disculpa. Espera, en realidad no te has disculpado, ¿verdad? —Ella sonrió con aire burlón.

—Lo siento, Bradley, —susurró él, dando otro paso hacia delante.

Dios, su voz. No solo era su cuerpo escultural, sino que el tono ronco con el que hablaba era más sexy que nada en el mundo.

— ¿Me perdonas?

Ella no se había movido, pero Naughton sí. El paso adelante lo acercó lo suficiente como para sentir el aroma a viñedo en él. Ella respiró y cerró los ojos. Las vides tenían un cierto aroma que permanecía en la ropa de quienes pasaban el día entre ellas. Era como el aroma de una fogata para quienes amaban acampar.

—Bradley, te hice una pregunta. —Sonó como un gruñido, uno muy sexy.

—Sí —murmuró ella. ¿Por qué había desaparecido la determinación con la que lo había enfrentado hacía solo unos instantes?

— ¿Podemos empezar de nuevo?

Ella asintió con la cabeza, aún incapaz de pronunciar palabra.

—Bien. ¿Qué tal si caminamos?

En lugar de darse vuelta, Naughton siguió adelante y Bradley lo siguió.

—Mad dice que eres la nueva estrella de los viñedos.

— ¿Eso es lo que ha dicho?

—No, pero pensé que te lo tomarías a mal si te decía que él dijo que eres la enóloga más prometedora de la costa central.

Bradley sonrió. Al menos estaba intentando ser amable, aunque se estuviera equivocando en su intento. —Todo lo que sé se lo debo a mi tío.

— ¿Dónde estudiaste?

—En Cornell.

Naughton arqueó una ceja.

—Mi padre vive en la costa este.

Él asintió. — ¿Y tu madre?

—Falleció cuando yo tenía doce años.

—Ya veo. Siento haber preguntado.

—Mi tía Jean es la hermana de mi madre.

— ¿Por qué te puso el nombre Bradley?

Es interesante que Naughton preguntara por qué su madre la había llamado Bradley, en lugar de preguntar por qué su padre o ambos habían decidido acerca de su nombre.

—Era su apellido de soltera.

— ¿No tienes hermanos?

—Ni hermanos ni hermana

—Me gusta.

— ¿Qué? ¿Mi nombre?

—Sí.

Continuaron en silencio por los viñedos de su tío, por los que había paseado cada verano de su vida desde que tenía cinco años.

— ¿Qué opinas de los vinos del Rancho Butler?

Bradley miró a lo lejos. —Son buenos...

—Pero no tan buenos como los de tu tío.

NAUGHTON

Bradley sonrió. Era la segunda vez que la veía hacerlo desde que habían empezado a caminar.

Sabía a qué se refería con «buenos». Los vinos que elaboraba Maddox lo eran. También eran lo que se denominaba «de la vieja escuela».

Charlie Jenson, por otro lado, estaba a la vanguardia de la elaboración de vinos, siempre probando nuevas variedades o dando giros diferentes a mezclas o técnicas antiguas. Naughton envidiaba ese tipo de libertad. Era exactamente lo que él y Maddox planeaban hacer en Demetria.

Cuando ella se adelantó unos pasos, Naughton se detuvo y la observó. Su mano se deslizaba mientras caminaba entre las hileras de viñas, rozando apenas las hojas y las bayas, pero si la miraba de cerca —y él lo hizo— se veía cómo sus dedos se deslizaban por la superficie de ambas, como si estuvieran absorbiendo la información que contenían las viñas.

—Ya casi están maduras, —murmuró cuando llegó a las uvas

Sauvignon Blanc. Dudaba que se diera cuenta de que lo había dicho en voz alta.

—Al menos tres semanas, —respondió él.

Él captó su sonrisa cuando ella miró por encima del hombro y dijo: —Dos. Como mucho.

— ¿Quieres apostar?

— ¿Cuándo cosechará el tío Charlie?

Naughton asintió.

—Claro. ¿Cuál es la apuesta?

— ¿Qué quieres, Bradley?

Ella apartó la mirada, pero no antes de que él viera cómo se sonrojaban sus mejillas. —Necesito tiempo para pensarlo.

— ¿Cuántos años tienes?

Ella negó con la cabeza. —No se supone que debas preguntarme mi edad.

— ¿Por qué no?

—Porque es ilegal.

—Yo no soy quien te contrata.

—Entonces, ¿por qué tenía una entrevista programada contigo?

—Para ver si me gustabas.

Ella volvió a sonreír, pero no le preguntó si le había gustado o no.

— ¿Cuándo te graduaste?

Ella siguió caminando. — ¿Cuándo te graduaste tú?

—Hace mucho tiempo. Años antes que tú, supongo.

—En mayo, —respondió ella.

— ¿Máster?

—Doble. Enología y viticultura.

Naughton se quedó atónito. Ni siquiera Maddox había llegado tan lejos. Mad tenía un máster en enología, la ciencia de la elaboración del vino. Naught tenía un máster en viticultura, la ciencia del cultivo de la vid. Bradley tenía ambos.

— ¿Dónde has trabajado?

—En un par de bodegas de Finger Lake y para mi tío, obviamente.

— ¿Por qué quieres dejar de trabajar para tu tío? —insistió.

—No quiero, o no quería. Maddox vino a verme y me preguntó si consideraría aceptar el trabajo.

Interesante. — ¿Cuándo empiezas?

—La semana que viene.

—Mad ya te ha ofrecido el trabajo.

Bradley asintió.

Caminaron hasta el borde del viñedo, no muy lejos del sendero Adelaida, la carretera que separaba los viñedos Jenson de los límites exteriores del rancho Butler.

—Es precioso, —murmuró ella.

Él asintió.

— ¿Adónde vas?, —preguntó ella cuando él pasó la pierna por encima de la valla de madera.

—A casa. Nos vemos la semana que viene, Bradley St. John.

. . .

EL TELÉFONO DE MADDOX SONÓ Y LO SACÓ DEL BOLSILLO.

—Se me olvidó decírtelo. Alex ha convocado una reunión del grupo de bodegueros, —le dijo a Naught después de leer el mensaje.

¿Cuándo—El jueves que viene. Bradley debería asistir, —sugirió Maddox.

Naughton estuvo de acuerdo, no solo porque algún día ella sería la representante del Rancho Butler, sino también porque no la había visto desde que se conocieron, y no por no tratar de intentarlo.

Bradley había pasado los últimos cuatro días en la bodega del Rancho Butler con Maddox, mientras Naughton trabajaba en los viñedos de la Finca Demetria.

Cuando Naughton regresaba cada tarde al rancho Butler, Bradley ya se había ido. Como no tenía ningún motivo válido para verla, dejaba todo en manos del destino. Hasta ahora, el destino no había estado de su lado.

—Tengo una reunión con Bradley esta tarde —comentó Maddox

— ¿Para qué?

—Para hablar de las ideas que tiene para la cosecha.

¿La cosecha? ¿Qué demonios? ¿Acaso Bradley, con su doble máster, estaba haciendo alarde de su poderío académico? En lugar de eso, debería pasar el próximo año aprendiendo, en lugar de pensar que podía llegar y hacer sugerencias sobre la bodega en la que él y Maddox llevaban trabajando desde que eran niños.

Aparte de recibir las uvas una vez que el equipo de Naught las hubiera recogido y entregado, no había nada que necesitara que ella hiciera este año.

Naughton y Maddox recorrían los viñedos cada otoño, tomando medidas y discutiendo cuándo cosechar cada variedad, pero la decisión final siempre había sido, y siempre sería, de Naughton. Había sido así desde que su padre se retiró.

—¿Me oyes? —preguntó Mad.

—Sí. Da igual. Avísame cuando sea.

Maddox miró su teléfono. —Llegará en una hora.

—¿Aquí? ¿Por qué? —Naught y Mad estaban en Demetria. ¿Por qué quería su hermano que ella viniera aquí en lugar de al rancho Butler?

—Para que ella y yo podamos pasear por estos viñedos.

—¿Por qué?, —repitió él.

—Nunca se sabe, quizá ella también se encargue de la elaboración del vino aquí.

¿Maddox le estaba haciendo una chanza? — ¿De verdad va a venir aquí o me estás tomando el pelo?

—De verdad.

Naughton estudió el rostro de Mad, pero su hermano no revelaba nada.

—Hay otra cosa que quiero discutir contigo.

— ¿Sí?

—Es sobre Lena Hess.

Jesús, ¿y ahora qué? Lo último en lo que Naughton quería pensar era en el lío que había dejado su hermano Kade a su paso. Descubrir que se había casado en secreto con la mujer cuyo nombre mencionó Maddox lo había conmocionado profundamente. Y no solo a él; también afectó mucho a Maddox y Brodie.

Habían pasado casi dos meses desde que Mad descubrió el secreto de Kade, y él y sus hermanos aún no habían decidido cuándo ni cómo contárselo a sus hermanas o a sus padres. Cada vez que oía el nombre de Lena, su dolor, su ira y sus preguntas resurgían.

No era que Naughton no pensara en Kade todos los días. ¿Cómo no iba a hacerlo? Cada paso que daba en esta propiedad le recordaba a su hermano. Una de las últimas veces que había visto a Kade fue en esta misma tierra. Costaba creer que eso hubiera sido hacía dieciocho meses.

☙❧

KADE ESTABA APOYADO CONTRA LA VALLA DE MADERA CUANDO Naughton llegó al final de la hilera de viejas vides de Zinfandel. —Vamos a dar una vuelta en coche.

Naughton no preguntó adónde, porque no le importaba. Kade se marcharía en un par de días, y él aprovecharía cualquier momento que pudiera pasar con él.

No solían hablar cuando estaban juntos; no necesitaban llenar el silencio con conversaciones innecesarias. Era solo una de las muchas cosas en las que Naughton se parecía a su hermano mayor.

Al principio, Naughton pensó que Kade lo estaba llevando a Moonstone Beach, en Cambria, pero cuando salió de la autopista y tomó Old Creek Road, se quedó desconcertado.

Diez millas más adelante, Kade se detuvo ante unas puertas sin letrero y esperó a que se abrieran. Atravesó el portón y se detuvo cerca de una arboleda.

— ¿Qué es eso? —Naughton señaló una casa no muy lejos de donde se encontraban.

La respuesta de Kade fue vaga. —Los antiguos propietarios vivían allí.

— ¿Quién es el dueño ahora?

—Tú.

❖❖❖

—ACERCA DE LENA... —COMENZÓ MADDOX.

— ¿Qué pasa con ella? —preguntó Naught.

—No he podido localizarla.

Naughton se encogió de hombros. — ¿Y?

—Había algo más que ella ocultaba antes de irse de la ciudad. ¿Tienes idea de qué era?

¿Cómo demonios iba a saberlo él, y por qué se lo preguntaba Maddox? Su hermano había tenido más contacto con Lena que él.

Todavía le molestaba mucho no saber cómo había llegado su camioneta a Demetria la noche en que Maddox se había encontrado allí con Lena y ella le había dicho que se marchaba de la ciudad.

Naughton miró su teléfono. —Está llegando tarde.

— ¿Bradley? No habíamos fijado una hora. Le dije que nos diera una hora más o menos.

Justo cuando Naughton pensaba que podría salirse con la suya y desaparecer, la camioneta Ford verde y blanca de Bradley atravesó el portón.

Era hora de que empezaran a mantenerla cerrada, para que Naughton pudiera descartar a aquellos a los que no quería dejar entrar, aunque no iba a dejar fuera a Bradley. Al menos, todavía no.

—Deja de hacer eso. —Maddox le dio un codazo.

— ¿Hacer qué?

—Fruncir el ceño.

No estaba frunciendo el ceño; era su expresión habitual. Sin embargo, nada le hacía fruncir el ceño más rápido que alguien diciéndole que no lo hiciera.

❦ 4 ❦
BRADLEY

No podía quitarse de la cabeza la imagen de Naughton alejándose de ella poco antes. Cuanto más se alejaba, más encorvados parecían sus hombros. Se había metido las manos en los bolsillos y había seguido caminando.

Había muchos rumores sobre la familia Butler. El hermano mayor, Kade, había muerto en combate en Afganistán y, desde entonces, parecía que la familia estaba sumida en el caos.

El hermano menor se había involucrado con la mujer con la que Kade había estado saliendo antes de morir. Ese hermano, Brodie, creía que así se llamaba, casi muere en un accidente aéreo en Argentina. Naughton y Maddox fueron quienes encontraron el lugar del accidente y trajeron a su hermano a casa. También había oído que la mujer estaba embarazada y que ella y Brodie se iban a casar.

Cuando Maddox pasó por los Viñedos Jenson el otro día, Bradley pensó que había ido a reunirse con su tío. En cambio, quería hablar con ella.

Le explicó que Kade les había cedido a él y a Naughton una propiedad en Old Creek Road. Formaba parte de la finca Hess y estaban replantando los viñedos. Dado que tenía pensado vivir allí y crear una primera marca en la finca, Maddox buscaba un asistente en el Rancho Butler.

Su oferta la intrigó, no solo por el sueldo que pagaba por el trabajo, sino por el otro aliciente que le había ofrecido. Si aceptaba el trabajo, sería la enóloga jefe del Rancho Butler en un plazo de tres años. Después, también la nombraría enóloga de la segunda marca en lo que él y Naughton habían bautizado como la Finca Demetria.

Había trabajado duro para llegar donde estaba, entre obtener sus títulos de posgrado y aprender todo lo que pudo de su tío, pero aun así era una oportunidad extraordinaria.

—Naughton puede tener un carácter complicado, —le había dicho—. Una vez que reconozca tus habilidades, te dejará en paz.

La pregunta apremiante ahora era: ¿querría ella que lo hiciera?

TRABAJAR EN UN VIÑEDO NO REQUERÍA MUCHO VESTUARIO. Vaqueros, camisetas de manga corta o larga y botas eran las prendas comunes. Por lo tanto, el hecho de que Bradley pensara en lo que iba a ponerse porque iba a ver a Naughton Butler era una tontería.

Por no mencionar que su novio intermitente de los últimos cuatro años iba a llegar en coche desde Napa esa misma tarde. Dado que actualmente estaban «juntos», lo último que debía hacer era vestirse para impresionar a su jefe, o al hermano de su jefe, o lo que fuera.

Si no fuera por sus ojos, quizá no se habría dado cuenta de que era

Naughton quien había irrumpido en la bodega a principios de semana, exigiendo saber quién era ella y qué hacía allí.

Eran del mismo azul acero que los de Maddox. En lugar del castaño oscuro de su hermano, el cabello de Naughton era rubio, como si lo hubiera decolorado el sol, y su piel estaba curtida por los días que pasaba en los viñedos. Todos los músculos de su cuerpo eran duros como piedras, pero Bradley dudaba que hubiera pisado un gimnasio alguna vez. Él se había dado cuenta de que ella lo miraba mientras se alejaba el otro día, pero ella no había podido resistirse. Su trasero llenaba sus ajustados vaqueros de una manera que casi hacía babear a Bradley.

Sin embargo, lo que la atormentaba era la forma en que sus hombros se habían curvado hacia adelante mientras se alejaba. Ella reconocía esa postura; la había visto muchas veces en su padre.

Para él, era el estrés y la tristeza de haber perdido a su esposa, la madre de Bradley, demasiado joven. Un conductor ebrio fue el responsable del accidente automovilístico que le quitó la vida, y después de esa horrible noche, su padre renunció a tomar cualquier forma de alcohol.

El hecho de que ella se hubiera especializado en enología y viticultura en Cornell provocó varias discusiones entre ellos, pero Bradley se negó a ceder.

La elaboración de vino estaba en su sangre, aunque el tío Charlie no fuera un pariente consanguíneo. Era como si hubiera nacido para caminar entre las viñas. Había sentido su magia la primera vez que él la llevó al viñedo y cada vez que lo hizo los años siguientes.

Su madre la llevaba consigo cada mes de julio cuando visitaba a su hermana. El trabajo en la bodega era lento durante el verano, lo que significaba que su tío tenía tiempo para mostrarle las diferentes variedades y enseñarle a buscar el envero, cuando las uvas comenzaban a adquirir el color propio de la cosecha y pasaban de duras a blandas. No había una época más hermosa y colorida en el viñedo.

El verano después de la muerte de su madre, la tía Jean le había rogado al padre de Bradley que la dejara pasar el mes de julio con ellos, como había hecho los siete años anteriores, pero él se había negado. Bradley no había armado un escándalo, sino que se había pasado casi todos los días en su habitación, llorando.

El verano siguiente, su padre accedió a dejarla visitar California, y en lugar de quedarse todo el mes de julio, organizó que ella volara poco después de que terminara el año escolar y regresara a casa unos días antes de que comenzara el siguiente semestre. Cada verano que siguió, se hizo más difícil marcharse tan cerca de la vendimia.

Una vez que comenzó la universidad, sus veranos se hicieron más cortos hasta que, finalmente, pudo organizar su trabajo en Viñedos Jenson durante el semestre de otoño como parte de la investigación para su tesis.

Le encantaba todo lo relacionado con la vendimia, incluso levantarse a las tres de la madrugada para recoger uvas. Desde separar la fruta mala de la buena hasta empujar la masa de hollejos hacia abajo, Bradley se sentía como en el paraíso.

Se utilizaban máquinas que parecían machacadores de papas gigantes para comprimir los sólidos (pieles, semillas, tallos y pulpa de uva) que subían a la superficie durante la fermentación. Para extraer el máximo color y sabor, había que romper el sombrero flotante y volver a sumergirlo en el mosto cada pocas horas. Era un trabajo tedioso y agotador, pero Bradley nunca se quejaba.

El personal del viñedo admiraba su compromiso y resistencia y, pronto, la invitó a formar parte del círculo cerrado de enólogos asistentes, gerentes de bodegas y, ocasionalmente, enólogos jefe de otras fincas.

De ellos aprendió todo lo que no había podido aprender en las aulas de Cornell. Había estado tentada de abandonar más de una vez, pero la tía Jean la convenció de que siguiera adelante.

—Los años pasan mucho más rápido de lo que crees, —le había dicho—. Sigue adelante, consigue tus títulos y haz feliz a tu padre.

Bradley siguió el consejo de su tía y, poco después de graduarse, su tío le ofreció un trabajo. Sin embargo, no era ni cerca tan bueno como el que le había ofrecido Maddox.

El tío Charlie la animó a aceptarlo. —Así es como se aprende, —le dijo a Bradley—. Trabaja con tantos enólogos como puedas. Aprende cómo difiere su oficio de una bodega a otra, y especialmente de una región a otra.

La región vinícola de Paso Robles tenía muchas subregiones diferentes. Los Viñedos Jenson y el Rancho Butler estaban en el lado oeste del valle, pero no tan al oeste como la Finca Demetria, adonde se dirigía esa tarde.

El lado este tenía sus propias condiciones de cultivo, lo que a menudo daba lugar a un envero y una vendimia más tempranos. La distancia al norte o al sur de los viñedos y las bodegas añadía otras variables. Bradley podría pasar la mayor parte de su carrera trabajando en Paso Robles y nunca dejar de aprender.

—Bradley —gritó su tía desde la escalera—. ¿Te vas pronto?

Miró su teléfono, bajó corriendo las escaleras y besó a su tía en la mejilla. —Vuelvo más tarde. —Sonrió y saludó con la mano mientras salía por la puerta.

. . .

—Tengo trabajo que hacer. No tengo tiempo para tonterías..., —oyó decir al hombre que le aceleraba el pulso.

—Hola, Naughton, —dijo, acercándose por detrás.

—Bradley.

—Le estaba diciendo a Naughton que quería que diéramos un paseo por los viñedos esta mañana. Me han intrigado algunas de tus ideas para el Rancho Butler y pensé que quizá podríamos aplicarlas aquí.

Eso explicaba la frialdad con la que Naughton la recibió cuando la saludó. ¿En qué pensaba Maddox? Sabía perfectamente que no debía sugerirle a un viticultor que la asistente del director de la bodega pudiera tener ideas para sus viñedos. Ella miró con ira a Maddox, quien sonrió y se encogió de hombros.

Peor aún, parecía que Maddox lo estaba haciendo a propósito.

—Hola, Mad.

Una mujer alta y muy guapa salió del bosque y le dio un beso ruidoso en los labios.

—Hola, Naught. —Ella sonrió y miró a Bradley—. Tú debes de ser la nueva enóloga. Soy Alex.

—Hola, Alex —Bradley sonrió—. Encantada de conocerte.

—Yo también. Aunque creo que ya nos conocemos. Eras más o menos así de alta —Alex puso la mano cerca del codo—. Eres la sobrina de Charlie y Jean Jenson, ¿verdad?

—Sí.

—Tenemos que llevarte a Duelas para que conozcas a Peyton. — Alex tomó a Bradley del brazo—. De hecho, deberíamos ir todos a cenar.

La mujer miró a Naughton como si esperara una respuesta. Sin embargo, él parecía perdido en sus pensamientos. Parecía que quería estar en cualquier otro sitio menos allí.

—Claro, como quieras, —dijo finalmente.

—Genial. Lo organizaré.

— ¿Qué?, —preguntó, al darse cuenta de que Bradley lo estaba mirando fijamente.

—Nada. Lo siento.

—Muy sutil, Naught. Muy sutil —oyó decir a Alex—. Me gusta.

—Pues cena con ella entonces.

Bradley se enfadó. Sí, Naughton Butler era un imbécil. ¿Por qué siempre le atraían esos tipos?

— ¿Cuándo fue la última vez que tuviste una cita, Naught? —preguntó Alex.

— ¿Me estás tomando el pelo?

—Le gustas.

Ella casi gruñó, deseando poder taparse los oídos con los dedos. O eso, o caer en un socavón y desaparecer bajo tierra.

—Basta, —espetó Naughton.

Alex se volvió hacia Maddox y Bradley. — ¿Qué tienen pensado para hoy?

—Vamos a recorrer los viñedos y luego Bradley tiene algunas ideas que comentarle a Naughton.

Alex se rio. —Eres un coyote astuto, Mad-man.

Sí, eso era exactamente lo que Bradley empezaba a pensar que era.

Lo que Maddox esperaba que sucediera al traerla aquí hoy claramente no estaba funcionando.

En lugar de aguantar más tonterías, se acercó a él. —Veo que hoy no es el momento adecuado para hacer esto. ¿Te parece bien si nos vemos más tarde en el Rancho Butler?

Maddox negó con la cabeza y miró con ira a Naughton y Alex. —Bien, ustedes dos. Ya basta. Tenemos trabajo que hacer

—Oye, Mad. Hay algo de lo que tengo que hablar contigo antes de ir a los viñedos.

—Danos un momento —dijo Maddox antes de seguir a Alex al bosque, dejando a Bradley a solas con Naughton.

—Se está comportando como una estúpida. A Alex le gusta tomarme el pelo —murmuró Naughton.

—Lo tendré en cuenta —respondió Bradley con brusquedad.

—Vamos, relájate. —Cuando Naughton dio un paso hacia ella, Bradley retrocedió.

—No muerdo.

—Esto ha sido una mala idea.

— ¿Qué? ¿Que Maddox te haya pedido que recorras los viñedos?

—Obviamente.

Él se rio, lo que solo sirvió para enfadarla aún más.

—Lo entiendo, Naughton. Crees que soy un chiste. Te diré una cosa. No necesito volver a poner un pie en estos viñedos nunca más. Trabajo para el Rancho Butler, no para Demetria.

— ¿Qué? No. Lo has entendido todo mal. Nadie piensa que seas un chiste, Bradley. Y menos yo.

—Sí, claro. —Ella quería borrarle esa sonrisa arrogante de su apuesto rostro.

—No me conoces muy bien, pero si decides quedarte, aprenderás que no me molesto en hablar cuando no hay nada que decir.

—Da igual, Naughton. Has conseguido lo que querías. Me largo de aquí. —Bradley se alejó pisando fuerte en dirección a su camioneta, pero notó que él la estaba siguiendo.

—No te vayas.

Ella sacó la llave para abrir la puerta cuando él le puso la mano en el hombro.

— ¿Por qué no? —Se dio vuelta. Se le cortó la respiración y casi olvidó por qué quería marcharse. Con Naughton tan cerca, le costaba recordar su propio nombre.

—Porque te he pedido que no lo hagas. —Él dio un paso adelante, aunque no había espacio suficiente para hacerlo, y Bradley se derritió. No había otra palabra para describir la forma en que su proximidad hacía que todos sus músculos se relajaran.

¿Qué estaba haciendo él? Peor aún, ¿qué estaba haciendo ella? Trabajaba para él y tenía novio.

Se puso las manos en las caderas. —Escucha, Naughton. Yo trabajo...

—Para mi hermano. Nunca trabajarás para mí.

—Entendido. Pero...

—No entiendes nada.

Naughton se alejó, dejándola junto a su camioneta, sin saber qué hacer a continuación.

· · ·

—Vamos, —gritó—. Nos están esperando.

Mientras caminaban, Naughton notó que pasarían al menos tres años antes de que los viñedos de la Finca Demetria pudieran producir suficiente fruta para elaborar vino, lo cual era obvio.

Teniendo todo esto en cuenta, ella calculó que su inversión inicial en portainjertos debía de haber sido considerable, aunque la mayor parte procediera del Rancho Butler, lo que Bradley dudaba. No conocía la composición completa de los viñedos del rancho, pero sabía lo suficiente sobre el vino que elaboraban como para suponer que la producción de la Finca Demetria sería muy diferente.

—Bradley, ¿conoces a Hawks Martínez? —Maddox presentó al hombre que estaba de pie junto a una hilera de viñas—. Será el encargado de campo en Demetria.

—Encantado de conocerte. ¿Cómo te llamas? ¿Bradley? —preguntó Hawks.

—Sí.

—Tenemos que pensar en un apodo para ti. ¿Alguien te llama alguna vez de otra forma que no sea Bradley? Brad tampoco parece adecuado.

—Se llama Bradley, —respondió Naughton—. No necesita un apodo.

—No pasa nada. —Ella apoyó su mano en el brazo de Hawks, lo que solo sirvió para que Naughton frunciera aún más el ceño.

—Bradley trabajará principalmente en el rancho Butler —le explicó Maddox a Hawks.

Le guiñó un ojo—. Lamento oír eso.

— ¿Qué ideas tienes? ¿No es por eso por lo que estamos aquí, para escuchar tus ideas? —refunfuñó Naughton.

Ella asintió y miró a Maddox.

—Adelante. Diles lo que me dijiste ayer —la instó él.

—De acuerdo. Como todos saben, el veintitrés por ciento de los consumidores de vino tienen entre sesenta y setenta años. De ellos, el cincuenta y siete por ciento son mujeres. Los millennials representan menos del dieciocho por ciento del consumo.

— ¿Qué es un millennial? —preguntó Hawks.

—Alguien que tiene entre veintidós y cuarenta años.

— ¿Y? —Si Maddox tuviera un palo, la estaría pinchando.

—Tienen poca capacidad de atención, pero suelen ser sabelotodos que responden bien a los productos de alta calidad.

—Por lo tanto...

Si Maddox no le estuviera sonriendo, ella le daría una patada.

— ¿No somos todos millennials?, —preguntó Naughton sin sonreír.

Bradley asintió. —Lo somos, y para ese público objetivo, lo importante es menos de ocho y más de ochenta.

— ¿Qué significa eso? ¿Sabes de qué está hablando, Naught? — Hawks se frotó la barbilla.

—El precio. Menos de ocho dólares y más de ochenta, — respondió Naughton por ella.

Bradley continuó: —Hay un volumen considerable en ambos extremos. El precio por debajo de ocho dólares siempre representará la mayor parte de las ventas. Sin embargo, es el precio por encima de los ochenta dólares el que está subiendo más rápidamente.

— ¿Y en cuanto a variedades?

—Ya sabes la respuesta a esa pregunta, Naughton.

—Dímela de todos modos.

—El rosado seguido del espumoso, pero el problema es que los vinos más populares en esas categorías no son nacionales. Las importaciones francesas representan el setenta por ciento, y nosotros solo tenemos el treinta.

—Entonces plantemos Garnacha, Syrah y Pinot Noir a mansalva. Eso debería bastar. —Hawks volvió a guiñar el ojo.

—Además de Sangiovese, Petit Verdot, Roussanne y Pinot gris, — añadió Naughton.

—Y podemos agregar cosechas relativamente pequeñas de Mourvèdre, Viognier, Carignan y Cinsault. —Bradley miró a Maddox, que le sonrió como un padre orgulloso.

— ¿Qué opinas, Naught?, —preguntó Maddox.

—Todo cubierto.

—Todo. —Maddox no había hecho ninguna pregunta, pero Naughton asintió de todos modos.

— ¿Y el Rancho Butler?

NAUGHTON

aughton estaba cansándose del tono de maestra de escuela de Mad. —Cabernet Sauvignon, Merlot y Chardonnay, —murmuró.

— ¿Qué hacemos entonces?

—Pregúntale a Bradley. —La mirada de Naughton pasó de su hermano a ella.

—Combinar la producción. Es la única solución, al menos a largo plazo.

Naughton estaba de acuerdo, pero llevarlo a cabo no sería fácil. La transición de los viñedos del Rancho Butler llevaría años, lo que significaba que necesitarían más tierra o nunca tendrían suficiente volumen para producir dos marcas principales, y mucho menos una secundaria.

Por dentro, Naughton maldijo; por fuera, mantuvo su cara de póquer intacta.

— ¿Qué se necesita, Naught?

—Tierra. —Estaba a punto de borrar la sonrisa de satisfacción de la cara de su hermano.

— ¿De cuánto dinero estamos hablando?

Naughton se encogió de hombros.

—Cuatro millones, como mínimo, ¿verdad?

A veces, Naughton pensaba que a Maddox simplemente le gustaba fastidiarlo.

— ¿Naughton?

—Estoy pensando. —Dios, ¿de verdad Maddox esperaba que respondiera aquí y ahora, delante de Hawks y Bradley? Incluso hablar de ello delante de Alex lo incomodaba.

—Aún te quedan entre tres y cinco años, añadas más terreno o no.

Bradley tenía razón. No podían detener la producción en el rancho; tendrían que esperar a reducirla y volver a plantar después de que Demetria estuviera en plena producción. De lo contrario, ninguna de las dos bodegas sobreviviría.

Maddox asintió mientras observaba a Bradley.

¿Por qué? Esto no tenía nada que ver con ella. No hacía falta ser graduado de Cornell, ni nada parecido, para decirle a él o a Maddox todo lo que ella sabía. Conocían este negocio tan bien como ella. Quizás todo el ejercicio era simplemente para que Maddox demostrara que sabía de lo que estaba hablando.

Sin embargo, no era necesario. Naughton no lo dudaba. Lo había podido comprobar el primer día que se conocieron, cuando la siguió por los viñedos. Algún día sería una gran enóloga, probablemente una de las mejores. Maddox había sido inteligente al buscarla, pero, en última instancia, ¿no seguiría siendo leal a Viñedos Jenson?

—Alex y yo tenemos que ir a la bodega. ¿Están bien ustedes dos solos?

Naught miró a su alrededor. ¿Dónde se había metido Hawks? —Creo que ya hemos terminado aquí, ¿no?

— ¿Puedes mostrarle a Bradley el camino a su camioneta? —preguntó Mad.

—No es necesario —respondió ella por él—. Sé cómo llegar.

ÉL OBSERVÓ CÓMO ELLA INTENTABA ORIENTARSE. DESPUÉS DE que ella retrocediera más de una vez, él la alcanzó. —Conoces el camino, ¿eh?

—Cállate, —murmuró ella.

—A mí también me llevó mucho tiempo conocer esta tierra. —Naughton le indicó que lo siguiera hasta la valla de postes y troncos.

— ¿De quién son?

Naughton señaló el caballo de Mad. —Ese es Shazam. Es un alazán leopardo Appaloosa.

—Es precioso. ¿Y ese cómo se llama?

—Huck.

—Es enorme.

— ¿Lo montas?

—Todo el tiempo. Vamos, salúdalo.

—No soy muy aficionada a los caballos —admitió ella.

—Claro que lo eres. Mira. —Naughton señaló detrás de ella, donde estaba Shazam.

Bradley miró por encima del hombro. —Eh, hola.

El caballo de Mad, un coqueto descarado, la empujó con el hocico.

—Acarícialo.

Cuando Bradley levantó la mano para que el animal la oliera, Shazam la empujó hasta que ella lo acarició.

— ¿No montas a caballo?

—Nunca he tenido ocasión.

—Eso lo arreglaremos. Hay mucho terreno que recorrer, sobre todo si vas a venir aquí y al rancho Butler a pie con regularidad.

—No creo que venga tan a menudo, —dijo ella.

Naughton negó con la cabeza.

— ¿Qué?

—Mad no te habría traído aquí si fuera así.

— ¿Puedo hacerte una pregunta?

—Adelante.

Ella removió la tierra con su pie. —Supongo que en realidad no es una pregunta.

— ¿Entonces qué es?

—Estoy tratando de averiguar por qué no te gusto.

Nada más lejos de la realidad.

Algo en su bonito rostro, sus dulces curvas y su largo cabello castaño lo atraía. No era tan oscuro como el de Alex, cuyo cabello era casi negro. Era algo entre castaño rojizo y castaño claro, y cambiaba cada vez que le daba la luz. Lo único que sabía era que deseaba acariciarlo con sus dedos.

— ¿Cuántos años tienes, Bradley?

—Ya te lo he dicho. No puedes preguntarme eso.

—Lo sé, pero dímelo de todos modos —insistió Naughton.

—No debes hacer muchos cálculos —respondió ella.

Él se quedó pensativo por un momento. —Veintiséis.

—Veintisiete, pero no veo qué tiene eso que ver con que no te guste.

—Me gustas demasiado —murmuró él.

— ¿Qué?

—Ya me has oído. —Naughton dio un paso adelante, acortando la distancia entre ellos, y levantó dos dedos para recorrerle la mejilla hasta la barbilla.

— ¿Qué estás haciendo? —Ella le puso las manos en el pecho.

—Quiero besarte, Bradley, y lo que es más, tú también lo deseas.

—No es verdad —susurró ella.

—Sí, lo quieres. —No tenía sentido dejar que ella pensara que le creía.

Bradley negó con la cabeza, pero él sintió cómo temblaba justo antes de que su mano le tomara la camisa.

—No mientas, cariño. —Le acarició con sus dedos las suaves ondas de su cabello y se lo enrolló en la mano. En lugar de saborear sus tentadores labios, Naughton le besó el costado de la cara, por debajo de la oreja, y luego la soltó. Si no lo hubiera hecho, su boca habría bajado más, hasta donde sus manos ansiaban cubrir sus pechos.

—Tú lo deseas tanto como yo, —le susurró.

Ella se agarró a la valla de madera.

—No te acerques a mí, Bradley. Si vuelves a acercarte tanto, no me detendré como lo hice recién.

Con los ojos muy abiertos, asintió y apretó con fuerza la valla.

—Sigue ese camino por el bosque. Cuando llegues al siguiente claro, gira a la izquierda. Desde allí llegarás directamente a tu camioneta.

Cuando ella volvió a asentir, Naughton se alejó en dirección contraria.

Pudo refugiarse entre los árboles mientras observaba a Bradley alejarse. Era lo único que podía hacer para no seguirla. Ella lo embriagaba como ninguna otra mujer lo había hecho jamás. No importaba que apenas la conociera. Su cuerpo sabía todo lo que su cerebro aún no había aprendido.

Quería besarla, pero si lo hubiera hecho, no habría podido parar. Dudaba que Bradley St. John fuera el tipo de mujer capaz de soportar la tormenta que él quería desatar sobre su cuerpo. La deseaba con fuerza y rapidez, allí mismo, al aire libre.

Ella lo habría dejado tomarla, pero luego, cuando se diera cuenta de lo que habían hecho, se odiaría a sí misma por ello. A Naughton no le importaría que ella lo odiara, pero ella tampoco era ese tipo de mujer.

Cuando miró sus ojos color avellana, vio todo lo que se había preguntado si alguna vez podría tener: amor, una familia, un futuro. ¿Sería posible alguna vez, o se parecía demasiado a Kade?

❧ 6 ❧

BRADLEY

Soltó la valla y se miró la palma de la mano. La había agarrado con tanta fuerza que tenía astillas clavadas.

En lugar de ver cómo se alejaba Naughton, cerró los ojos para no sentir la humillación. Él sabía lo mucho que ella deseaba que la besara. Había mentido al negarlo, y él se había dado cuenta. Pero involucrarse con Naughton Butler significaría perder su trabajo con su hermano, y no podía permitir que eso sucediera. ¿Él le había advertido que se alejara de él? No era problema. Ella le haría la misma advertencia.

El teléfono de Bradley sonó y ella lo sacó de su bolsillo.

¿Dónde estás? —decía un mensaje de Trey.

En una nueva bodega en Puerto Robles. ¿Tú dónde estás?

Estaré en Viñedos Jenson en un par de horas.

Bradley había conocido a Guy Deveux III, al que todos llamaban Trey, la semana después de terminar su licenciatura. Un mes en la región vinícola del norte de California había sido su regalo de graduación. Él la buscó en una visita industrial a Mumm Napa

Valley, intrigado, según le dijo en ese momento, cuando se dio cuenta de que ella estaba allí en representación de Viñedos Jenson.

Pasó el resto del mes de junio acompañada de él, recorriendo las bodegas de Napa, Carneros, Sonoma, Alexander Valley y Russian River. Trey era guapo y divertido, y conocía a todo el mundo en el sector, o al menos eso parecía. Le presentó a muchos de los peces gordos del mundo del vino y nunca dejó de mencionar su relación con su tío.

Aunque Trey había nacido en Estados Unidos, era evidente que su educación había estado muy influenciada por las costumbres y tradiciones francesas de su padre y su abuelo.

El abuelo de Trey, Guy Deveux Padre., había llegado a Estados Unidos a mediados de los años setenta en busca de un lugar donde cultivar uvas tradicionales de champán para GH Mumm, que en aquel momento era el mayor productor de esta variedad en el mundo. Se estableció en el valle de Napa y fundó la bodega que lanzó su primera cosecha en 1983, bajo el nombre de Domaine Mumm.

El padre de Trey, Guy Hijo., tomó las riendas de Mumm Napa cuando el abuelo de Trey falleció a mediados de los noventa. Se esperaba que Trey hiciera lo mismo cuando su padre se retirara o falleciera.

—Mi padre es un perfeccionista, —le había dicho una vez—. Espera que quienes lo rodean estén a la altura de sus exigentes estándares.

Bradley no pudo evitar pensar que era una indirecta velada hacia ella. Aunque él le decía que la quería tal y como era, su falta de confianza en sí misma cuando estaba con él a menudo le hacía sentir que no estaba a la altura. A lo largo de los años, se había preguntado muchas veces qué veía Trey en ella que lo mantenía interesado.

Al acercarse el final de su estancia de un mes, Bradley le dijo que había decidido cursar un máster en Cornell en lugar de aceptar un trabajo inmediatamente. La conversación se convirtió rápidamente en una discusión. Primero, él intentó disuadirla, diciendo que era una pérdida de tiempo cuando tenía un trabajo esperándola en los Viñedos Jenson.

Como ella no cedía, él la presionó para que se trasladara a Cal Poly San Luis Obispo o a Fresno State por la misma razón. Si cursaba sus estudios más cerca de Paso Robles, podría seguir trabajando para su tío.

Después de decirle que su decisión era definitiva, él respondió que era obvio que tenían prioridades diferentes y que quizá era conveniente que no volvieran a verse. Aunque sorprendida, Bradley aceptó que era lo mejor.

Llevaba menos de dos meses en Cornell cuando Trey apareció y le dijo que la perdonaba, y luego volvió a conquistarla para que volviera a su vida. Todavía recordaba que le había quedado un sabor amargo cuando pensaba en las palabras que había elegido. ¿Que la *perdonaba*?

Era una de esas cosas aparentemente sin importancia que ella había dejado pasar, pero cuando se graduó en mayo, lo primero que Trey quiso saber fue si su tío le había ofrecido un trabajo.

—Sí, pero aún no he tomado una decisión definitiva.

— ¿Dónde más podrías trabajar?, —le preguntó él.

Ella le dijo que estaba considerando ofertas de bodegas del norte de California.

—Tienes que trabajar para Jenson. Es tu herencia.

Aunque la tía Jean y el tío Charlie no tenían hijos, nunca se insinuó ni se dio por sentado que ella se haría cargo de la bodega, del mismo modo que se esperaba que Trey se hiciera cargo de Mumm Napa.

Cuando Bradley llamó a Trey para contarle la oferta que había recibido del Rancho Butler, él la felicitó, pero la conversación la hizo sentir incómoda.

Él dijo que quería ir a pasar el fin de semana festivo con ella para celebrarlo, pero una sensación de temor muy habitual se apoderó inmediatamente de ella. No dudaba de que él intentaría convencerla de que se quedara en Jenson.

Un par de horas después de que Bradley regresara de Demetria a casa de sus tíos, recibió una llamada en su móvil de un número que no reconocía. Pensó en dejar que saltara el buzón de voz, pero como era un número con prefijo local, pulsó el botón de aceptar.

—Hola, Bradley. Soy Alex.

—Hola, Alex.

—Voy de camino a *Duelas*. Pensé que quizá te gustaría acompañarme. Tengo muchas ganas de que conozcas a Peyton.

Bradley no quería rechazar la invitación de Alex, pero tenía que esperar a Trey. —Suena genial...

—Ahora estoy en Los Caballeros, pero me voy en breve. Pasaré a recogerte.

Casi se echó a reír ante la insistencia de Alex. — ¿Seguro que no te supone un inconveniente? Puedo reunirme contigo allí.

—No, estaré allí en unos minutos.

Como Trey no llegaría hasta dentro de al menos una hora y media, podía enviarle un mensaje y pedirle que se reuniera con ella en *Duelas*, y luego él la llevaría a casa.

BRADLEY CONOCÍA LA BODEGA LOS CABALLEROS; ESTABA AL SUR de Adelaida Trail, desde Viñedos Jenson. Sin embargo, nunca había visto sus instalaciones. Debería proponerse visitar algunas de las otras bodegas y presentarse. Era el momento perfecto, teniendo en cuenta que la mayoría estarían abiertas durante el fin de semana del Día del Trabajo, incluso las que normalmente solo atendían con cita previa.

No había nada en su armario que le apeteciera ponerse. O era demasiado universitario de la costa este o demasiado de trabajador del campo. Finalmente, se decidió por un vestido de verano que esperaba que todavía le quedara bien.

DESPUÉS DE PONERSE SUS BOTINES FAVORITOS, BRADLEY SE MIRÓ en el espejo. Quizás iba demasiado elegante. No quería que Peyton o Alex pensaran que estaba tratando de llamar la atención demasiado.

Antes de que tuviera tiempo de quitarse el vestido y ponerse unos vaqueros, vio un coche entrando por el camino de acceso. Cuando se asomó a la ventana y vio que Alex también llevaba un vestido, decidió no molestarse en cambiarse de ropa.

Alex estaba en la cocina, hablando con su tía y su tío, cuando Bradley bajó las escaleras.

—Siento no haberles dicho. Alex me invitó a ir a *Duelas*. Ah, y Trey viene a pasar el fin de semana. Aún no le había enviado un mensaje para pedirle que se reuniera con ella allí en lugar de la casa de sus tíos.

—Qué bien, —murmuró la tía Jean, poniendo los ojos en blanco.

— ¿Lista?, —preguntó Alex.

—Claro. Eh, no sé cuándo volveré a casa.

Su tía negó con la cabeza y sonrió. —No pasa nada, Bradley. Nos veremos cuando nos veamos.

—Gracias por recogerme, —dijo Bradley una vez que estuvieron en el coche.

—Peyton está deseando conocerte. Te aviso: puede que sea una locura, ya que es el último fin de semana del verano, pero más porque son los últimos días que tenemos para relajarnos antes de la cosecha.

Bradley lo entendió. Una vez que la primera variedad estuviera lista para la recolección, serían semanas de trabajo sin descanso.

—Entonces, eh, los chicos también estarán allí.

En el poco tiempo que llevaba conociéndola, Alex nunca dudaba. — ¿Los chicos?

—Ya sabes, Mad, Naught y Brodie. Aún no conoces a Brodie, ¿verdad?

—Todavía no —dijo Bradley.

—Es el novio de Peyton. Bueno, en realidad no es su novio, es su prometido. Están comprometidos.

Tenía ganas de conocerlo a él y a Peyton, pero no de ver a Naughton. —Ah, eso me recuerda que tengo que enviarle un mensaje a mi novio para pedirle que se reúna conmigo allí. Va a venir en coche desde Napa.

— ¿Novio? ¿Napa? Suena interesante. ¿Quién es?

—Trey Deveux. Su familia...

—No digas más —Alex levantó una mano para detenerla—. Sé lo de la familia de Trey, aunque no sabía que él y tú estaban juntos. ¿Cuánto tiempo llevan así? Supongo que a tu tía no le hace mucha gracia.

Bradley se rio. —Llevo cuatro años saliendo con él, con altibajos, y no, no le hace gracia.

—Qué pena. Bueno, no es una pena para él, sino para Naughton.

— ¿Por qué? —preguntó Bradley.

—Naught está locamente enamorado, amiga. Lo tiene muy mal.

— ¿De qué estás hablando?

—Vamos, Bradley. ¿En serio? ¿Crees que no nos hemos dado cuenta? No es solo Naughton.

—No puedo... Es decir... Trabajo para él. —Estaba atónita.

—No, no trabajas para él. Trabajas para Maddox.

—Eso es lo que él dijo, —murmuró entre dientes.

EN DUELAS, EN CAMBRIA. ¿NOS VEMOS AQUÍ? BRADLEY LE ENVIÓ un mensaje a Trey después de que llegaran y se dio cuenta de que él debía de estar cerca.

Casi en JV.

Entonces estás a unos 30 minutos de aquí.

— ¿Todo bien?, —preguntó Alex.

—Sí, se me había olvidado enviarle un mensaje a Trey. Ya casi ha llegado a Jenson. —Era típico de él parar allí e intentar entablar conversación con su tía y su tío, quizá incluso fingir que no sabía que ella no estaba allí. Odiaba ponerlos en esa situación, sabiendo que no les caía bien.

—No pareces muy contenta. —Alex la observó fijamente.

—Ha conducido desde Napa. Pedirle que conduzca otros treinta minutos...

— ¿Qué ha dicho?

Bradley miró su teléfono. —No ha respondido.

Era otra de esas pequeñas cosas que hacía y que la irritaban. Si podía enviarle un mensaje para decirle que estaba casi en Jenson, ¿por qué no podía responderle para decirle que se reuniría con ella aquí?

Si le preguntaba al respecto, él le diría que era algo que se daba por sentado, y ella le respondería que no se daría por sentado hasta que ella tuviera la certeza de que él había recibido su mensaje.

NAUGHTON

lex me ha pedido que te diga que va a recoger a Bradley de camino aquí, —Naughton oyó que Peyton le decía a Maddox.

Pensó en salir por donde había entrado, montar en su moto e irse a casa, pero tenía más ganas de ver a Bradley que de no hacerlo.

Quizás se quedaría hasta que ella llegara y luego encontraría una excusa para marcharse después de haber tenido la oportunidad de ver su sonrisa y quizás acercarse lo suficiente como para sentir su aroma. Olía tan bien como se veía, a sol, hierbas frescas y vides.

— ¿Qué vas a beber? —preguntó Mad.

— ¿Qué hay abierto?

Maddox recitó una lista de vinos que Peyton y Alex estaban sirviendo. —Tomaré una copa de Hoffman Pinot.

—Qué rico —dijo Alex, acercándose sigilosamente por detrás—. Yo también, Mad-man.

Naughton miró detrás de Alex, donde estaba Bradley.

—¿Quieres una copa? —le preguntó Alex.

—Suena bien. Gracias.

Tenía la misma mirada que probablemente tendría un ciervo ante los faros de un coche. Naughton no lo sabía con certeza; nunca había visto a un ciervo a punto de ser atropellado por un coche. Sin embargo, ella parecía aterrorizada, y era culpa suya.

Alex entró a la sala de degustación, dejando a Bradley de pie junto a él en el pasillo. Cuando se levantó para ofrecerle su asiento, ella dio un paso atrás y se golpeó la cabeza contra la pared que tenía detrás.

—Ay —gimió.

—Ten cuidado. Toma, siéntate en mi sitio. —Naughton se movió para que ella pudiera sentarse en el taburete en el que él había estado sentado.

—No pasa nada. Yo... —Bradley giró la cabeza hacia la izquierda y hacia la derecha como si buscara un lugar por donde escapar, pero la sala de degustación estaba llena.

—Siéntate.

—Lo siento —dijo ella al rozarlo mientras cambiaban de sitio.

— ¿Por qué?

Ella negó con la cabeza y apartó la mirada.

¿Todos los hombres la ponían tan nerviosa o era solo él? Él le había advertido que se mantuviera alejada, aunque ahora no tenía intención de que estuviera lejos de él.

—Aquí tienes —Alex regresó con dos vasos y se los entregó a Naughton—. Dame un minuto más. Tengo que sacar a Peyton de las garras de tu hermano.

Cuando Naughton le entregó uno a Bradley, dejó que sus dedos rozaran los de ella. —A diferencia de ti, yo no lo siento —murmuró—. Al menos, no por tocarte.

—Naughton, tengo que...

—Aquí está. —Alex se colocó delante de Naughton—. Peyton, ella es Bradley. Bradley, te presento a Peyton.

Naughton observó cómo Peyton y Bradley intercambiaban cortesías, preguntándose qué había querido decirle ella antes de que Alex la interrumpiera.

—Peyton, ¿te acuerdas de la familia Deveux, verdad? ¿De Mumm? Bueno, Bradley ha estado saliendo con Trey... ¿cuánto tiempo dijiste?

Cuando Bradley respondió, miró a todas partes menos a él. —De forma intermitente desde hace un tiempo.

Naughton se inclinó hacia delante. — ¿Cuánto tiempo?

—Cuatro años, ¿no es eso lo que has dicho, Bradley? —Alex dio un codazo a Naughton—. Va a reunirse con ella aquí más tarde.

Bradley asintió, con una mirada aún más perdida que antes.

—Creo que no lo conozco... En fin, encantada de conocerte. —Peyton se pasó la mano por el vientre y Bradley saltó del taburete.

—Lo siento. Deberías sentarte. Yo puedo quedarme de pie.

Peyton sonrió. —De todos modos, ya me estoy yendo. Ahí fuera hay mucha menos gente. Alex, ¿por qué no salimos todos?

Naughton vio cómo Bradley seguía a Alex y Peyton al patio. Quizá debería marcharse ahora, antes de que llegara el novio, y ahorrarse la desazón que sabía que sentiría al ver las manos de otro hombre sobre ella.

Después de terminar el vino que Alex le había servido, pensó en tomar otro, pero decidió no quedarse a esperar al novio. El nombre le sonaba familiar, pero últimamente muchos propietarios de viñedos de Napa se habían puesto en contacto con él.

Salió por la puerta trasera y se subió a su moto cuando vio que el Alfa Romeo Spider descapotable rojo se detenía y aparcaba.

—Bonita motocicleta, —dijo el tipo que conducía el coche.

Naughton asintió con la cabeza. —Bonito coche.

—Mi tesoro. De principios de los sesenta. Lo restauré yo mismo. ¿Y tú?

Naughton no estaba seguro de cuál era la pregunta, pero no le importó lo suficiente como para preguntar.

—Me resultas familiar, —dijo el hombre.

—He vivido aquí toda mi vida, —murmuró Naughton.

—Trey Deveux. Encantado de conocerte.

En lugar de estrechar la mano que le tendía el hombre, Naughton se puso el casco, se subió a la moto y la arrancó. Salió del aparcamiento antes de que el novio entrara en el edificio.

❧ 8 ❧

BRADLEY

—H ola, Brad. —Trey se acercó por detrás, le rodeó la cintura con el brazo y le dio un beso en la mejilla.

Ella intentó no ponerse rígida ante su contacto y no mirar si Naughton estaba cerca. En lugar de eso, sonrió. — Hola, Trey.

Lo tomó de la mano y lo llevó al patio, donde Alex y Peyton esperaban con Maddox y Brodie.

—Él es Trey —dijo ella, y luego se retiró mientras se daban la mano y se presentaban. Bradley miró detrás de ella y luego en dirección a la sala de degustación.

—Se ha ido —dijo Maddox.

—Me asustaste.

—Y no niegues que lo estabas buscando.

— ¿A quién? —Ella sonrió con aire burlón, pero no tenía sentido mentir—. ¿Siempre se va sin despedirse? —En cuanto las palabras salieron de su mente y se convirtieron en sonido, se arrepintió de haberlas dicho. Quizás él se había despedido, pero no de ella.

—No, la que se va sin despedirse soy yo —Alex se rio.

—Ya no, cariño —Maddox rodeó con el brazo la cintura de Alex.

Aunque Trey estaba delante de ella, hablando con Brodie, Bradley se sentía como una intrusa.

—Ahora vuelvo, —dijo Maddox antes de besar a Alex en la mejilla y entrar.

Cuando Alex susurró: «Es muy guapo», Bradley observó a Maddox alejarse, preguntándose si Alex esperaba que ella respondiera.

—No Maddox, aunque también es muy guapo. Él. —Alex señaló a Trey.

—Ah, claro. —Era muy guapo, aunque ella ya no lo veía de la misma manera que cuando se conocieron. Se había acostumbrado a él, o tal vez conocía demasiado bien su personalidad detrás de su atractivo físico.

Trey era muy consciente de que el hecho de que fuera atractivo le abría muchas puertas. Quería caerle bien a todo el mundo y se sentía feliz cuando era el centro de atención y el alma de la fiesta.

Naughton, por otro lado, parecía no ser consciente de su atractivo. El hombre se sentía tan cómodo consigo mismo que no le importaba lo que los demás pensaran de él.

—Es impresionante —comentó Alex, y Bradley asintió—. Es fácil dejarse llevar por él.

—Sí —murmuró ella, sin querer entrar en cómo a veces se sentía invisible cuando estaba con Trey.

Cuando Maddox regresó al patio, llevaba una botella de vino sin etiqueta y cuatro copas.

—Tengo algo que quiero que pruebes, cariño.

Uno de los empleados de la sala de degustación lo siguió con otra botella sin etiqueta y tres copas más.

Maddox abrió la botella y le guiñó un ojo. Cuando sirvió el vino, ella supo lo que era. Pero ¿dónde lo había conseguido? Una botella ya sería difícil de conseguir, ¿pero dos?

Hizo girar el vino que había servido en su copa. —Me sorprende verte tan al sur, Deveux. ¿No tienes uvas que cosechar? —Inclinó la copa hacia un lado, estudió los matices y volvió a hablar antes de que Trey tuviera oportunidad de responder.

—Cinco, seis transiciones de color, buen envejecimiento en el borde, buen cuerpo. El vino, claro. —Maddox sonrió y observó a Bradley de arriba abajo—. Aunque el tuyo tampoco están mal, St. John.

Alex se rio. — ¿Qué estás tramando, Mad-man? ¿Vas a servir a alguien más?

En lugar de responder, Maddox le entregó su copa a Alex. — Pruébalo, cariño. Cierra los ojos y déjate llevar por el placer. En un momento les serviré a todos los demás.

Alex no se molestó en agitarlo. En lugar de eso, metió la nariz en la copa y respiró hondo. —Carajo. ¿Qué es esto?

—Pruébalo, —dijo Maddox con los ojos brillantes.

Alex cerró los suyos, dio un sorbo, dejando que el vino permaneciera en su boca y tragó. —Oh. Dios. Mío. ¿Qué *es* esto?

—Dejaré que te lo diga la enóloga. —Miró directamente a Bradley.

—Brad... —comenzó Trey, pero Alex levantó la mano.

—No hablen.

Observaron cómo Alex tomaba otro sorbo, lo saboreaba un poco y lo tragaba.

—Cabernet, Cabernet Franc. —Tomó otro sorbo—. Merlot, Petit Verdot y ¿qué más? No consigo darme cuenta. —Maddox se estiró hacia atrás para servir más de la botella sin etiqueta.

—Vaya, chica —exclamó—. Si tú has hecho esto, Maddox tiene que cuadruplicarte el sueldo, porque, te pague lo que te pague, nunca será suficiente. Este vino no tiene precio.

Alex dio un sorbo, volvió a cerrar los ojos, luego los abrió y miró a Bradley. —Rara vez me quedo sin palabras, amiga. Hay algo que no logro descifrar.

— ¿Qué pasa? ¿Alex Ávila se rinde? —Maddox se colocó detrás de ella y le rodeó la cintura con los brazos, imitando el abrazo de Brodie a Peyton—. ¿Ni siquiera una suposición?

—Dame un minuto.

— ¿Antiguo?, —preguntó Peyton, acariciando la mano de Brodie y con aspecto de estar luchando por mantener los ojos abiertos.

Alex inclinó la copa y estudió las transiciones de color, igual que había hecho Maddox. —Es fácil. Tiene que ser del dos mil siete.

Bradley sonrió y asintió.

—Dile qué es. Es Jenson, ¿verdad? —Trey dio un codazo a Bradley.

Alex lo miró con ira. —Cuando quiera que Bradley me lo diga, se lo haré saber, Tres. —Tomó otro sorbo.

Solo el hecho de saber que Trey no encontraba gracioso su apodo impidió que Bradley se riera. *Tres.* Le encantaba.

—No es Carménère.

Bradley sonrió y volvió a asentir.

Alex miró a Maddox. — ¿Qué me estoy perdiendo?

Él se encogió de hombros. —Este es tu superpoder, Al. No el mío.

Maddox observó a Alex con los ojos llenos de orgullo y placer. Brodie entrelazó los dedos con los de Peyton y, cuando ella se recostó contra él y cerró los ojos, él le besó la mejilla y también cerró los ojos. Bradley no podía imaginar ser tan amada como Alex y Peyton se amaban.

—Sabe a una mezcla Meritage, —comentó Alex.

Bradley se rio cuando todos los demás también sonrieron.

—Como si ella fuera a morder el anzuelo, cariño.

Alex le sonrió a su novio y luego miró a Bradley. —Estoy desconcertada.

Maddox se volvió hacia Brodie y le tendió la mano. Brodie le puso un billete doblado, pero Bradley no pudo ver de qué denominación se trataba.

— ¿Has apostado contra mí, Mad-man? —Alex le dio un puñetazo.

—Yo he probado el vino. Brodie no.

Alex dejó la copa sobre la mesa.

— ¿Es tuyo? Diles qué es —le insistió Trey.

—Ya te lo he dicho antes, Tres, cuando esté lista para que me lo diga, se lo pediré. Por cierto, este es mi juego, en mi sala de catas. Aquí no pones tú las reglas, Mumm-man. —Alex sonreía, pero su tono no era amigable en absoluto.

— ¿Quieres que te lo diga? —le susurró Bradley a Alex, que no respondió de inmediato.

—No. Me encanta el misterio. Por cierto, enhorabuena, no por superarme, sino por elaborar un vino realmente extraordinario.

—Gracias, —murmuró Bradley y apartó la mirada, poco acostumbrada a tales elogios o a ser el centro de atención.

— ¿Por eso la elegiste, Mad?, —preguntó Alex.

Maddox asintió con la cabeza.

—Se está haciendo tarde, Brad. —Trey entrelazó sus dedos con los de ella. Ella odiaba ese apodo, y él lo sabía, pero la apretaba con tanta fuerza que no podía soltar su mano sin que nadie se diera cuenta.

Alex abrió mucho los ojos. —No te irás ya. ¿Estás loco? ¿Sabes qué noche es hoy?

Trey suspiró. —Me rindo. ¿Qué pasa esta noche?

—Es la noche en la que damos oficialmente la bienvenida a Bradley St. John al rancho Butler. Por cierto, ¿dónde te alojas? No es en Jenson, ¿verdad?

—No pasa nada —comenzó Bradley—. Ha sido un día largo.

Maddox intervino. —De ninguna manera. No sé cómo será en tu parte del mundo, Trey, pero aquí nos tomamos muy en serio nuestras tradiciones de la cosecha. Somos supersticiosos en ese sentido.

—Trey está agotado por el viaje y yo... —repitió Bradley.

—Te llevaré a casa. —Bradley no había visto acercarse a Naughton.

—Tú eres el tipo de la moto. —Trey se volvió hacia Naughton, que asintió—. No recuerdo tu nombre.

—Este es mi hermano Naughton —dijo Maddox.

Trey abrió mucho los ojos. — ¿Naughton Butler?

—Así es. —Naughton miró brevemente a Trey antes de fijar la vista en Bradley.

—He estado intentando ponerme en contacto contigo. —Trey sacó una tarjeta de negocios de su cartera. Como Naughton no la recibió, Trey la dejó sobre la mesa delante de él.

—Debes saber lo solicitado que estás en Napa.

— ¿Qué quieres decir? —Maddox le dio una palmada en el hombro a Naughton.

—Tu hermano es bastante esquivo.

Maddox se rio. — ¿Es esa una forma elegante de decir que se hace el difícil?

Naughton miró a Maddox con el ceño fruncido. — ¿Vas a compartir ese vino o lo vas a dejar en la botella toda la noche?

Maddox se levantó de un salto. —Mierda, casi se me olvida.

Alex abrió la segunda botella mientras Maddox servía la primera. Ella agitó la copa y aspiró su aroma antes de servir el resto de las copas.

—Aquí tienes, amiga. —Alex le sirvió una copa muy pequeña a Peyton y luego se colocó junto a Bradley.

—No debería tomar alcohol —le susurró Bradley a Alex.

—No es para tanto. Lo prueba y lo escupe, aunque no lo haría si hubiera clientes aquí.

Bradley asintió y miró a la gente que aún permanecía en el patio.

—Solo quedan los lugareños —murmuró Naughton.

—Estoy bastante segura de que mi madre bebía una copa de vino con la cena todas las noches cuando estaba embarazada, y dio a luz a siete hijos perfectamente sanos. Todo es cuestión de moderación. Oye, Mad-man, ¿quieres encargarte del brindis? — sugirió Alex.

Maddox se puso de pie y levantó su copa. —Un brindis por Bradley St. John. Bienvenida a nuestra familia. Que el vino que elaboremos juntos sea al menos la mitad de bueno que el vino que elaboraste tú sola.

— ¡Salud, salud! —dijo Alex, dando un codazo a Naughton.

Después de levantar su copa hacia Bradley, Naughton se inclinó hacia adelante—. Tus mejillas están adquiriendo mi color favorito, como un buen rosado.

Observó el vino, haciendo girar el que Maddox había servido, y acercó la nariz a la copa para inhalar su aroma. Al beber un sorbo, cerró los ojos.

Bradley apoyó la mano sobre su vientre, deseando que él dijera algo.

—Carignan y Cinsault —susurró antes de tomar otro sorbo—. Es increíble.

—Gracias.

—Tú y yo vamos a hacer un vino increíble juntos, Bradley St. John.

Ella sintió que se le sonrojaban las mejillas de nuevo. — ¿Cómo lo descubriste?

—Cardamomo en el paladar para el Cinsault. El Carignan fue más difícil. Un poco de pétalo de rosa en nariz, ahumado y vainilla en el paladar. Pero hice trampa.

— ¿En serio? ¿Cómo? —Los ojos de Bradley se agrandaron.

—Lo delataste hoy en el viñedo, cuando te mostraste tan entusiasmada con ambas variedades.

Ella no pudo evitar sonreír. —Me estabas escuchando.

—Siempre estoy escuchando, Bradley. Y observando también.

—Entonces..., —Trey se acercó y puso la mano sobre el hombro de Naughton.

Cuando se apartó de él y se acercó a ella, sus brazos se rozaron y sus miradas se cruzaron.

¿Había sentido él lo mismo que ella? Fue como si una corriente eléctrica fluyera de su cuerpo al de ella.

—Te necesitamos en Napa, —le dijo Trey a Naughton después de lanzarle una mirada inquisitiva.

—No puedo ayudarte.

—Lo que es malo para Napa es bueno para la costa central. ¿Es eso?

— ¡Trey!, —exclamó Bradley.

Él la ignoró. — ¿O alguien más se me adelantó? Sea cual sea su oferta, la duplicaremos.

Naughton negó con la cabeza. —Disculpen.

—Trey, ¿qué te pasa? —Dijo ella después de que Naughton se alejara—. Has sido grosero con él.

— ¿Sí? Desde mi punto de vista, él fue el grosero. Vamos. Salgamos de aquí. Nunca me he aburrido tanto.

Ella negó con la cabeza y lo siguió hasta el coche. Hacía demasiado frío en la costa para conducir con la capota bajada, pero Trey insistió. « ¿Qué sentido tiene tener un descapotable si no lo aprovechas?», decía.

Justo después de arrancar el motor, el teléfono de Bradley sonó. Antes de que ella tuviera tiempo de sacarlo, la puerta trasera de *Duelas* se abrió de golpe.

— *¡Incendio en el rancho Butler!*, —gritó alguien.

Trey estaba a punto de retroceder su coche en marcha atrás cuando Maddox golpeó el maletero con su mano. —Espera...

Bradley saltó del coche de Trey y corrió hacia Alex, que estaba subiendo a su BMW.

— ¡Espera! Bradley, ¿adónde vas?, —gritó Trey.

— ¡Ve con Naughton!, —gritó Alex—. Va a buscar la camioneta de Mad.

Naughton ya estaba hablando por teléfono cuando ella abrió la puerta y se subió. Todo lo que Bradley pudo deducir fue que el incendio estaba en los viñedos.

—Ya vamos. —Colgó la llamada y dejó el teléfono en la consola central.

— ¿Es muy grave?, —preguntó ella.

—Los viñedos del noroeste están ardiendo y el frente se está desplazando hacia el sur, lo que pone en peligro las estructuras.

— ¿Qué puedo hacer?

—Llama a Alex y pregunta si ella y Mad han oído algo más.

Bradley asintió con la cabeza.

El teléfono de Alex saltó al buzón de voz, pero ella volvió a llamar unos instantes después. —Pídele a tu tía que informe a las bodegas del oeste. Ella sabrá qué hacer.

—Entendido. ¿Algo más?, —preguntó Bradley.

—Espera. —Podía oír a Maddox hablar, pero no conseguía descifrar sus palabras—. Mad dice que eso es todo por ahora.

La tía Jean respondió antes de que Bradley oyera sonar el teléfono. Le dijo a Bradley que ya había llamado a la mayoría de las bodegas de la región conocidas como «Alejadas» en la cooperativa, que era la zona al norte del incendio. También le dijo a Bradley que el tío Charlie y todos los empleados de Jenson ya estaban de camino al rancho Butler.

—Mad y yo probablemente despegaremos enseguida, —le dijo Naughton cuando ella colgó.

— ¿Despegar?

—Tenemos licencia del Servicio Forestal de los Estados Unidos.

Bradley no tenía ni idea de lo que estaba hablando, pero no importaba. Un incendio en el viñedo era lo peor que podía imaginar.

Dependiendo de los niveles de calor y de la rapidez con la que se propagara, las vides podrían sobrevivir si la capa de cambium situada justo debajo de la corteza sobrevivía. Si la capa de cambium se quemaba, no habría forma de salvarlas. Las pérdidas económicas podrían ser astronómicas.

La mandíbula de Naughton estaba tensa y sus músculos crispados. Como si tuviera voluntad propia, Bradley apoyó la palma de la mano en su antebrazo.

—No sé qué decir...

Naughton puso una mano sobre la de ella. —Me alegro de que estés con nosotros, Bradley.

Lo dijo tan bajito que ella no estaba segura de haberlo oído bien. Cuando intentó mover la mano, él la tomó con más fuerza. Recorrieron el resto del camino hasta el rancho Butler en silencio.

NAUGHTON

Aún se encontraban al menos a veinte millas del rancho cuando el olor a humo invadió sus sentidos. Se volvió más penetrante a medida que se acercaban, hasta que el hedor le revolvió el estómago.

Lo único que lo mantenía en pie era la mano de Bradley bajo la suya. Su calor se extendió desde su brazo por el resto de su cuerpo. Su presencia lo calmó inexplicablemente.

Un resplandor anaranjado iluminaba el cielo, visible desde millas de distancia, lo que significaba que el fuego se propagaba rápidamente. No solo el rancho Butler estaba en peligro inmediato, sino también Los Caballeros y la finca Dunning. Si cruzaba la carretera, los viñedos Jenson se verían amenazados, junto con otras bodegas.

La mayor parte de la costa central de California había sufrido una grave sequía durante la última década. Si el fuego se propagaba, la mayor parte de las Bodegas de la Cooperative de la Costa Oeste se vería afectada. La devastación potencial era más de lo que podía permitirse pensar.

A medida que se acercaban al rancho, Naughton podía ver los viñedos en llamas a través de la espesa cortina grisácea de humo. Era como si las vides se hubieran iluminado con guirnaldas de luces naranjas brillantes.

Cuando se detuvo junto a la reja y abrió la ventanilla de la camioneta, la cálida brisa veraniega, combinada con el calor del fuego, lo golpeó en oleadas sofocantes.

— ¿Eres tú, Naughton? —Preguntó otro propietario de viñedos que estaba cerca de la puerta.

— ¿Sabes dónde está Maddox?

—Te está esperando.

Naughton sacó su teléfono. —Estoy en la puerta —dijo cuando Mad respondió.

—Se encontrará conmigo aquí, —le dijo Naughton a Bradley después de colgar la llamada de Mad—. ¿Podrás conducir la camioneta?

—Por supuesto.

—Yo la llevaré. —Naughton no había visto acercarse a Hawks.

—Puedo...

—Hawks conoce esta tierra mejor que tú.

Ella asintió. —Por supuesto.

En lugar de abrir la puerta y salir, Naughton se inclinó y le rodeó el cuello con el brazo, atrayéndola hacia él. Cuando sus ojos se encontraron y ella no opuso resistencia, Naughton se inclinó y la besó. No tuvo tiempo de detenerse ni de pensar mucho más allá de la sensación de su lengua cuando ella abrió la boca para dejarse besar.

Este sería para siempre su primer beso, y fue en las peores circunstancias que podía imaginar. Pero sin saber lo que les depararían las próximas horas, tenía que hacerlo.

—No te pongas en peligro, ¿entiendes?, —le dijo, separándose de ella a regañadientes.

—Tú tampoco.

❧ 10 ❧

BRADLEY

Cuando Naughton salió de la camioneta, los ojos de Bradley se llenaron de lágrimas. No tenía por qué emocionarse. Estaba entrenada para manejar viñedos después de un incendio. Era una experiencia que había adquirido de primera mano como parte de un equipo que voló a la región de los lagos de California cuando un incendio forestal destruyó casi diez mil acres de cultivos.

El impacto de un incendio en los viñedos podía manifestarse de varias maneras diferentes. La cantidad y el tipo de daños determinarían el mejor enfoque para tratar las vides. Algunos efectos serían obvios, como las hojas deshidratadas y la corteza quemada, pero otros no.

No sabrían nada hasta que el incendio se extinguiera. Cuanto más tiempo durara, más peligro correrían en términos de pérdida de cosechas. El Rancho Butler no era la única bodega cuya cosecha estaba en peligro. Todos los viticultores en kilómetros a la redonda podían sufrir la devastación causada solo por el humo.

Se secó las lágrimas. Si Hawks la veía llorar ahora, pensaría que no estaba preparada para la tarea que los esperaba.

— ¿Adónde van Naughton y Maddox? —preguntó mientras Hawks ponía la camioneta en marcha.

—Al helipuerto. Ambos son pilotos certificados, entrenados por el Servicio Forestal de los Estados Unidos para la extinción aérea de incendios.

Hawks se desvió de la carretera principal.

— ¿Adónde vamos? —preguntó ella.

—Los vehículos están más seguros detrás de la casa principal. Esa maldita casa nunca arderá.

Bradley rezó para que tuviera razón. — ¿Por qué no?

—El abuelo de Naught puso hormigón alrededor de toda la casa y luego lo cubrió con piedra. Hoy en día eso es habitual, sobre todo en California, pero entonces era algo inédito. El viejo abuelo Butler aprendió todo lo que pudo de Julia Morgan.

Bradley sabía bien que ella había sido la arquitecta contratada por William Randolph Hearst para construir *La Cuesta Encantada* en San Simeón. Sin embargo, ella no sabía que la familia Butler tenía alguna conexión con ella o con la casa.

Cuando se acercaron a la casa, Hawks señaló el tejado, que apenas se veía a través de la cortina de humo. —Debajo de la losa hay acero galvanizado. Los tejados de la propiedad son de tejas, pero sobre el mismo acero.

— ¿El abuelo de Naughton trabajó para Julia Morgan?, —preguntó Bradley.

—Claro que sí. De hecho, su abuela también. Ahí fue donde se conocieron.

Mientras ella y Hawks bajaban de la camioneta y atravesaban el patio que conducía a la casa, le ardían los pulmones y le picaban los ojos por el aire lleno de humo y el calor sofocante.

—Ya casi llegamos, —dijo él, con los ojos llorosos como los de ella —. La casa principal es el centro de mando. Aquí recibiremos nuestras órdenes.

Alex y Brodie estaban hablando por teléfono cuando ella y Hawks entraron.

—Entendido —Bradley oyó decir a Alex—. Maddox quiere que convenza a Laird para que se quede en Cambria —dijo ella tras terminar la llamada—. Se ha llevado a Sorcha y a mi madre a mi casa de la playa, pero ha dicho que volverá.

Brodie terminó su llamada y se acercó—. Papá se queda donde está por ahora.

— ¿Has hablado con él? Gracias a Dios. —El alivio era evidente en el rostro de Alex. —Maddox me pidió que lo llamara, pero...

—No pasa nada, Al. Lo entiende.

—*Espera*. ¿Quién se va a llevar los caballos?

—Algunos de mis chicos los han cargado. Los llevan a Demetria —respondió Hawks.

— ¿Qué puedo hacer? —preguntó Bradley.

—Por ahora, no mucho. La línea de fuego está a unos tres kilómetros al norte de aquí. Como se ha desplazado y se mueve en esta dirección, dicen que será más fácil contenerlo que si se extendiera hacia el norte, —le dijo Alex—. Me quedaré todo el tiempo que me dejen o hasta que Maddox me diga que quiere que haga otra cosa. —Ella miró su reloj—. Él y Naught deberían estar volando pronto. —Cuando su teléfono vibró, se alejó para contestar.

—No es como en los viejos tiempos, cuando salíamos con cubos y escobas. ¿Verdad, Brodie?, —dijo Hawks.

— ¿Es peligroso lo que está haciendo Naughton?, —preguntó Bradley.

—Tienen que acercarse porque lanzan agua, a diferencia de los aviones, que los localizan desde arriba o lanzan el retardante. Pero Naught sabe lo que hace. Empezó a trabajar como voluntario en la extinción de incendios aéreos poco después de obtener su licencia de piloto. Maddox no ha participado como voluntario en tantos incendios, pero es un buen piloto. Estarán bien —le aseguró Brodie.

Bradley se dio vuelta para buscar a Alex y vio que Hawks la estaba mirando. Seguro que había presenciado el beso entre ella y Naughton y, en cualquier otra circunstancia, Bradley se habría sentido mortificada. Sin embargo, en ese momento, no le importaba.

Vio cómo un avión cisterna hacía una pasada, lanzando retardante sobre lo que Brodie explicó que era la línea de fuego más meridional. A Bradley le pareció que todos habían aterrizado en el infierno.

Recordó que había dejado *Duelas* hacía casi una hora y no había sabido nada de Trey.

En el rancho Butler, le envió un mensaje de texto y esperó a ver si respondía. Pasados cinco minutos, aún no lo había hecho.

—Acabo de hablar con Mad —informó Alex—. Dice que desde el aire la cosa pinta bastante mal, pero su observador le ha dicho que el incendio ya está controlado en un cincuenta por ciento. Por suerte, alguien lo avisó antes de que se propagara sin control.

— ¿Quién avisó? ¿Tu padre? —le preguntó Hawks a Brodie.

—Dice que él no. Él y mamá estaban durmiendo.

—Debió de ser uno de los otros propietarios de viñedos que lo vio u olió el humo.

Alex no dijo nada, pero la expresión de su rostro preocupó a Bradley. Cuando Hawks y Brodie se alejaron, Bradley se acercó a ella. —Es obvio que estás preocupada por el incendio, pero ¿hay algo más que no me estás contando? —Rezó en silencio para que, fuera lo que fuera, no tuviera que ver con Naughton.

—Es algo que alguien le ha contado a Maddox sobre quién avisó del incendio.

— ¿Quién fue?

—Estoy segura de que no es quien él pensaba. —Alex miró a Brodie, que se acercaba hacia ellos—. Después te cuento.

—Naught sigue echando agua, pero dice que son optimistas sobre la contención. Quizá podamos salir a los viñedos en dos o tres horas, al menos a los que están fuera de la trayectoria principal del fuego. El jefe de mando ha dicho que ya podemos acceder a la bodega para hacer funcionar la cámara frigorífica. —Brodie levantó una radio—. Me ha dado esto por si tenemos que evacuar. ¿Listo?

Bradley estaba agradecida de tener por fin algo útil que hacer. Si había algún fruto que salvar, el tiempo era crucial, incluso en los viñedos que no se habían quemado. Había que empezar casi inmediatamente a trabajar para minimizar o eliminar el sabor a humo. De lo contrario, cualquier vino que el Rancho Butler produjera a partir de esta cosecha olería y sabría a quemado. Hacer funcionar ahora la cámara frigorífica les ahorraría unas horas preciosas más tarde, cuando pudieran llegar a las viñas.

Una vez que recibieran el visto bueno, revisarían todos los viñedos accesibles en busca de fruta. Si quedaba alguna colgada, se cosecharía a mano lo más rápido posible. Después, se retiraría todo el material foliar restante. Las hojas contienen la mayor parte de los compuestos que podrían resaltar el humo, amenazando a las vides que aún estuvieran vivas.

La fruta cosechada se guardaría en cámaras frigoríficas a menos de 10 °C para minimizar o eliminar el sabor a humo. Hasta que no pudieran entrar en los viñedos, no sabrían la cantidad de fruta con la que contaban.

Se necesitaría que todos colaboraran con la recolección. La tía Jean le dijo que se había pedido ayuda, pero ¿dónde estaba todo el mundo?

Alex volvió a llamar por teléfono una vez que estuvieron en la bodega. —Te avisaré en cuanto podamos entrar, —Bradley oyó a Alex antes de que colgara—. Los nativos están inquietos.

— ¿Eh?

—Gabe dice que debe de haber más de quinientas personas en Los Cab, esperando el permiso para salir al campo.

—Dile a tu hermano que quizá necesitemos más gente, — respondió Brodie.

Cuando finalmente se les permitió el acceso, solo pudieron entrar en unos pocos viñedos, ninguno de los cuales se había visto directamente afectado por el fuego. Sin embargo, no podían dar por sentado que las vides hubieran sobrevivido. El calor radiante del incendio podía matarlas de la misma manera que lo haría el fuego.

Bradley y Brodie fueron fila por fila, cortando los brotes en T para comprobar la capa de cambium de cada vid. Si el tejido debajo de la corteza era de color blanco cremoso con matices verdes y estaba húmedo, entonces el cambium aún estaba vivo y había posibilidades de que la vid sobreviviera. Hasta el momento, todas las vides que habían revisado aún eran viables.

Los recolectores manuales los seguían, recogiendo todos los racimos que quedaban. El momento de la cosecha ya no era un factor determinante. Tenían que salvar la fruta independientemente de su madurez. Al final de cada fila, los transportistas esperaban para llevar los tachos llenos a la cámara frigorífica. Tras los recolectores de uva iban los podadores, encargados de quitar las hojas.

Eran las tres de la madrugada y, afortunadamente, el Rancho Butler ya tenía instaladas grandes luces en el techo para la próxima cosecha. Pronto tendrían que decidir si continuar la recolección bajo el calor del día o tomarse un descanso hasta que bajasen las temperaturas al ponerse el sol.

Cuando ella le preguntó a Brodie, él quiso saber qué haría ella si estuvieran cosechando uvas Jenson.

—Seguiría recolectando, —le respondió ella.

—Entonces, recolectaremos hasta que uno de mis hermanos nos diga lo contrario.

🦋 II 🦋

NAUGHTON

E ran más de las ocho de la mañana cuando conducía por Adelaida Trail de camino al rancho. El incendio estaba controlado en más de un noventa por ciento y la mayor parte de las llamas activas se habían extinguido. Por mucho que quisiera cerrar los ojos unos minutos, sabía que no conseguiría dormir.

Brodie le había prometido mantenerlo informado del estado de cada viñedo que inspeccionaran. Aún no habían revisado muchos y la preocupación lo estaba consumiendo. Desde el cielo, la tierra parecía carbonizada.

Pasó por Los Caballeros y vio los terrenos y los aparcamientos llenos de vehículos. Todas las personas que habían aparcado en la propiedad de los Ávila estaban en el rancho Butler, haciendo todo lo posible por salvar sus viñedos. Se sentía muy gratificado por la enorme cantidad de gente que se había hecho presente en esos vehículos. El cansancio lo sensibilizaba, pero era más que eso.

Poco después de hacer su último lanzamiento de agua y aterrizar, Naughton entró en la estación de mando para ponerse al día.

Conocía a la mayoría de los chicos que trabajaban para el servicio forestal y a los bomberos locales, así que no le sorprendió que un compañero de colegio de Kade se le acercara.

—Naughton Butler, te preguntaría cómo estás, pero dadas las circunstancias, ya lo sé. ¿Cuánto ha pasado, quince años?

—Por lo menos. —Naughton le estrechó la mano—. Gracias por todo lo que estás haciendo, hombre. —Miró el nombre de la estación en el uniforme del hombre—. ¿Ahora estás en Livermore?

—Sí, pero solo por casualidad, estaba impartiendo una sesión de formación. Yo atendí la llamada en la que se informó del incendio.

— ¿Quién llamó?

—Es muy extraño. Juraría que fue Kade, pero antes de que pudiera preguntarle, el tipo colgó.

A Naughton se le hizo un nudo en el estómago. — ¿Desde qué número llamó?

—Oculto. Por cierto, ¿cómo está tu hermano? ¿Sigue salvando el mundo y protegiendo la libertad de tipos inocentes como nosotros?

—Kade murió en combate hace más de dieciocho meses.

La leve sonrisa que se había dibujado en el rostro del hombre desapareció rápidamente. —Lo siento mucho, Naught. No me había enterado.

Naughton se encogió de hombros. —No hay problema. No lo sabías.

—Sin duda parecía él. —Sacudió la cabeza—. De nuevo, lo siento mucho, Naughton. Por favor, dale mis condolencias a tu familia.

Entonces, ¿quién había hecho la llamada? Por mucho que quisiera llegar al fondo del asunto, Naughton tenía cosas más importantes de las que preocuparse, como si alguna de las vides del rancho Butler había sobrevivido al incendio. Después de atravesar las puertas del rancho, Naughton envió un mensaje de texto a Brodie, quien le dijo en qué viñedo se encontraban él y Bradley. Cuando aparcó la camioneta y caminó hacia las vides, ella fue la primera persona que vio.

Una sensación de calma lo invadió, similar a la que había experimentado cuando ella había posado su mano en su brazo antes. Cuando se acercó, la calma se convirtió en preocupación, no por las vides, sino por ella.

Estaba cubierta de hollín y cenizas que llenaban el aire, y parecía agotada. Incluso desde donde estaba, podía ver que Bradley tenía las manos en carne viva y sangrando. Antes de pasar a la siguiente vid, se secó la frente con la manga, levantó la vista y se encontró con su mirada.

—Naughton —la oyó decir mientras dejaba caer el cuchillo al suelo. Ella se acercó a él y él la abrazó con fuerza. Cuando vio que Brodie se acercaba, la estrechó contra sí y la soltó.

Brodie lo abrazó. —Hermano, qué alegría verte.

—Lo mismo digo —dijo Naughton, estrechando aún más a su hermano.

— ¿Dónde está Mad?

—Está con Alex. Dijo que saldría en breve. ¿Cómo va todo?

—Lento, pero seguro.

—Ya era hora de que aparecieras —oyó decir a alguien.

Cuando Naughton se dio vuelta, el novio venía acercándose a él, ahora gritando a una radio portátil en lugar de a él. —Ve al viñedo veintidós.

Naughton no oyó la respuesta que le dio la persona con la que estaba hablando, pero la mirada de enfado que el novio le lanzó a Bradley hizo que Naughton apretara los puños.

—No me importa lo que te haya dicho. Ve al veintidós.

Cuando Bradley volvió a revisar las vides, Naughton la habría seguido, pero primero necesitaba contener su rabia.

— ¿Qué demonios?, —le preguntó a Brodie, quien le indicó a Naughton que lo siguiera lejos del viñedo.

—Llegó aquí hace una hora y tomó el control. Bradley tenía todo organizado y funcionando a la perfección hasta que decidió que ella no sabía lo que estaba haciendo.

Cuando Naughton vio al novio acercarse por el rabillo del ojo, levantó la mano. —Necesito un minuto con mi hermano, —le espetó Naughton.

Él y Brodie se alejaron.

— ¿Qué más?

—Bradley enviaba a los equipos tan pronto como llegaban. Creo que incluso tú te sorprenderías de lo organizada que estaba.

—Me impresiona todo lo que hace, —murmuró Naughton—. ¿Y él?

—Por lo que pude ver, ella lo ha estado ignorando. Saca su celular cada pocos minutos para responder una llamada o enviar un mensaje de texto.

— ¿En qué estamos ahora?

—Pregúntale —Brodie señaló a Bradley—. Y dile que se tome un descanso. No ha dejado esta tierra desde las tres de la madrugada.

Sin hacer caso al novio, Naughton se acercó a ella. — ¿Cómo va todo? —preguntó.

Bradley miró a Trey.

—Te lo he preguntado a ti, no a él.

Sacó unos papeles doblados del bolsillo. —Aquí está lo que tenemos.

Bradley explicó que Hawks había salido con el comando de bomberos para identificar a qué viñedos tendrían acceso y cuándo. Luego los ordenó por variedades. El Sauvignon Blanc debía cosecharse primero, seguido del Chardonnay, y así sucesivamente.

Señaló una de las páginas arrugadas. A través de las manchas de hollín, Naughton vio que cada viñedo estaba etiquetado con el nombre del jefe de equipo y su número de teléfono móvil.

—Buen trabajo.

—Eso pensaba, pero Trey... Bueno, ustedes dos deberían decidir qué hacer a continuación.

—No es decisión suya —espetó Naught.

—Lo sé, pero...

El teléfono de Bradley vibró y ella lo sacó del bolsillo. — ¿Sí? — respondió con voz cansada.

—Viñedo diecisiete —le dijo a Naughton.

Él volvió a rebuscar entre los papeles, lo encontró y se lo entregó. Ella sujetó el teléfono entre el hombro y la oreja y se inclinó para tomar nota en el papel, utilizando la rodilla como superficie para escribir.

—Dirígete al dieciocho a continuación. Muchas gracias.

Cortó la llamada, escribió algo más en el papel y se lo entregó. Sonrió entre lágrimas. —Lo siento, no sé por qué estoy tan sensible.

—Se llama agotamiento. —Brodie le frotó el hombro.

Naughton leyó lo que ella había escrito y también sonrió. *Cien por ciento VIVO. Noventa por ciento recolectado.*

—Voy a hacer que mi equipo traiga una plataforma de prensado. Debería estar aquí en una hora.

Naughton no había visto acercarse a Trey. — ¿Por qué?

—Ebullición rápida. Es...

—Sé lo que es una maldita ebullición instantánea, y es demasiado pronto para siquiera considerarla —se burló Naughton—. Dile a tu equipo que vuelva.

—Si fuera tú, aceptaría la ayuda que te ofrecen y daría las gracias —gruñó.

Naughton negó con la cabeza, conteniendo la rabia que seguía creciendo en su interior. —Agradezco la ayuda. Sin embargo, ahora que Maddox y yo estamos aquí, puedes entregarnos la radio y marcharte.

— ¿Hablas en serio, maldición?

—Por supuesto que sí.

Trey le lanzó la radio en lugar de entregársela.

Naughton se volvió hacia Bradley.

—Eres un cabrón —ladró Trey.

—Como he dicho, agradezco tu ayuda —espetó Naughton, dándose vuelta.

— ¿Eres demasiado terco para aceptarla de gente que puede permitirse traer el tipo de maquinaria que tú nunca podrías? Como quieras...

Naughton apretó los puños, a punto de darle una paliza al imbécil, y apretó los dientes. —Como he dicho, puedes irte.

—Brad —llamó Deveux—. Vámonos.

Ella levantó la cabeza y miró a los dos hombres, como si esperara que Naughton le dijera qué hacer. Pero él no lo haría. Era su decisión.

Supuso que la había tomado cuando ella regresó a las vides. Estaba a punto de reunirse con ella cuando vio a Trey acercándose por el rabillo del ojo.

—Te dije que te fueras —le gritó.

—Vete al carajo, Butler. Brad se va conmigo.

—*Basta, los dos, o se ponen a trabajar o se largan del viñedo* —gritó ella.

Alex se acercó y se interpuso entre él, Trey y Bradley. —Bien dicho, pero en lugar de ellos, te voy a sacar a ti. Es hora de un descanso, Bradley.

—No puedo. —Se secó el sudor que le goteaba de la frente a los ojos.

—Tienes que descansar. Si no, vas a desmayarte por un golpe de calor —insistió Alex.

Bradley lo miró. —Tienes que decidir si vas a seguir recogiendo.

Él asintió con la cabeza.

—Cuando te decidas, diles. —Bradley señaló con los brazos hacia el viñedo y le lanzó el teléfono a Alex.

— ¿Cuál es tu contraseña?

—La he desactivado.

Sacó los papeles del bolsillo trasero, se los entregó a Naughton y salió pisando fuerte del viñedo.

Él la alcanzó cuando llegó a la carretera principal. — ¿Adónde vas?

—A casa.

—Te llevaré en coche.

—No, gracias. —Siguió caminando.

Naughton la agarró del brazo. —Deja de ser tan terca y vuelve conmigo a la cabaña.

Bradley se dio vuelta y se soltó de él.

— *¿Yo? ¿Me estás llamando terca?*

—Por supuesto que sí.

—Trey intentó ayudarte, pero te negaste incluso a escucharlo.

Naughton la miró fijamente a los ojos. —No necesitamos su ayuda.

—Por supuesto que no.

—Tú y todos los que estaban en los viñedos lo ignoraban. Los trabajadores buscaban tu orientación, no la suya.

Ella siguió caminando, pero se dio la vuelta cuando él se acercó para agarrarla del brazo otra vez. —Deja de seguirme.

— ¿Estás de acuerdo con la ebullición rápida? —preguntó él, rezando para que ella dijera que no.

El proceso era extremo. Hervir rápidamente los hollejos y el jugo a temperaturas de hasta doscientos grados, y luego pasarlos por una cámara de vacío para extraer los compuestos volátiles que contribuían al sabor a humo, no había sido probado. De hecho, podía hacer más daño que bien a una fruta que ya estaba comprometida. Era mejor esperar hasta la fermentación y probar el mosto.

—Trey no estaba sugiriendo triturarlas inmediatamente.

—Aunque así fuera, nosotros tenemos nuestro propio lugar para la trituración, Bradley.

—En lugar de decir eso, le dijiste que se fuera con su equipo. Querías pelearte con él cuando deberías haberle dado las gracias.

—No puedo creerlo. ¿Lo defiendes después de que te trató tan mal? —Naughton negó con la cabeza. ¿Cómo podía ella defender a un tipo que había sido tan desconsiderado con ella?

—Tiene más experiencia que yo...

—Tonterías, —respondió él.

—No me importa lo que pienses, Naughton.

—Sí que te importa. No me habrías devuelto el beso si no te importara.

— ¡Cómo te atreves! —Bradley giró para marcharse, pero él la atrajo hacia sí.

—Déjala ir. —No había visto llegar el Spider rojo de Trey, ni verlo salir de él—. Vamos, Bradley. —Cuando Trey la tomó del otro brazo, Naughton la soltó.

—No te vayas —le suplicó, pero ella de todas maneras se alejó.

. . .

— ¿Dónde está? —preguntó Alex cuando Naughton regresó al viñedo.

—Se ha ido —murmuró él.

Ella se llevó una mano a la cadera. — ¿Con él?

—Sí.

—Eres un imbécil —dijo ella, mirándolo fijamente.

—Ahora no, Alex.

Ella negó con la cabeza. —No me sorprendería que hubiera dejado el trabajo.

Naughton se alejó.

—Vete a dormir, —le oyó decir mientras abandonaba el viñedo.

— ¿Qué pasa?, —preguntó Maddox cuando Naughton pasó por delante de la cabaña de su hermano de camino a la suya.

—Me voy a descansar. ¿No es eso lo que se supone que tú deberías estar haciendo?, —respondió mirándolo con desdén.

—En estas circunstancias no logro dormir.

Naughton lo entendió. Necesitaba tomarse un descanso, pero había llegado al punto en el que no podía forzar a su cuerpo a descansar. —Bradley se ha ido.

—Bien. Ella necesitaba tomarse un respiro.

—Quizá para siempre.

Maddox negó con la cabeza y entró.

Cuando lo hizo, Naughton lo siguió. — ¿No quieres saber por qué?

—No, no quiero.

— ¿Por qué no?

—Porque sé que no va a dejar el trabajo.

Naughton soltó un profundo suspiro. —Se ha ido con Deveux.

— ¿Sí? ¿Y por qué no iba a hacerlo?

—Porque es un imbécil que la trata como la mierda.

Maddox le puso la mano en el hombro. —Ve a dormir. Tómate algo si lo necesitas.

—No puedo. Tengo que hablar con ella...

—Te voy a detener ahí mismo. Lo único que tienes que hacer es dejar en paz a Bradley St. John antes de que tus palabras se conviertan en una profecía que va a cumplirse y ella nunca vuelva. La necesito en la bodega, ahora más que nunca. Si haces algo que ponga eso en peligro...

— ¿Qué vas a hacer?

—No voy a hacer un carajo, Naughton. Pero te pido, como hermano tuyo, que hagas esto por mí. Deja a Bradley en paz. Aléjate. Haz lo que sabes que es lo correcto.

—No puedo —dijo él, pero Maddox no lo oyó. Salió de la cabaña de su hermano y se dirigió a la suya antes de admitir la verdad. No podía dejarla sola y, lo que es más, sabía que ella no quería que lo hiciera.

12

BRADLEY

Cuando Trey salió del rancho Butler, no llevó a Bradley a casa. En cambio, la llevó al Adelaida Inn, donde siempre se alojaba cuando venía de visita.

—Tenemos que hablar —comenzó él.

—Antes de que digas otra palabra, necesito un descanso, Trey. Sé que suena trillado, pero no eres tú, soy yo. Te agradezco que intentes ayudar...

— ¿Te acuestas con él?

Ella se quedó sin aliento. — *¿Qué?* ¿Cómo puedes preguntarme eso?

—Cálmate. En cualquier caso, hay cosas que necesito que hagas.

Bradley estaba tan agotada que pensó que quizá no le había oído bien. — ¿Qué cosas?

—Quiero saber exactamente cuánto mosto del Rancho Butler está contaminado. Y como tú tienes tanta relación con Alex Ávila, quiero saber qué otras bodegas de la zona están teniendo problemas con sus niveles de producción. Si te enteras de que alguien tiene problemas con su producción, quiero ser el primero en saberlo.

Ella abrió mucho los ojos. — ¿Me estás pidiendo que los *espíe*?

—No seas melodramática. Solo te pido que pases la información.

Bradley siempre había odiado su tono condescendiente, pero, sumado a la falta de sueño y a su fatiga que la debilitaba, estaba empezando a odiarlo por la forma en que le estaba hablando.

—No.

— ¿Entiendes lo que está en juego, Bradley?

—Supongo que no, y sinceramente, no me importa.

—Hay en juego veintiséis mil millones de dólares al año, y te puedo asegurar que las cooperativas vinícolas no se detendrán ante nada para conseguir lo que quieren.

Ella entrecerró los ojos. ¿Qué quería decir con que no se detendrían ante nada? ¿Había sido Trey o alguien que trabajaba para él quien había provocado el incendio? —No lo entiendo...

—Se llama cambio climático, Brad, y amenaza a todos los que formamos parte de este sector.

—Me voy. —Antes de que pudiera salir por la puerta, Trey la agarró del brazo.

—Davis, Fresno, demonios, incluso tu preciada Cornell han estado cortejando a Naughton Butler.

Ella se soltó de un tirón. — ¿Para qué?

—Para liderar sus departamentos de investigación sobre el cambio climático.

— ¿Por qué él?, —preguntó ella.

—Porque es un maldito experto en vinos. Sequía, plagas... él es un maestro en lo suyo. Lo que ha hecho aquí en Paso Robles es revolucionario. —Trey se frotó la cara—. Tú sabes de viticultura. Tienes una maldita licenciatura en eso. ¿Qué pasa con temperaturas que superan en cinco, incluso diez grados, lo que antes considerábamos normal?

Bradley se quedó de pie con los brazos cruzados, pero asintió. La pregunta de Trey era retórica.

—Eso es lo que hemos experimentado durante los últimos diez años. Al principio, nadie le prestaba mucha atención. Todos pensaban que hacía más calor de lo normal, pero cuando, verano tras verano, la tendencia al calentamiento continuó, los propietarios de las bodegas tuvieron que prestar atención. Si estas tendencias siguen afectando al clima invernal del valle, las polillas de la vid, los mohos e incluso la mancha roja de la vid prosperarán. Sin temperaturas nocturnas lo suficientemente frías como para acabar con ellos, se propagan año tras año, y no se vislumbra un final.

—Has venido aquí para convencer a Naughton de que venga a trabajar para ti.

—Principalmente.

—Él no te ayudará, Trey. —Ella se rio, y no porque le pareciera gracioso.

—Quizás no, pero hará lo que le pidas.

Dios, ¿cómo había podido estar tan ciega como para no darse cuenta de lo imbécil que era Trey? —No tengo ninguna influencia sobre Naughton Butler.

—Tonterías. Quiere cogerte.

Ella abofeteó a Trey con todas sus fuerzas.

— ¿Crees que no vi lo que pasó en el viñedo? Me debes una. —Él se cubrió la huella de la mano enrojecida con la otra mano.

— ¿Que te *debo una*? ¿Por qué?

—Eres alguien en esta industria gracias a mí. De lo contrario, serías otra chica medianamente guapa que cree saber cómo se elabora el vino.

Bradley sentía como si su cabeza fuera a estallar. ¿Era alguien gracias a él? ¿Qué creía Trey que había hecho exactamente por ella? Abrió la puerta y se disponía a salir cuando las siguientes palabras de Trey la hicieron detenerse.

—No digas que no te lo advertí.

Se dio la vuelta. — ¿Qué se supone que me advertiste?

—Sobre lo que pasará si tu amante no se porta bien.

—Él no es mi...

—El impacto económico de esta región es menos del diez por ciento de lo que hacemos en el norte. Sin nosotros, su producción de vino no significa una mierda. Nos necesitan para sobrevivir, y cuanto antes se den cuenta de eso, mejor será para todos.

Bradley negó con la cabeza. —No voy a ayudarte.

—Más te vale que lo hagas. Ni siquiera yo podré intervenir y salvar a Jenson si te niegas a hacer lo que te pido.

No podía creer lo que estaba oyendo. Sentía como si no lo conociera en absoluto. — ¿Es esto una amenaza?

—Los accidentes ocurren, ¿no?, —dijo con desdén.

Bradley cerró la puerta de un portazo al marcharse enfadada, dejando que las palabras de Trey calaran en ella. ¿El cansancio la había vuelto loca? ¿Lo había oído bien? ¿Estaba amenazando a la bodega de su familia?

Cuando dobló la esquina del edificio, casi chocó con Jim, cuya familia era propietaria de la posada desde hacía más de cincuenta años.

—Eh, cuidado, Bradley...

Las palabras de Jim se interrumpieron cuando vio que ella estaba llorando. — ¿Qué pasa?

—Me he dejado el teléfono...

Él le puso la mano en el hombro. —Dime qué necesitas, querida.

—Que me lleven a casa, —admitió ella.

—Ven conmigo.

Jim la dejó allí, pero ni su tía ni su tío estaban en casa. Probablemente seguían en el rancho Butler, ayudando en los viñedos. Debería haberle pedido a Jim que la dejara allí en lugar de aquí. Aturdida, vio su reflejo al pasar por delante del espejo del baño de la planta baja y se quedó sin aliento.

El hollín negro, corrido por las lágrimas, le cubría la cara. Incluso tenía el cabello enmarañado. Tenía que ducharse y ponerse ropa limpia, pero luego volvería al rancho Butler y le contaría a Naughton y Maddox todo lo que Trey había dicho.

Después de la ducha, se puso una bata y se sentó en la cama, con la intención de descansar un momento, pero, en cambio, se quedó dormida hasta la mañana siguiente.

· · ·

LO PRIMERO QUE HIZO BRADLEY AL LLEGAR AL RANCHO BUTLER fue buscar a Maddox para ver qué habían hecho desde que ella se había marchado.

—No fue tan malo como pensábamos —le dijo él—. Tu trabajo de ayer nos salvó, Bradley. No sé cómo podremos pagarte todo lo que has hecho por nosotros.

—Para eso me contrataron —murmuró ella, odiando que las palabras de Trey resonaran en su cabeza.

—Yo diría que hiciste mucho más de lo que exigía tu trabajo.

No quería preguntar, pero tenía que hacerlo. — ¿Sabes cómo se inició el incendio?

—Mi hipótesis es que fue un rayo de calor, aunque es demasiado pronto para saberlo con certeza.

Quizá Trey era el que estaba siendo melodramático ayer, pero después de haber dormido varias horas sin intención de hacerlo, las preguntas sobre lo que había querido decir y dónde había estado le daban vueltas en la cabeza.

—Bradley, ¿me estás escuchando? —preguntó Maddox cuando ella apartó la mirada.

—Sí. Lo siento. Estaba pensando en lo de ayer. ¿Qué has dicho?

—Te dije que Naughton tenía previsto cosechar la Sauvignon Blanc en los próximos días y que la Chardonnay estaba lo suficientemente madura como para obtener una cantidad decente de mosto en la prensada.

—Es una buena noticia.

—Como sabes, la mayor parte de los viñedos de Cabernet no sufrieron daños, por lo que Naughton decidió no cosechar todavía.

Eso no la sorprendió. Solo era la primera semana de septiembre y la vendimia se prolongaría hasta bien entrada la primera semana de octubre, con o sin incendios.

—No estoy seguro de cómo nos afectará el humo, pero la buena noticia es que las uvas son menos susceptibles después del envero. El otro factor que contribuye es el tiempo. El hecho de que hayan podido contener y extinguir el fuego tan rápidamente es lo que salvará el mosto que ha sobrevivido.

—Entonces, ¿no habrá que hacer ebulliciones rápidas?

—Naughton no cree que sea necesario en este momento. Lo reevaluaremos cuando recibamos los resultados del laboratorio.

El procedimiento habitual era enviar la fruta a un laboratorio para determinar qué compuestos no deberían estar presentes. Bradley supuso que habían tomado muestras de todos los lotes que se habían recolectado y que seguirían haciéndolo.

—Estamos analizando todo lo que se quemó y volveremos a plantar, aplicando lo que hemos estado discutiendo.

Bradley no se engañaba pensando que había tenido algo que ver en esa decisión. Después de todo, según Trey, ella era una chica medianamente guapa que creía saber algo sobre la elaboración de vino.

Tanto si trabajaba para el Rancho Butler como si no, Maddox y Naughton habrían llegado a las mismas conclusiones que ella. Para que la bodega siguiera siendo viable, tenían que diversificarse y experimentar. Eso fue lo que Maddox le dijo el día que le ofreció el trabajo.

—Necesitamos sangre nueva, ideas frescas. Quiero tiempo para centrarme en Demetria, pero, lo que es más importante, quiero a alguien que esté dispuesto a cambiar las cosas por aquí, —había dicho—. Tendrás todo mi apoyo. Te lo prometo.

Bradley había cuestionado su decisión en ese momento. Había un riesgo financiero que, ahora, ya no importaba. Se habían visto obligados a tomar esa decisión.

—Naughton va a instalar hoy el sistema de riego por aspersión. De hecho, es probable que el proceso ya haya comenzado. —El móvil de Maddox vibró y él miró la pantalla—. Es el jefe de bomberos; tengo que contestar.

Bradley se levantó para darle privacidad, procesando lo que él le había dicho. Él y Naughton debían de haber estado despiertos toda la noche, tomando decisiones y reorientando a los trabajadores del campo. Todo parecía estar bajo control.

Ahora, su trabajo consistiría en centrarse en la fruta almacenada en cámaras frigoríficas y esperar las instrucciones de Maddox para la cosecha. Lo más probable era que comenzara más tarde ese mismo día o esa noche. Mantener la fruta más de un par de días podría provocar su deterioro.

— ¡Jesús! —exclamó Maddox. Ella se dio vuelta y vio que él seguía al teléfono, con la mano agarrándose la nuca. Antes de que ella girara, él lanzó una botella de vino al lado opuesto de la bodega, rompiéndola, y luego salió furioso del edificio.

Sin saber qué más hacer, Bradley entró en la cámara frigorífica y comenzó a hacer un inventario de lo que había allí. Sin embargo, no podía concentrarse. Nunca había visto ese lado de Maddox y solo podía suponer que lo que le había dicho el jefe de bomberos era malo. Le temblaban las manos, lo que le dificultaba escribir los números que había contado. Estaba a punto de rendirse cuando oyó que se abría la puerta de la bodega.

— ¿Estás bien? —preguntó Alex, encontrándola a medio camino entre la puerta principal y la cámara frigorífica.

— ¿Yo?

Alex asintió.

—Estoy bien. Maddox ha recibido una llamada.

—Ven conmigo. —Alex la sacó de la bodega y la llevó a los viñedos.

— ¿Por qué estamos aquí? —preguntó Bradley.

—Quiero asegurarme de que nadie nos oiga. —Alex miró a su alrededor—. Hay noticias.

— ¿Sobre qué?

—Sobre el incendio.

— ¿Qué pasa con él?

—El jefe de bomberos cree que puede haber sido provocado intencionadamente. Maddox y Naughton están reunidos con los investigadores ahora mismo.

—Dios mío. —Bradley sintió que se le aflojaban las rodillas y se agarró al brazo de Alex para mantenerse en pie.

—Pensé en cancelar la reunión de la cooperativa, pero ahora me alegro de no haberlo hecho. Están pasando muchas cosas en el valle, pero esto ha sido lo peor. No solo estaban en peligro los viñedos o el rancho Butler; podría haber habido víctimas fatales. Toda la zona oeste podría haber quedado devastada si no hubieran controlado el incendio tan rápidamente.

Bradley sintió náuseas al recordar las palabras de Trey. *Hay 26.000 millones de dólares al año en juego y te puedo asegurar que las cooperativas vinícolas no se detendrán ante nada para conseguir lo que quieren.*

—Estás pálida, Bradley. ¿Quieres sentarte?

Ella negó con la cabeza. Su mente se aceleró, tratando de recordar cada palabra que Trey había dicho.

— ¿Hay pruebas? —preguntó en voz baja.

Alex se inclinó hacia ella. —No *oficialmente*.

— ¿Qué significa eso?

Alex miró por encima del hombro de Bradley. —Aquí viene Naughton. Hablaremos sobre esto más tarde.

— ¿Tienes un minuto?, —lo oyó decir, y estaba a punto de marcharse cuando Alex la tomó del hombro—. ¿Seguro que estás bien?

—Estoy bien. Terminaré lo que pueda en la bodega.

—Quiere hablar contigo, no conmigo.

Cuando Bradley se dio vuelta, Naughton estaba justo detrás de ella.

— ¿Necesitas algo?, —preguntó ella, sin saber muy bien qué más decir.

—Claro que sí.

Lo dijo tan alto que Alex lo miró con ira. Bradley volvió a sentir náuseas.

13

NAUGHTON

Naughton oyó que Bradley había regresado esa mañana, pero esperó en lugar de ir a buscarla. Su hermano le había pedido que la dejara en paz, así que eso hizo.

Sin embargo, lo que había entre ellos ardía con la misma intensidad que el fuego del viñedo. Necesitaban terminar la conversación que habían empezado antes de que ella se marchara la noche anterior.

¿De verdad creía que Naughton era el culpable? Deveux había interferido donde no debía. Era un idiota pomposo que no merecía la defensa de Bradley.

Sin embargo, no podía esperar más. Si lo que creía el alguacil era cierto, todos en el valle debían estar en alerta máxima.

—Ven conmigo —insistió.

—No puedo. Quiero decir, Maddox...

—Él sabe que te vas.

Ella jadeó. — ¿Me estás despidiendo?

Naughton se detuvo tan bruscamente que Bradley casi chocó contra él. Se dio vuelta y se enfrentó a ella. — ¿Por qué demonios crees que te van a despedir?

Bradley se mordió las uñas y Naughton le agarró la muñeca.

—Estás temblando. ¿Qué pasa?

—Alex me lo ha contado. Ya sabes, lo del incendio.

—Bien. Quiero decir, me alegro de que lo sepas —balbuceó.

—Lo siento mucho...

Parecía que tenía más que decir, así que Naughton esperó. Le soltó la muñeca y la atrajo hacia él, calmando las lágrimas que se convirtieron en algo peor cuando el cuerpo de Bradley se estremeció contra el suyo.

—Oye, vamos —dijo—. Vamos. Salgamos de aquí.

Él le tomó la mano y ella lo siguió, pero no dejaba de temblar. — ¿Adónde vamos?, —preguntó ella.

—A dar un paseo.

—Ya te he dicho que no me gustan los caballos.

—No es ese tipo de paseo.

Se detuvo frente al establo, tecleó el código en su teléfono y esperó a que se abrieran las puertas.

—Toma, —le dijo, entregándole un casco—. Ponte esto.

—Hay algo que tengo que decirte, Naughton.

— ¿Sí? Yo también tengo algo que decirte, pero ambos podemos esperar.

Bradley miró el casco y luego a él. —Tampoco me gustan las motos.

—Te gustarán —dijo él, quitándole el casco de las manos y colocándoselo en la cabeza. Le ajustó la correa de la barbilla y luego le puso las manos sobre los hombros—. Mueve un poco la cabeza. ¿Te resulta cómodo?

Cuando ella asintió, él se puso su propio casco y arrancó la moto. —Súbete.

Por un momento, pensó que ella no lo haría, pero entonces ella apoyó la mano en su hombro y pasó la pierna por encima.

—Acércate más y apoya los pies en esos reposapiés, —le dijo, señalando detrás de él—. Rodéame la cintura con los brazos.

Ella tuvo que adelantarse para hacerlo y, cuando lo hizo, quedó justo donde él quería. Quizá no había sido la mejor idea subirla a la moto cuando estaba enfadada, pero montar en moto siempre lo ayudaba a despejarse. Quizá a ella le pasaría lo mismo.

— ¿Lista?

Notó que ella asentía y sacó la moto por la puerta del granero hasta el camino principal del rancho.

—Agárrate fuerte, —le dijo cuando llegaron a Adelaida Trail—. Si me inclino, inclínate conmigo, ¿de acuerdo?

Ella volvió a asentir con la cabeza.

Giró a la derecha y se adentraron bajo la copa de los grandes robles. Cuando aceleró, sintió que ella lo agarraba con más fuerza por la cintura. Le encantaba sentirla detrás de él, deslizándose hacia él hasta que ya no podía acercarse más. El cuerpo de Bradley pegado al suyo lo hacía sentirse en el paraíso.

En lugar de salir a la autopista, Naughton dio un par de vueltas y siguió por carreteras secundarias, hasta llegar finalmente a la puerta principal de Demetria. Detuvo la moto, sacó su teléfono y marcó el código de la puerta. Un momento después, esta se abrió y él entró, luego se dirigió hacia el arroyo y apagó el motor.

—Bájate y te ayudaré con el casco, —le dijo.

En cuanto ella se soltó y puso los pies en el suelo, él echó de menos sentirla contra él y se arrepintió de no haber seguido montando su motocicleta. Sin embargo, tenía cosas que decirle y aquel era el mejor lugar para hacerlo.

Primero se quitó su propio casco y apartó las manos de ella, que estaban intentando abrir la correa de la barbilla. —Aquí, —dijo, soltando la hebilla.

—Ha sido increíble, —dijo ella con los ojos muy abiertos después de quitarse el casco.

—Puedes dejarlo aquí —dijo él, dando una palmadita al asiento. Después de que ella lo dejara, él puso el suyo junto al de ella.

Caminaron y se sentaron en el banco de la mesa de picnic junto al arroyo.

—Estás muy callada —dijo él después de unos minutos.

—No sé qué decir.

—Entonces escucha.

—De acuerdo.

—Alex te dijo que hay pruebas de que el incendio fue provocado intencionadamente.

Bradley asintió con la cabeza, y el estrés que había visto en su rostro cuando hablaba con Alex en el viñedo volvió a aparecer.

—Creo que sé quién lo provocó —dijo.

Bradley se levantó de la mesa, se alejó un poco y se inclinó, con las manos sobre las rodillas. —Yo también, Naughton.

Su respuesta lo dejó atónito. ¿Cómo podía saberlo?

—Cambio de planes —dijo—. Vámonos.

— ¿Ya tenemos que irnos?

—Si te refieres a ir al rancho, no —respondió Naughton.

—Pero hay mucho trabajo que hacer.

—Ayer hiciste un gran trabajo, Bradley, y ahora Maddox se ha hecho cargo de lo que empezaste. Lo que tenemos que hablar es más importante.

—De acuerdo...

— ¿Cuándo fue la última vez que comiste?

Bradley se encogió de hombros. —No tengo mucho apetito.

—Eso es lo que pensaba. —Naughton le volvió a entregar el casco y la ayudó a ajustarse la correa de la barbilla después de que se lo pusiera. Como él aún no se había puesto el suyo, le habría resultado muy fácil inclinarse hacia delante, ladear la cabeza y colocar sus labios donde tanto habían deseado estar desde la última vez que la besó. Sin embargo, no lo hizo. Primero tenían que hablar.

Volvió a recorrer carreteras secundarias todo el tiempo que pudo antes de ingresar a la autopista que se extendía de este a oeste entre Paso Robles y el océano.

Cuando llegaron al final de la autopista, se dirigió hacia el sur, se salió de la carretera principal y tomó la carretera de acceso a Harmony.

— ¿Adónde vamos? —preguntó ella.

—A Sadie´s.

— ¿Quién es Sadie?

—La mujer que es dueña del restaurante —murmuró él.

Esta vez, Bradley se desabrochó el casco y lo llevó bajo el brazo.

—Aquí estará seguro, —le dijo, dando unas palmaditas al asiento —. Nadie lo tocará.

—Hola, Naught, —dijo Sadie cuando entraron—. ¿Quién es ella?

—Ella es Bradley St. John. Bradley, ella es Sadie.

Le dio la mano a Sadie y miró a su alrededor hacia la parte trasera del restaurante.

— ¿Necesitas ir al baño, cariño?, —preguntó Sadie.

—Sí, por favor.

—Sígueme.

CUANDO LLEGÓ A LA MESA DONDE ESTABA NAUGHTON, BRADLEY se sentó frente a él y miró hacia cualquier parte menos hacia él, pero él no le quitó los ojos de encima, ni siquiera cuando sus mejillas se sonrojaron.

—Naughton, yo... Lo que has dicho antes...

Él la interrumpió. —Tendremos mucho tiempo para hablar del incendio más tarde, después del almuerzo. No nos quitemos las ganas de comer.

— ¿Nos va a traer los menús?

—Ya he pedido.

— ¿Para los dos?

Naughton asintió. Quizá había sido presuntuoso de su parte. —Si quieres otra cosa...

—No pasa nada. Seguro que lo que hayas pedido está bien.

Odiaba la incomodidad que se había creado entre ellos y se levantó. —Hazme lugar, —le dijo, sentándose a su lado en la mesa, tan cerca que su cadera rozaba la de ella.

Notó cómo ella lo miraba. Su cálido aliento en su cuello era como una caricia, y él contuvo el gemido que amenazaba con escapar.

Si se volvía para mirarla, la besaría, y aún no podía hacerlo. Primero tenía que contarle una historia.

—El jueves hay una reunión de la cooperativa. ¿Te ha hablado Maddox de ello?

—Alex sí.

— ¿Te ha dicho que Mad quiere que asistas? —preguntó él.

—No, pero...

Naughton la interrumpió. —Quiere que vayas.

—Puedo ir. ¿De qué se trata?

— ¿Cuánto te ha contado tu tío sobre lo que está pasando en el valle?

—Un poco. Dijo que había algunos problemas entre ti y los nuevos propietarios de Tablas Creek.

Él negó con la cabeza. —El problema era con Los Caballeros, no con el Rancho Butler.

—Claro. También mencionó a Los Cab.

— ¿Conociste alguna vez a Rory Calder?

Bradley lo pensó un momento. —No creo. ¿Es él el dueño de Tablas Creek?

Naughton asintió. —Su familia lo es. Mantente alejada de él si puedes.

— ¿Qué pasó?

—Hace un par de meses, Calder intentó organizar un golpe en Los Cab.

—Es cierto. Recuerdo que el tío Charlie habló de ello —le dijo Bradley.

—Calder descubrió que los Ávila habían estado almacenando vino en las cuevas de Demetria. En realidad, lo estaban escondiendo. Casi pierden su fianza.

Ella sabía lo suficiente sobre la industria por haber trabajado con su tío como para ser muy consciente de que las bodegas estaban obligadas a tener una fianza con la Oficina de Impuestos sobre el Alcohol para poder elaborar y vender legalmente sus productos.

La fianza era como una póliza de seguro contra los impuestos de la bodega. Había que presentar informes trimestrales en los que se indicaba la cantidad de vino que se había elaborado y la cantidad presente en el almacén de la bodega, en comparación con la cantidad que se había vendido.

—Los Cab produjeron más vino del esperado y uno de los hermanos de Alex intentó encubrirlo escondiéndolo en nuestras cuevas. Las multas que tuvieron que pagar fueron cuantiosas, pero se les impuso una probation y pudieron conservar su fianza. Sin embargo, hay más.

Ella no apartó la mirada de él.

—Calder trasladó el vino de las bodegas de Demetria en mitad de la noche y luego hizo una llamada anónima a la ATB (Oficina de Impuestos sobre el Alcohol). Al día siguiente, cuando registraron

Los Cab, Calder apareció y le dijo a Gabe Ávila que tenía pruebas de que yo era el responsable.

Bradley quedó perpleja. —Seguro que sabían que estaba mintiendo.

—No de inmediato.

— ¿Por qué no?

Por la forma en que ella lo miraba, él no pudo resistirse a acariciarle la mejilla con su dedo. —Por motivos familiares. Que Gabe me acusara fue como volver a los días en que nuestras familias se odiaban.

— ¿Se odiaban? ¿Y qué hay de Alex y tu hermano?

—Hace años, el padre de Alex, Alfonso, acusó a mi padre de hacer trampa en la competición Paso Zin, —explicó Naughton.

—Me suena vagamente familiar.

—Entendí cómo se sintió papá cuando me pasó a mí.

— ¿Qué pasó?

— ¿En ese momento?

Bradley asintió.

—El padre de Alex tuvo un infarto y murió. Maddox dio un paso al frente y le rogó a mi padre que nos dejara ayudarlos a recoger la cosecha ese año.

— ¿Por Alex?

—En parte. Yo era una de las pocas personas que sabía que Mad y Alex llevaban años viéndose a escondidas. Pero era más que eso. Los propietarios de los viñedos del valle siempre han trabajado juntos, pase lo que pase. Ninguno de nosotros podía quedarse de brazos cruzados viendo cómo Los Cab pasaba apuros. Estoy seguro de que papá habría intervenido, lo hubiera pedido Maddox o no.

—Dijiste que, al principio, Gabe creía que tú eras responsable del traslado del vino. ¿Qué cambió? —preguntó ella.

Él había empezado esta historia y ahora tenía que terminarla, pero cuanto menos supieran sobre Lena y su matrimonio con Kade, mejor, sobre todo teniendo en cuenta que Naughton y sus hermanos aún no se lo habían contado a sus padres.

—Alguien que tenía pruebas de que Calder lo había hecho se presentó.

Bradley hizo una mueca. —Suena misterioso.

—Lo es.

— ¿Qué pasó con Calder? —preguntó ella.

—Nada. El problema era que no había base legal para procesarlo. Había sacado el vino de las bodegas y se lo había entregado a su legítimo propietario. Llamar a la ATB tampoco era ilegal. Sin embargo, lo que hicieron los Ávila sí lo era.

— ¿Por qué? Quiero decir, ¿qué buscaba Calder?

—Tierras. De cualquier forma que pudiera conseguirla. Esa es la teoría, al menos. La mayor parte de las propiedades del lado oeste son de propiedad familiar y probablemente nunca se venderán. Con lo que está sucediendo en el norte, las grandes cooperativas vinícolas, de los que forma parte la familia de Calder, están haciendo todo lo posible por comprar tierras aquí. Por lo que he oído, están llegando a pagar dos o tres veces más de lo que valen actualmente. Si eso no funciona, suponemos que harán algo más siniestro.

—Tú eres parte de lo que quieren.

Naughton negó con la cabeza. —No soy ningún genio, Bradley. He tenido éxito combatiendo la sequía, las altas temperaturas y las plagas con las que nunca antes habíamos tenido que lidiar, pero eso no significa que pueda ayudarlos en el norte. No sé por qué creen que puedo hacerlo.

—He oído que es más que eso. Las universidades están intentando contratarte.

¿Cómo se había enterado de eso? — ¿Te lo ha contado Deveux?

Bradley asintió y giró la cabeza.

—No apartes la mirada. Lo que tengas que decir, dilo. ¿Estás de acuerdo con él, en que me niego a ayudar porque quiero que fracasen?

Bradley lo miró a los ojos. —No. Nunca pensaría eso.

—Bien. Yo no soy así.

—Lo sé, Naughton.

— ¿Quién tiene hambre? Cuidado con los platillos, están calientes. —Sadie le entregó un plato a Naughton. —Gracias, cariño —dijo cuando él lo colocó delante de Bradley y luego puso el otro plato delante de él—. Ahora mismo vuelvo con tus tostadas.

Bradley observó el plato que tenía delante.

— ¿Todo bien? —preguntó.

—Perfecto. Gracias.

Naughton esbozó una media sonrisa y se puso a comer. — ¿Dónde está Deveux ahora? —preguntó entre bocado y bocado.

—No lo sé.

Sadie colocó las tostadas entre ellos. — ¿Cómo ha estado tu hermano en estos días? —preguntó.

Naughton negó con la cabeza. —Tan pesado como siempre.

—He oído que él y Alex se van a casar.

—No lo sabía, pero no me sorprendería, —dijo antes de dar otro bocado.

Sadie se rio. —Te pareces mucho a Kade, —añadió antes de marcharse.

Por mucho que le gustara conversar con Sadie, él y Bradley tenían cosas que discutir. — ¿Por qué no lo sabes?

— ¿Qué?

—Dónde está tu novio.

Bradley respiró hondo. —Tuvimos una pelea.

—Bien.

Observó cómo Bradley pinchaba el huevo con un trozo de tostada, lo mojaba en la yema de color naranja brillante y le daba un bocado.

— ¿Se fue a casa?

Bradley se encogió de hombros. —Espero que sí.

—Yo también espero que se haya ido. ¿No está en Jenson?

—No, nunca se queda allí.

—Si no vas a comerte ese último trozo de beicon, me lo quedo yo. —La mano de Naughton estaba a medio camino de su plato cuando ella la apartó de un manotazo.

—Soy buena compartiendo —dijo ella—. Excepto cuando se trata de beicon.

—Una mujer que me entiende —murmuró él.

—Bueno, sobre el incendio...

—Claro. Cuando Mad me dijo que había oído la palabra «incendio provocado», Calder fue la primera persona que se nos vino a la mente a los dos.

—Había otras personas relacionadas con las cooperativas aquí cuando se inició el incendio.

Naughton casi deja caer el tenedor. En lugar de eso, lo apretó con fuerza. —No sigas por ahí.

—Pero...

—No, Bradley. No te metas en esto. Si están pensando en incendio provocado al poco tiempo de que fue controlado el fuego, es que hay pruebas. Si hay pruebas, entonces creo que descubriremos quién está detrás.

—Trey me pidió que recopilara información sobre los miembros de la cooperativa.

Esta vez, Naughton dejó caer el tenedor. —*Maldición, por Dios.* —Había una razón por la que odiaba a ese tipo desde el primer momento, y no era solo por Bradley—. ¿Qué le dijiste?

—Le dije que no lo haría.

—Y él no lo dejó pasar.

—No. No lo hizo. —Bradley miró por la ventana en lugar de mirarlo a él.

— ¿Qué más te dijo?

—Me presionó para que intentara hacerte cambiar de opinión sobre ayudarlos, pero le dije que no tenía ninguna influencia sobre ti.

—No se lo creyó.

Ella negó con la cabeza.

—Es porque tiene razón.

—Naughton, yo nunca lo haría.

Se limpió las manos con la servilleta y la rodeó con el brazo. —Mírame. —Cuando ella lo hizo, él se inclinó hacia delante y la besó—. Sé que nunca lo harías; no eres ese tipo de persona.

—Apenas me conoces, —murmuró ella.

—Te conozco lo suficiente. —La besó de nuevo y, esta vez, ella abrió la boca para recibirlo. Naughton le sujetó la barbilla con los dedos, manteniéndola donde quería. Todo lo que no había podido hacer cuando la besó en su camioneta, lo hizo ahora. Quería quedarse allí, pero no podía. Quería capturar su lengua con la suya y quitarle el aliento. Cuando ella intentó apartarse, él se adentró más, y ella se lo permitió.

Solo se detuvo cuando oyeron abrirse la puerta del restaurante y sintió que ella se tensaba.

—No ha habido un solo minuto cerca de ti en el que no haya querido hacer esto —dijo él.

—Yo tampoco.

—Me alegro de oírlo.

Naughton vio algo por el rabillo del ojo y miró a su alrededor.

— ¿Qué pasa? —preguntó ella cuando él se levantó del asiento.

—No estoy seguro. —Salió corriendo del restaurante y miró hacia la calle. Fue lo suficientemente rápido como para ver al hombre que entró en una de las casas.

Bradley salió por la puerta del restaurante. — ¿Naughton? ¿Qué pasa?

—Mi padre.

— ¿Qué pasa con él?

Sacudió la cabeza. —Se parecía mucho a él, pero ¿qué estaría haciendo en Harmony?

Naughton sacó su teléfono del bolsillo y llamó a Maddox.

— ¿Has visto a papá?, —preguntó cuando su hermano respondió.

—No desde esta mañana, ¿por qué?

—Me pregunto si está en casa. ¿Dónde estás?

—Ahora mismo voy hacia el granero.

— ¿Puedes ver si su camioneta está allí?

—Claro que sí. ¿Qué pasa, Naught? ¿Dónde estás?

—Estoy en Sadie y te juro que lo vi entrar en una casa al final de la calle.

—Déjame comprobar algo.

Naughton vigiló la casa mientras esperaba.

—Mierda —oyó decir a Maddox—. Su vieja camioneta ya no está. ¿Bradley sigue contigo?

—Sí —respondió Naughton.

—Tráela aquí.

—Pero ¿qué pasa con...?

—Hablaremos más de esto cuando llegues.

Naughton caminó un poco más por la cuadra y levantó la mano para que Bradley esperara. — ¿En qué estás pensando? —le preguntó a su hermano.

—Que sea lo que sea que está pasando, no es algo que ella necesite saber.

— ¿Qué te hace pensar que está pasando algo?

—Porque nadie conduce esa camioneta excepto él, y casi nunca lo hace. —Maddox hizo una pausa y Naught esperó—. Hay más.

— ¿Qué?

—Creo que también vi a alguien la última vez que estuve en Harmony.

Naughton sintió náuseas. — ¿A quién?

—Te lo diré cuando llegues aquí.

Naughton colgó y se frotó el cuello. Por mucho que quisiera ir a llamar a la puerta de la casa en la que había visto entrar a su padre, ¿qué le diría si lo hiciera?

Volvió al restaurante y vio que Bradley no se había movido desde que le había pedido que esperara.

—Naughton, ¿estás bien? —le preguntó ella.

—Sí, supongo que estoy viendo cosas.

— ¿No era tu padre?

—No. Está en casa, —mintió, sin saber muy bien por qué, salvo por su temor a que hubiera algo más detrás de la presencia de su padre en Harmony de lo que parecía a simple vista.

Sintió que ella no le había creído, o tal vez él estaba siendo paranoico. Cuando él entró, ella lo siguió.

— ¿Has terminado?, —le preguntó cuando se acercaron a su mesa.

—Claro. He terminado.

Naughton sacó su cartera y dejó algo de dinero sobre la mesa. — ¿Lista?

— ¿No quieres esperar a que traigan la cuenta?

—No hace falta. Como aquí todo el tiempo.

—Es increíble que puedas permitírtelo —murmuró ella.

— ¿Por qué?

—Has dejado cien dólares sobre la mesa por una comida que no debería haber costado más de veinte.

Naughton se encogió de hombros, salió y le entregó a Bradley su casco

❧ 14 ❧

BRADLEY

É l le estaba mintiendo, pero lo que fuera que estuviera pasando no era asunto suyo. Desde el momento en que Naughton creyó ver a su padre, su actitud cambió por completo.

Cuando ella se subió a la parte trasera de su moto y puso las manos en su cintura, sintió cómo se tensaban sus músculos. Quería soltarse, pero ¿a qué más podía aferrarse?

Condujeron en silencio, aunque hablar no habría sido fácil en la motocicleta, y él tomó una ruta diferente que los llevó a Adelaida Trail desde la otra dirección. Cuando llegaron a Jenson Vineyards, se detuvo.

—Mi camioneta está en el Rancho Butler —le dijo ella después de bajarse de la motocicleta y quitarse el casco.

—La traeré más tarde.

— ¿Hay alguna razón por la que no quieres que vaya allí?

Él negó con la cabeza. —Han sido unos días muy largos. Tómate el resto del día libre.

Eso la enfureció. —No trabajo para ti, ¿recuerdas?

En lugar de responder, Naughton arrancó la moto, la saludó con la mano y se marchó.

Bradley se quedó de pie, con las manos en las caderas, viéndolo alejarse.

— ¿Qué pasa? —preguntó su tía, saliendo por la puerta.

—No tengo ni idea.

— ¿Era Naughton?

—Sí.

Su tía negó con la cabeza y se echó a reír.

— ¿Qué?

—Son carne y uña.

Bradley la siguió al interior. — ¿Qué quieres decir con eso? Naughton y yo no somos... no somos...

— ¿Una pareja?

—No lo somos.

La tía Jean apoyó la palma de la mano en la mejilla de Bradley. — Por supuesto que lo son, cariño.

—Pero yo trabajo para él.

—No, no es así. Tú trabajas para Maddox.

— ¿Por qué todo el mundo sigue diciendo eso? —murmuró mientras subía las escaleras hacia su habitación.

15

NAUGHTON

Maddox tenía razón; la vieja camioneta de su padre no estaba en el rancho, y no necesitó mirar en el granero para confirmarlo. La vio cuando pasó por delante de la casa en la que creía haber visto entrar a su padre. Peor aún, había otro vehículo del rancho Butler aparcado en la entrada, delante de ella.

—Ya estás aquí —dijo Maddox cuando Naughton llegó con la moto y apagó el motor—. Entremos.

Naughton siguió a su hermano, se quitó el casco, lo dejó sobre la mesa de la cocina de Mad y se sentó.

— ¿A quién has visto? —preguntó Naughton.

—No pierdes el tiempo, ¿eh? Te he dicho que *creía* haber visto a alguien.

No estaba de humor para esas tonterías. — ¿*A quién*, Maddox?

—A alguien que se parecía a Kade.

Naughton golpeó la silla contra la pared al levantarse. Se frotó la nuca y empezó a dar vueltas por la cocina de Mad.

—Siéntate.

Naughton se dio vuelta. — ¿Hablas en serio, Mad?

—No fue...

— ¿Cuándo?

—El día antes de ir a hablar con Lang.

—*Eso fue hace más de dos meses.* —Naughton reprimió la ira que sentía crecer en su interior—. ¿Por qué no lo has dicho antes?

—Pensaba que estaba volviéndome loco. Fue justo después de una pelea con Alex y, sinceramente, creí que había perdido la cabeza.

— ¿Por qué no lo mencionaste cuando Lang dijo que Kade lo había visitado?

Su hermano se frotó la cara. —Porque yo también pensaba que estaba loco.

— ¿Y ahora qué piensas?

Maddox se levantó y se dirigió al refrigerador. — ¿Cerveza?

—Ni hablar. Algo más fuerte.

Maddox sacó dos vasos de la estantería, echó un par de cubitos de hielo en cada uno y abrió el armario donde guardaba las bebidas alcohólicas. — ¿Qué te apetece?

—Bourbon. Y sin hielo.

Mad tiró los cubitos al fregadero y echó un par de dedos en el vaso.

—Más.

Mad negó con la cabeza, volvió a servir la misma cantidad y le entregó el vaso a Naughton.

—Respóndeme. ¿Qué opinas ahora? —le exigió.

—No fue Kade. Empecemos por ahí. Kade está muerto. —Parecía que Mad intentaba convencerse a sí mismo tanto como a Naught.

— ¿Quién era entonces?

— ¿Recuerdas lo que dijo Alex cuando pasó todo eso con Lang? Dijo que no quería ofender a nadie, pero que todos esos tipos se parecían mucho. En cierta medida, tenía razón. Desde lejos, podría haber sido cualquiera.

Naughton lo entendió. —Hoy había alguien más del Rancho Butler allí.

— ¿Quién?

—No lo sé, pero no solo vi la camioneta de papá. La vieja Silverado también estaba allí.

— ¿Qué casa era?

—La tercera, en el mismo lado de la calle que la de Sadie, con revestimiento marrón claro. ¿Es ahí donde creíste ver a Kade?

Maddox asintió. —No era Kade. Era alguien que se le parecía.

— ¿Por qué estaba papá en la misma casa y quién más estaba allí con él?

—No tengo idea.

— ¿Crees que fue él quien condujo mi camioneta hasta Demetria aquella noche?

Maddox no respondió de inmediato. Se levantó, tiró el hielo en el fregadero, se sirvió más bourbon, pero no se volvió a mirarlo. — Tuve tiempo para pensar mientras esperaba a que llegaras.

—¿Y?

—Hay muchas cosas que no cuadran, Naught.

Cuando Maddox se volvió hacia él, Naughton vio que su hermano estaba luchando tanto como él contra las lágrimas que amenazaban con brotar de sus ojos. Puede que hubieran recibido la noticia de que Kade había sido asesinado hacía más de año y medio, pero eso no significaba que el dolor de perderlo fuera menos intenso.

—Háblame, Mad.

—No puedo quitarme de la cabeza el día en que papá me dio la carta de Kade. —Maddox se agarró la nuca. Era algo que todos sus hermanos hacían cuando estaban estresados.

—Entonces no tenía sentido, y sigue sin tener una explicación clara. ¿Por qué el abogado pidió a nuestros padres que fueran a la oficina en lugar de que yo me presentara allí? Tú fuiste quien me dijo que Peter Wendt no sabía nada de que éramos propietarios de la finca antes de eso. ¿Cómo lo sabías?

—Porque Kade me dijo donde estaban las escrituras.

— *¿Qué más, Naughton?* Es hora de que me lo cuentes todo. Todo lo que me has estado ocultando. ¡Ahora mismo!

Naughton entendía la frustración de Mad, pero no sabía mucho más, excepto lo de las escrituras y cómo Kade había querido que Maddox recibiera la noticia. —Yo fui quien le pidió a Wendt que llamara a papá. Yo fui quien le dio los sobres que él entregó a nuestros padres, quienes a su vez te los dieron a ti.

El vaso que Maddox sostenía en la mano se rompió entre sus dedos. — *¿Y me lo dices ahora? ¿Qué carajo pasa, Naughton?*

—Ya te lo dije entonces. Era lo que quería Kade.

—*Maldito hipócrita.* Hace menos de cinco minutos me echabas en cara que no te hubiera dicho que creía haber visto a Kade en Harmony.— Maddox salió por la puerta de su cabaña y la cerró de un portazo.

En lugar de seguirlo, Naughton se sirvió otro par de tragos de bourbon, limpió los cristales esparcidos por el suelo y esperó a que Maddox regresara unos minutos más tarde.

— *¿Qué más?* —preguntó su hermano.

—Eso es todo.

— ¿Dependía de ti, y solo de ti, decidir cuándo decirme que Kade nos había dejado la tierra?

Naughton asintió.

— ¿Por qué?

— ¿Por qué qué?

— ¿Por qué tú?

—Porque yo era el único que sabía lo tuyo con Alex. Durante años, fui el único.

—Esto es una mierda —Maddox dio un puñetazo en la barra.

— *¡Te estás desviando del asunto con cosas que no importan!* —gritó Naughton.

— *¿Cómo puedes decir que no importan?*

—*Porque eso es pasado.*

Naughton se sentó y se terminó el bourbon de su vaso.

—Porque sabes lo de la tierra. Porque tú y Alex están juntos y son felices. Y eso es lo que Kade quería para ustedes. Que tú y Alex fueran felices.

Cuando los ojos de Naught se llenaron de lágrimas que ya no pudo contener, maldijo en silencio a sus dos hermanos. Al que tenía delante y al que los había abandonado a ambos.

Maddox tomó la botella de la encimera de la cocina y también se sentó. — ¿Qué quería para ti, Naught?

Naughton se llevó las manos a la cabeza. —Ojalá lo supiera.

—Ojalá lo supiera yo también. Ojalá pudiera entender por qué está pasando toda esta mierda: por qué papá estaba en Harmony, quién estaba con él, a quién vi ese día cuando estaba en casa de Sadie y quién carajo provocó el incendio. Porque tengo que decirte que siento que hay alguien ahí fuera que quiere acabar con nosotros.

Naughton asintió. Era obvio que había algo más que Calder y sus compinches del norte queriendo más tierras en la costa central. Si había alguien capaz de llegar al fondo de todo lo que estaba pasando a su alrededor, ese era Kade, y él ya no estaba.

—Lo echo mucho de menos, —murmuró.

Maddox asintió. —Yo también.

Se sentaron a la mesa de la cocina hasta que se puso el sol. Cuando uno vaciaba su vaso, el otro lo llenaba, y ninguno de los dos hablaba.

— ¿Qué demonios? —dijo Alex al entrar en la cocina y encontrarlos sentados en la oscuridad. Cuando encendió la luz, tanto él como Mad se taparon los ojos.

Ella tomó la botella vacía que había sobre la mesa.

— ¿Están borrachos? —Los miró a ambos hasta que Maddox finalmente asintió con la cabeza.

—Estás en lo cierto.

—Oh, Dios mío. —Tiró la botella a la basura, llenó la cafetera con agua y echó café en el filtro. Mientras esperaba a que se hiciera, lavó los vasos y los metió en el lavavajillas, luego buscó el teléfono que Mad había dejado cerca del fregadero—. Como pensaba. El timbre está apagado.

Miró a Naughton—. ¿El tuyo también?

Él se encogió de hombros. —No sé dónde está el mío.

Alex lo rodeó. —Está aquí mismo, en la encimera detrás de ti. — Lo dejó sobre la mesa frente a él.

—Llevo dos horas llamándolos a los dos.

—Lo siento, cariño. —Maddox intentó atraer a Alex hacia él, pero ella le apartó la mano—. Déjame traerte primero el café y luego me cuentas qué demonios ha pasado.

Naughton se llevó las manos a la cabeza, deseando poder evitar que la habitación diera vueltas.

—Beban esto. —Dejó un vaso de agua delante de él y otro delante de Mad y se puso las manos en las caderas—. Todo. —Cuando terminaron de beberse los vasos de agua, los volvió a llenar.

Naughton observó cómo Alex abría la nevera, sacaba la leche y echaba un poco en el café de Mad y más en el suyo. Ella había formado parte de sus vidas durante tanto tiempo. No solo sabía cómo le gustaba el café a Mad. También sabía cómo le gustaba a él.

—Gracias, cariño —dijo Maddox cuando ella dejó la taza delante de él—. Lo siento.

—No pasa nada. Lo entiendo. Ahora, cuéntenme. ¿Qué demonios ha pasado?

— ¿Quieres contárselo? —preguntó Maddox.

— ¿Lo que ha pasado hoy o todo? —preguntó Naughton.

—Ella sabe todo lo que ha pasado hasta hoy —respondió su hermano.

— ¿Incluso que creíste ver a Kade en Harmony?

—Oh, Dios —dijo Alex por segunda vez. —Maldita sea, ojalá no te hubieras bebido toda esa botella de bourbon. ¿Tú también lo viste, Naught?

—A Kade no. A papá —respondió Maddox por él.

—Bien, comienza por el principio.

Naughton miró su teléfono. —Mierda. No puedo creer que sean más de las nueve. Le dije a Bradley que le llevaría su camioneta.

—Todavía tenía su móvil. Cuando vino a recogerlo, se la llevó.

— ¿Se enfadó?, —preguntó Naughton.

Mad frunció el ceño. — ¿Debería haberse enfadado?

Naughton se encogió de hombros. —Ni idea.

—Te lo volveré a decir cuando estés sobrio, pero Naught, no la cagues. Bradley vale la pena, —dijo Alex.

—Lo sé, —murmuró él.

Ella se rio. —Por eso sé que estás completamente borracho. Ahora, cuéntenme qué pasó esta tarde.

Naughton se saltó la parte en la que había estado con Bradley y pasó directamente a contar que creía haber visto a su padre en Harmony.

— ¿Estás seguro de que era él?

Naughton se encogió de hombros.

— ¿Por qué no llamaste a la puerta y le preguntaste qué hacía allí?

—Bradley estaba con él —respondió Maddox.

— ¿Y eso tenía sentido cuando ambos estaban sobrios?

Naughton asintió con la cabeza. —Sea lo que sea esta mierda, ella no tiene por qué verse envuelta en ella. Ya se siente culpable por el incendio.

— *¿Por qué?* —preguntaron Maddox y Alex al mismo tiempo.

—Ella cree que su novio podría tener algo que ver con ello —les dijo Naughton.

Alex miró a Maddox, quien miró a Naughton.

— ¿Qué?, —preguntó.

—Lo interrogaron, —dijo Mad.

— ¿Sobre el incendio?

—Sí.

Naughton volcó su silla al levantarse de un salto de la mesa. — ¿Dónde diablos está él? ¿Dónde está ella?

Alex se levantó y puso la mano en el brazo de Naughton. — Cálmate. Bradley está con su tía y su tío.

— ¿Dónde está el novio?

Una vez más, Alex miró a Maddox.

— *¡Dímelo!*

—Se marchó del hotel esta mañana, así que suponemos que ha vuelto a Napa.

— ¿Suponen? ¿Y si no lo ha hecho? —Naughton cerró los ojos con fuerza—. Mierda, no puedo conducir. He bebido demasiado. Tienes que llevarme allí.

— ¿Qué? No. Ella está bien. Te dije que está con su tía y su tío. No puedes ir allí ahora. Estás demasiado borracho.

—Entonces iré caminando. —Salió furioso por la puerta, dejándola cerrarse de golpe tras él. No había recorrido mucho trecho cuando Alex llegó tras él.

—La llamaremos, ¿de acuerdo? Te dije antes, no puedes ir allí así, —le suplicó ella.

— ¿Así cómo?

—Borracho como una cuba.

— ¿Y si le hace daño?

—Naughton, detente y mírame.

Cuando él se detuvo, Alex se paró frente a él y le puso las manos sobre los hombros.

—Él no le hará daño.

— ¿Charlie y Jean lo saben?

—Saben que Trey fue interrogado sobre el incendio, pero no saben por qué. El alguacil dio a entender que querían saber más sobre lo que él había visto, que saber dónde estaba o si había tenido alguna participación.

Naught no sabía si eso era bueno o malo, pero, en cualquier caso, lo hacía sentirse peor. —Ella se va a culpar por todo esto.

16

BRADLEY

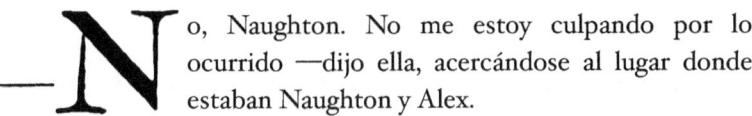o, Naughton. No me estoy culpando por lo ocurrido —dijo ella, acercándose al lugar donde estaban Naughton y Alex.

—Por Dios, chica —dijo Alex, agarrando a Naughton cuando este trastabilló hacia atrás.

—Lo siento, no quería asustarte.

Alex puso la mano en el brazo de Bradley. — ¿Asustarme? Por Dios, chica. Casi me matas del susto.

Naughton se apoyó contra ella. —Bradley, Dios. Lo siento mucho. —Cuando percibió el olor de su aliento, agitó la mano delante de la cara.

—Está borracho, —explicó Alex innecesariamente.

— ¿Qué estás haciendo aquí? —Preguntó Naughton—. Estaba muy preocupado. —Le rodeó los hombros con el brazo y apoyó la cabeza contra la de ella—. Me alegro mucho de que estés aquí.

—Vamos, Naught. Ahora que sabes que Bradley está a salvo, vamos a darte un poco más de agua y puedes dar por terminada la noche —dijo Alex.

Naughton negó con la cabeza. —Solo si vienes conmigo, —le dijo a Bradley—. Tengo que mantenerte a salvo.

Ella le rodeó la cintura con el brazo. —Iré contigo.

— ¿Puedo preguntarte por qué estás aquí? —susurró Alex.

—No podía dormir. Sobre todo después de que la tía Jean me dijera que habían interrogado a Trey.

—Me alegro mucho de que estés aquí, Bradley —repitió Naughton—. Vámonos a casa.

— ¿Cuánto ha bebido? —susurró Bradley.

—Media botella de bourbon, por lo que sé. Mad no está en mejor estado.

Cuando Alex ayudó a Bradley a meter a Naughton en su cabaña, acordaron que no era buena idea intentar subirlo por las escaleras.

Se sentó en el sofá y tiró de Bradley para que se sentara con él. —Tienes que quedarte aquí esta noche.

No pudo evitar sonreír. — ¿De verdad? ¿Por qué? —El alcohol derribó el muro que Naughton había construido con tanto cuidado a su alrededor, y ella pudo vislumbrar lo dulce que podía llegar a ser. Sin embargo, al día siguiente se sentiría como si estuviera muriéndose.

—Tengo que mantenerte a salvo.

—No estoy en peligro, Naughton.

—Podrías estarlo. Nunca se sabe con todo lo que es capaz de

hacer Kade. Todos podríamos estar en peligro. —Naughton cerró los ojos, dejó caer la cabeza contra el sofá y se quedó dormido.

— ¿De qué está hablando? —le preguntó Bradley a Alex, siguiéndola a la cocina.

—No estoy segura, pero sea lo que sea, puedes estar segura de que él tampoco lo sabe.

—El incendio...

Alex se apoyó en la encimera. —Tengo mi propia teoría sobre quién lo provocó.

—Naughton me habló de Calder.

—Es mi principal sospechoso.

Bradley negó con la cabeza. —Es difícil creer que todo esto sea por querer comprar tierras.

—Es una industria que mueve cincuenta y seis mil millones al año solo en California. Más de cien mil millones en todo Estados Unidos.

Bradley asintió. Conocía las cifras y, por muy abrumadoras que fueran, le costaba entender que alguien llegara a cometer un delito tan grave como provocar un incendio.

— ¿Qué quiso decir con «todo lo que es capaz de hacer Kade»?, —preguntó.

—Ni idea, —respondió Alex.

—Creía que Kade estaba muerto.

—En realidad, si está muerto.

Bradley estaba perdida. — ¿Qué tiene que ver él con el incendio?

—Nada. Para ser sincera, no consigo entender nada de esto. Sin embargo, hay una cosa en la que Naughton acertó en sus divagaciones de borracho. Parece que las malas intenciones de Kade no dejan de aparecer cuando menos te lo esperas.

— ¿Bradley? ¿Dónde te has metido, cariño?

—Oh, Dios. —Alex se rio cuando Naughton gritó desde la otra habitación—. Debería grabar todo esto. Está aquí, Naught. Te dijo que se quedaría.

Los hombros de Alex temblaban como si estuviera conteniendo la risa.

—Basta —Bradley le dio un golpecito.

—Si hay algún secreto de la viña que quieras saber, ahora es el momento de preguntar.

—Me niego a aprovecharme de un hombre borracho.

—Oh, cariño, puedes aprovecharte de mí todo lo que quieras. —Bradley y Alex se sobresaltaron cuando Naughton entró en la cocina, pero siguieron riendo.

—Vamos, Bradley. Llévame a la cama. —Naughton la agarró de la mano y la empujó hacia las escaleras.

—Si esto es demasiado, dímelo —le dijo Alex.

—Estoy bien. Quizás puedas ayudarme a subirlo por las escaleras. Supongo que ahí es donde está su dormitorio.

— ¿Crees que te gustará mi dormitorio, Bradley? Espera a ver mi *cuarto de baño*.

—Oh, Dios mío —dijo Alex de nuevo mientras ayudaba a Bradley a acostar a Naughton en la cama—. Tiene razón. El cuarto de baño es espectacular. Echa un vistazo. —Le guiñó un ojo—. El de Mad también lo es, aunque es muy diferente.

. . .

BRADLEY SABÍA QUE NO DEBÍA FISGONEAR, PERO NAUGHTON SE quedó dormido en cuanto su cuerpo tocó el colchón. Sus ronquidos lo confirmaban.

Entró de puntillas en el cuarto de baño. Alex no bromeaba, y Naughton tampoco. Era espectacular.

Una de las paredes de la espaciosa habitación era de piedra, al igual que el suelo. El acabado era natural, como el utilizado en el exterior de la cabaña.

Dos lavabos esmaltados descansaban sobre pedestales individuales muy bonitos hechos con troncos de árbol, y la bañera, lo suficientemente grande para dos personas, se encontraba en un hueco también rodeado de piedra.

Había tres puertas empotradas en la pared opuesta, que estaba cubierta con lo que parecía madera recuperada de un granero. La primera tenía una ventana de treinta por sesenta centímetros y un panel de control a la izquierda. Bradley echó un vistazo al sauna para dos personas.

Detrás de la segunda puerta, hecha de vidrio templado, había una ducha de vapor que, al igual que la bañera y el sauna, era lo suficientemente grande para dos personas. Detrás de la tercera puerta, hecha de la misma madera recuperada que la pared, había un inodoro.

Aliviada al oír que Naughton seguía roncando, Bradley se escabulló en su dormitorio. Junto a la ventana había un sillón de cuero acolchado de gran tamaño, a juego con el cabecero de la cama. Bradley no podía imaginar un lugar mejor para ponerse cómoda con un buen libro. Cuando vio una manta con labrado acanalado y una cesta con novelas en el suelo, cerca del sillón, apagó la luz junto a la cama de Naughton, encendió la lámpara de pie junto al sillón y se acomodó para leer.

17

NAUGHTON

Naughton abrió los ojos, levantó la cabeza y vio a Bradley sentada en su sillón. Tenía un libro abierto en el regazo y estaba profundamente dormida.

No recordaba mucho de la noche anterior, salvo que le había pedido que se quedara con él, lo cual lo hacía sentir como un completo idiota. Debería despertarla, pero no se atrevía. Parecía un ángel con el resplandor de la suave luz que entraba por la ventana y se posaba sobre ella.

Pensó que se despertaría con un terrible dolor de cabeza, pero no ocurrió, y solo recordaba vagamente que ella o Alex le habían dado un par de pastillas antes de ayudarlo a subir las escaleras. Se preguntó cómo estaría Mad esa mañana; su hermano había bebido tanto bourbon como él.

Bradley estiró los brazos por encima de la cabeza, abrió los ojos y se incorporó en el sillón. —Hola —murmuró ella.

—Me has pillado mirándote. Buenos días, preciosa. Ese no parece un lugar muy cómodo para dormir.

Bradley dejó el libro en la cesta. — ¿Cómo te encuentras esta mañana? —preguntó.

—Me encanta cómo te ves con la luz que entra por la ventana. Si tuviera un cuaderno de bocetos, te dibujaría así.

— ¿Dibujas?

—No tanto como antes. —Naughton señaló la parra dibujada sobre tablones de madera colocados en la pared—. La hice hace unos cinco años.

—Es preciosa. Estaba buscando la firma del artista. Me encanta.

—Gracias. Quizás algún día te enseñe otros trabajos míos.

Bradley sonrió, y eso lo dejó sin aliento, como siempre. —Me encantaría.

—Te quedaste.

—Tú me lo pediste.

—No es exactamente como imaginaba nuestro primer encuentro en mi dormitorio. —Se levantó y la ayudó a levantarse del sillón.

Cuando ella cerró los ojos, se recostó contra su mano y sus mejillas adquirieron ese tono rosado perfecto, él se inclinó hacia adelante y la besó.

—Quizás vuelvas a visitarnos alguna vez —le susurró.

Ella sonrió. —Quizás.

— ¿Qué tal si preparo un gran desayuno para compensar lo de anoche? —propuso Naughton.

—No tienes por qué hacerlo.

—Quiero hacerlo.

Él la sorprendió echando un vistazo a su teléfono.

—Hoy no se trabaja. Es el Día del Trabajo y la bodega está cerrada.

—Pero hay mucho que hacer.

—Hoy no. Ni siquiera vamos a abrir la sala de degustación. Vamos, bella durmiente. Desayunemos. —Naughton la tomó de la mano y la llevó escaleras abajo hasta la cocina. Apartó una silla de la mesa y le indicó que se sentara.

—No tienes por qué preparar un desayuno. Puedo irme a casa.

—No quiero que te vayas.

—Entonces te ayudo.

Él sonrió. —Es una oferta que voy a aceptar.

Naughton le mostró a Bradley dónde guardaba el café y le señaló la cafetera. —Puedes usar esa, o hay una cafetera francesa en ese armario. —Abrió el armario, sacó la cafetera y llenó de agua la tetera que estaba sobre la cocina.

Él sonrió. —También es mi preferida.

— ¿Estás seguro de que no vas a trabajar hoy?

—Mad y yo lo hablamos ayer y no vamos a empezar hasta mañana. Los empleados del Rancho Butler, junto con la mayoría de los de otras bodegas, han estado aquí trabajando sin descanso. Todos necesitamos un día libre.

—De acuerdo, bien...

—Dilo. Lo que tengas en mente.

Bradley negó con la cabeza. —No es nada.

—Si no es nada, es algo.

—No quiero entrometerme.

Naughton dejó la sartén para el beicon en la encimera y colocó ambas manos sobre sus hombros. En lugar de tranquilizarla con palabras, utilizó los labios y luego la lengua. Le besó cada uno de los párpados, la punta de la nariz, la mejilla y el cuello, debajo de la oreja. Cuando sintió que ella le rodeaba la cintura con los brazos, apretó su cuerpo contra el de ella, dejándole sentir exactamente lo mucho que la deseaba allí con él, en sus brazos, en su cocina y, pronto, en su cama.

En ese momento, la tetera de la cocina pitó y Naughton se apartó para apagar el fuego. Bradley se movió para no estar frente a él.

—Estás muy callada esta mañana —dijo él.

Ella miró por encima del hombro. —Tú no.

— ¿No?

—Has dicho más palabras entre anoche y esta mañana que las que has dicho desde que te conocí.

—Hay muchas cosas que quiero contarte.

Bradley suspiró, se volvió hacia la ventana y cerró los ojos.

— ¿Qué pasa? Y no me digas que nada.

Bradley negó con la cabeza y Naughton le puso una mano en el hombro. —Mírame. Dime qué te ha molestado.

Los ojos de Naughton se clavaron en los de ella.

—Dímelo.

—No es asunto mío.

—Acostarte conmigo lo cambió todo. Ahora sí que es asunto tuyo.

Eso la hizo sonreír. —No me acosté contigo.

—Yo estaba dormido. Tú estabas dormida. Los dos en la misma habitación. Eso es acostarse juntos.

Ella volvió a sonreír. —Puedes ser encantador cuando quieres.

—Eso no es todo lo que quieres decir.

Cuando Bradley intentó volver a apartarse, él la abrazó con fuerza. —Solo dilo.

—De acuerdo, lo haré, pero que conste que tú lo pediste.

Naughton se enderezó. —Estoy listo. Dime lo peor que quieras decir.

—Ayer me mentiste, luego te mostraste frío, distante y... grosero.

Él bajó la cabeza. —El trío perfecto. Eh, supongo que fueron cuatro cosas, no tres.

— ¿Por qué? Si no es asunto mío, dilo, pero no mientas.

—Tú mentiste y a mí tampoco me gustó.

— ¿Cuándo?

—En Demetria. Cuando dijiste que no querías que te besara.

—No es lo mismo, y no cambies de tema.

Naughton la soltó, puso el beicon en la sartén y encendió el fuego. —Ayer vi a mi padre en Harmony y me desconcertó.

— ¿Lo suficiente como para mentirme?

—Sí.

—Anoche dijiste otras cosas. Alex dijo que no lo recordarías, pero...

—Adelante. Cuéntame.

—Dijiste que quizá todos estuviéramos en peligro por culpa de tu hermano.

—Lo recuerdo vagamente, pero recuerdo algunas cosas.

— ¿Y? —insistió ella.

—Voy a ser sincero contigo, Bradley, así que presta atención.

—De acuerdo.

—Han pasado muchas cosas en el valle en los últimos meses, no solo con Calder, sino también dentro de nuestra familia. Hay secretos que han salido a la luz, pero ninguno de nosotros, ni Maddox, ni Brodie, ni yo, creemos que los hayamos descubierto todos.

— ¿Los secretos de Kade?

—Sí. Cuando vi a mi padre ayer, me di cuenta de que no todo es culpa de Kade. Hay algo más que está pasando y de lo que no sé nada.

— ¿Y Maddox tampoco lo sabe?

—Él no sabe más que yo, ni que Brodie.

— ¿Por qué no le preguntaste a tu padre que estaba haciendo allí?

No estaba seguro de cómo responder. Quizás por miedo. O por no querer volver a abrir la herida de la muerte de Kade.

—Si vieras a tu padre en un lugar donde nunca esperarías encontrarlo y hubiera indicios de que está ocultando algo, ¿llamarías a la puerta y le preguntarías?

Bradley lo pensó. —No —dijo después de un par de minutos—. Supongo que no lo haría.

—No hablemos más de esto. Desayunemos, te llevaré a casa y esta tarde iremos a una cata de vinos.

—Me gustaría. El otro día pensaba que debería visitar algunas de las otras bodegas. No he tenido mucho tiempo para hacerlo en el pasado.

—Me dará la oportunidad de agradecerle a algunos de ellos su ayuda con el incendio.

— ¿Crees que a Alex y Maddox les gustaría venir también?

Naughton sonrió. Sería la primera vez. En todos los años que Mad y Alex habían estado juntos, él había salido con los dos, pero nunca había llevado a una cita. Esto era una cita, ¿no? Sacó su teléfono y les envió un mensaje a ambos. En cuestión de segundos, Alex respondió.

— ¿Les has preguntado?

—Sí, y ella ha respondido que sí. Van a ir con nosotros.

18

BRADLEY

—**C**uéntale tu idea a Naught, Al —dijo Maddox mientras subían los escalones de la entrada de la bodega Pear Valley.

—Creo que deberíamos organizar una cena en Los Cab para agradecer a todos los que vinieron a ayudar después del incendio. Tiene que ser esta semana, antes de que nos metamos de lleno en la vendimia.

—Es una idea estupenda —dijo Bradley—. Yo te ayudaré. ¿Cuándo piensas hacerlo?

—El miércoles. No será difícil correr la voz. *Duelas* ha estado recibiendo llamadas de gente que quiere saber qué puede hacer para ayudar a la familia Butler. De ahí saqué la idea. Para ser sincera, fue más idea de Peyton que mía.

—No queda mucho tiempo.

Alex rodeó con el brazo los hombros de Bradley. —No te preocupes. Aquí, en el valle, sabemos cómo hacerlo.

— ¿Qué opinas, Naught? —preguntó Maddox.

—Parece mucho trabajo, pero se lo debemos, ¿no?

Maddox negó con la cabeza. —Vamos, gruñón. Traigamos vino a estas guapas jovencitas.

—Me alegro de que hayamos venido, —dijo Alex mientras esperaban en el patio—. Necesitábamos un descanso de toda la mala energía que nos rodea.

—Buena forma de describirla, —murmuró Bradley.

—Es como si se acercara y luego se fuera. En cuanto crees que se ha ido, vuelve a aparecer.

Ella pudo ver a Naughton de pie cerca de la barra, dentro del local, y observó cómo se alejaba mientras Maddox hablaba. Sonrió y asintió con la cabeza, pero no parecía haber hablado mucho.

— ¿En qué estás pensando?, —le preguntó Alex dándole un codazo.

—En lo callado que es.

—Nuestro Naught no es muy hablador.

Bradley se encogió de hombros.

— ¿No estás de acuerdo?

—A veces es muy callado.

—Oh, esto me va a encantar. Cuéntame más —bromeó Alex.

—En realidad, no hay nada que contar... —Los ojos de Bradley no se habían apartado de Naughton, así que cuando su expresión cambió, incluso todo su cuerpo, ella lo notó. —Oh, oh.

— ¿Qué? —preguntó Alex, siguiendo la mirada de Bradley. —Oh, mierda. ¿Qué demonios está haciendo él aquí?

— ¿Quién?

—Calder.

— ¿Entramos?

—No estoy segura. Esperemos un momento. Naughton no querrá que entres ahí. De eso estoy segura. Maddox sabe que no soporto a Calder y probablemente le preocupe que yo lo complique aún más.

Bradley y Alex se quedaron sin aliento cuando vieron a Naughton girarse y lanzar un puñetazo a Rory. Cuando ella se levantó de un salto, Alex puso la mano en el brazo de Bradley. —Espera, —le dijo.

Lo siguiente que vieron desde su posición privilegiada en el exterior fue a un grupo que se llevaba a Calder del bar.

— ¿Qué está pasando? —preguntó Bradley.

—Creo que lo están echando.

— ¿A quién?

—A Calder. Desde luego, no a Naughton.

En ese momento, Naughton se volvió hacia Bradley. La expresión de su rostro era la misma que ella había visto en casa de Sadie. Era como si se hubiera bajado el telón sobre el Naughton con el que había estado esa mañana y, cuando volvió a subir, había un hombre diferente en su lugar.

—Debería irme —le dijo a Alex.

— ¿Qué? ¿Por qué? Naughton está...

—Ya no me quiere aquí.

— ¿A qué viene eso, Bradley? —preguntó Alex.

—Míralo.

Él se había dado la vuelta, pero Bradley podía ver cómo se encorvaban lentamente sus hombros. Algo lo estaba atormentando y, fuera lo que fuera, no quería que ella lo viera.

19

NAUGHTON

Una guerra interna se estaba librando dentro de él . En las últimas veinticuatro horas, Bradley lo había visto en su peor momento. Primero borracho y ahora pendenciero. Esos no eran los únicos dos demonios que guardaba en su interior.

El día que Kade llevó por primera vez a Naughton a ver la propiedad de Old Creek Road, su hermano mayor le había llamado la atención por esos demonios.

—Alimenta al lobo blanco, —le dijo Kade.

Naughton había oído tantas veces a su hermano referirse a la leyenda cherokee que indica la presencia de dos lobos en cada persona, mientras crecía, que en alguna ocasión se lo había recriminado.

—Nunca te oigo decir esas cosas a Maddox o a Brodie. ¿Por qué siempre me lo echas en cara a mí?, —le había dicho.

—Cuando te miro a veces, siento como si me mirara en un espejo. Te lo guardas todo dentro.

— ¿Y qué hay de malo en eso?

—Para guardártelo, te cierras en ti mismo, Naught. ¿Qué te quita el sueño?

— ¿A qué te refieres?, —preguntó él.

—Cuando estás recostado en la cama, sin poder dormir, ¿qué te atormenta?, —continuó Kade.

Naughton se encogió de hombros. —No lo sé.

—Te diré lo que me atormenta a mí, si quieres saberlo.

—Adelante, —lo animó Naughton.

—El día en que el hombre que soy se encuentre con el hombre en el que podría haberme convertido. Ese es mi propio infierno, Naughton.

—No hay nada malo en el hombre que eres.

— ¿Pero qué hay del hombre que podría haber sido?

¿PERO QUÉ HAY DEL HOMBRE QUE PODRÍA HABER SIDO? NUNCA había entendido realmente esas palabras hasta ese momento, mirando desde donde estaba a la mujer que lo hacía querer ser una persona mejor.

Había visto su miedo, su preocupación, pero ¿qué más? ¿Desprecio? ¿O se lo estaba imaginando? Le había dado la espalda, temeroso de lo que pudiera percibir.

Lo guardas todo dentro. ¿No es eso lo que se supone que se debe hacer? ¿Mantener la ira dentro, donde no pueda hacer daño a nadie? Se le había escapado hacía unos instantes, cuando Calder lo había encarado y se había burlado de él.

. . .

Si Kade hubiera estado con él hoy en lugar de Maddox, su hermano mayor habría percibido su conmoción y lo habría detenido. No habría sido la primera vez que Kade le impedía dar rienda suelta a su ira.

Alimenta al lobo blanco. El lobo blanco estaba lleno de paz, amor, esperanza, valentía, humildad, compasión y fe. Así decía la leyenda.

Cuando sintió una mano fuerte sobre su hombro, Naughton cerró los ojos y deseó que fuera la de Kade. Lo extrañaba tanto que a veces sentía que su pecho iba a estallar por la presión de su corazón roto.

—Naught —dijo la voz de Mad—. Se ha ido.

—Odio a ese hijo de puta.

—No estás solo.

Bajó la cabeza. —Soy el único que se deja provocar hasta el punto de pegarle.

—Lo siento. Lo que ha dicho es una completa estupidez. Debería haber intervenido, —dijo Mad.

Naughton se volvió para mirar a Maddox. — ¿Por qué?

—No lo sé... porque ahora soy el hermano mayor. Porque Kade lo habría hecho.

—Kade no me habría dejado pegarle, —dijo Naughton.

—No, no lo habría permitido. En cambio, habría tenido alguna respuesta ingeniosa que Calder no habría entendido hasta días después.

—Era un cabrón muy inteligente, ¿verdad?

Naughton tenía miedo de darse vuelta y mirar hacia fuera. — ¿Se ha ido?

— ¿Quién?

—Bradley.

—Por supuesto que no. Ella y Alex nos están esperando.

— ¿Estás seguro?

—No sé por qué crees que no estarían aquí, pero date vuelta y compruébalo tú mismo.

Naughton giró lentamente y vio que Maddox tenía razón. Bradley le daba la espalda y Alex estaba hablando con ella. Conocía lo suficiente a Alex como para interpretar su expresión. Era una reprimenda; había recibido suficientes como para saberlo. Bradley asintió y giró cuando Alex señaló en su dirección.

Cuando sus miradas se cruzaron, Naughton levantó la mano y saludó. Bradley también saludó. Ninguno de los dos sonrió.

—Ve. —Maddox le dio un codazo.

Naughton buscó dos copas que habían sido llenadas con el primer vino de la lista de degustación y se dirigió hacia el patio. Maddox lo siguió.

—Me sorprende que hoy quieran beber. —Alex recibió una copa de Maddox y le guiñó un ojo.

—El agua y el paracetamol siempre funcionan. Gracias por cuidar de mí, Al. —Maddox le rodeó la cintura con el brazo.

Naughton le entregó una copa a Bradley y le indicó que lo siguiera unos metros.

—Siento que hayas visto eso —dijo—. Ese tipo sabe cómo sacarme de quicio.

— ¿Cuánto tiempo hace que lo conoces?

—No lo conozco, por eso no entiendo por qué intentó inculparme por el incidente de Los Cabs.

Kade le había preguntado qué le quitaba el sueño por las noches, y en ese momento era Calder. Tenía que ser algo personal, pero Naughton no tenía ni idea de por qué.

—A mi tío tampoco le cae bien.

—No me extraña.

Bradley agitó la copa y olió el vino. — ¡Dios mío! —comentó—. Qué perfumado.

Naughton también lo agitó y acercó la nariz a la copa. — Fermentado.

—Brioche —murmuró ella, y Naughton asintió.

—Buen olfato.

Ella puso los ojos en blanco y sonrió. —Más me vale. —Dio un sorbo—. Muy diferente al paladar. No esperaba tanto limón ni que la mineralidad fuera tan escasa. La fruta con semillas es lo habitual en un Albariño. —Bradley bajó la voz—. Aunque está un poco verde.

Naughton estaba de acuerdo con todos los comentarios que ella hacía. El vino sabía como si hubiera sido elaborado de forma apresurada. La fruta se había cosechado demasiado pronto; el vino se había comercializado demasiado pronto. El paladar de Bradley estaba muy desarrollado para alguien de su edad, pero Naughton apostaría a que ella había comenzado con la cata de vinos sin ideas preconcebidas. Probablemente Charlie Jenson le había enseñado a confiar en sus instintos, a no buscar lo que un vino *debería* ser.

Su padre les había enseñado a él y a sus hermanos a catar de la misma manera. Habían empezado muy jóvenes con mosto sin procesar. Aprendieron cómo sabía la fruta de cada variedad antes de la introducción del fermento o los ácidos, antes de la fermentación. Cuando aún era demasiado pequeño para escribir, su padre le decía que dibujara lo que olía y luego lo que saboreaba en el mosto. Mientras que los dibujos de sus hermanos eran rudimentarios, los de Naughton eran detallados y muy específicos.

— ¿En qué estás pensando? —preguntó Bradley.

—En nada.

Ella sonrió. —Si no es nada, es algo.

— ¿Recuerdas la primera vez que probaste vino?

Bradley asintió. —Como si fuera ayer.

— ¿Cuál probaste la primera vez?

—Chard sin madurar.

Naughton sonrió.

— ¿Y tú? —preguntó ella.

—Lo recuerdo, pero no la variedad. Supuse que tú sí. ¿Recuerdas cuántos años tenías?

—Mi primer recuerdo es de cuando tenía cinco años, pero la tía Jean dice que era mucho más pequeña, como de dos o tres años.

—Lo mismo me pasa a mí y a mis hermanos y hermanas.

— ¿Maddox y tú son los únicos que querían trabajar en los viñedos?

—Brodie también. Pero él es más vendedor. Ya sabes por el incendio que conoce bien los viñedos.

—Claro. Por supuesto. —Sus mejillas se sonrojaron.

—Recuerda que no tienes motivos para sentirte avergonzada conmigo, Bradley.

— ¿A qué se dedican tus hermanas?

—Skye se centra en sus hijos; tiene dos. Spencer tiene tres años y Kade nació en julio.

— ¿Dos niños? Me encanta que haya llamado Kade al pequeño.

Naughton sonrió. —Skye se aseguró de que todos estuviéramos de acuerdo antes de hacerlo. Y, obviamente, lo estábamos. Sin embargo, Spencer es una niña. Supongo que eso es algo que tiene en común contigo. Tendrás que decirle que no permita que nadie cuestione su nombre, como yo lo hice contigo.

Ella respondió con una sonrisa. — ¿Y tu otra hermana?

—Ainsley es... No sé. Sigue en la universidad, estudiando Administración de Empresas.

—Yo no tengo hermanos ni hermanas, —le dijo ella.

—Recuerdo que me lo dijiste.

—Tampoco tengo primos.

— ¿Cómo fue tu niñez?, —preguntó él.

—Tranquila. Solitaria.

—Me gusta la tranquilidad.

Bradley sonrió y levantó su copa. — ¿Qué sigue?

—Puedes elegir entre Chenin Blanc o Sauv Blanc.

—Chenin Blanc, por favor.

Esa habría sido su elección también, aunque pediría el Sauv Blanc para que ella pudiera probar ambos.

—Les pedí que guardaran el Aglianico para más tarde —dijo Naughton cuando regresó con las siguientes muestras.

—Oh, bien.

—Aún no has visto lo mejor de mí —soltó después de regresar con la siguiente ronda.

Bradley arqueó una ceja. — ¿No?

—Has visto mucho de lo peor.

—Algo, supongo.

—Kade solía hablarme de la leyenda del lobo blanco y el lobo negro.

—El conflicto de las fuerzas internas.

Naughton asintió. — ¿La conoces?

—Después de que mi madre muriera, mi padre insistió en que fuera al terapeuta. Hablé más de él que de ella. Mi padre se consumió cuando murió mi madre. Un conductor borracho...

—Continúa, Bradley —susurró.

—Su ira me asustaba más que cualquier otra cosa.

—Es comprensible. No eras muy mayor.

—Guardaba muchas cosas para mí para no enfadarlo. El terapeuta dijo que no me correspondía a mí no alimentar a su lobo negro, sino a él.

Él volvió a asentir.

—Se enfadaba mucho, hasta el punto de tirar cosas... —Sus ojos se llenaron de lágrimas.

—Vamos —dijo Naughton y le tomó la mano—. Caminemos.

La condujo por las escaleras desde el patio hasta el césped, donde la gente hacía picnics y jugaba al juego de las bolsas. Naughton siguió caminando y la llevó a los viñedos. La primera vez que se conocieron, él fue testigo de la paz que las vides le proporcionaban.

Cuando estuvieron fuera de la vista de la multitud, le acarició la mejilla. —Por favor, sigue hablando, Bradley.

—El verano después de su muerte, no me dejaba visitar a la tía Jean y al tío Charlie. Era el único lugar donde quería estar, pero él se negaba. Al año siguiente, cedió.

— ¿Qué lo hizo cambiar de opinión?

—Ahora que lo pienso, probablemente el terapeuta. Aunque me sentía muy culpable por ello. Por dejarlo solo, pero también porque no quería irme. Aunque quería vivir con mi tía y mi tío, no con él. Nunca se lo he contado a nadie, ni siquiera al terapeuta. Lo siento, no sé por qué lo estoy contando ahora.

—Conflicto interno.

—Exacto.

— ¿Te recuerdo a tu padre?

Bradley contuvo el aliento. —A veces, —murmuró.

—Lo siento.

Le tomó la mano mientras caminaban entre las hileras e hileras de viñas.

—Deberías mantenerte alejada de mí. —Cuando ella actuó como si no lo hubiera oído, él la llamó por su nombre.

—Eres demasiado duro contigo mismo. Hay momentos en los que me recuerdas a mi padre, pero no sabes todo lo que amo de él.

Él sonrió. —Eres demasiado indulgente conmigo.

—Eres un buen hombre, Naughton.

Sacó el teléfono del bolsillo. —Lo siento, —dijo antes de mirarlo —. Maddox nos está pidiendo que regresemos.

Antes de guardarlo en el bolsillo, recibió otro mensaje. —Lo siento, —repitió.

Después de leerlo, Naughton se agarró el cuello y cerró los ojos.

— ¿Qué pasa?, —preguntó Bradley.

—Un mensaje de Brodie. Han detenido a alguien.

— ¿A quién?

—No lo dice, pero tenemos que irnos.

Bradley asintió y siguió a Naughton por las escaleras hasta donde Maddox y Alex esperaban.

— ¿Te ha enviado un mensaje Brodie? —preguntó Maddox.

—Sí, pero no ha dicho a quién han detenido.

—Me ha dicho que el comisario ha pedido reunirse con nosotros en la casa.

Naughton se estremeció. Aún no estaba preparado para ver a su padre. En lugar de emborracharse la noche anterior, él y Maddox deberían haber ideado un plan sobre cómo y cuándo enfrentarse a él. Una cosa tenía clara: no lo harían delante de su madre.

En marzo, ella había sufrido un infarto. Aunque había sido leve, era una de las razones por las que él y sus hermanos seguían posponiendo contarle a sus padres lo del matrimonio de Kade con Lena Hess.

Fuera lo que fuera lo que su padre estuviera haciendo en Harmony, lo averiguarían sin que ella se enterara.

—Odio sugerir esto, pero ¿crees que tu padre tiene una aventura? —preguntó Alex.

—No —respondieron él y Maddox al mismo tiempo, aunque a Naughton se le había pasado por la cabeza. Se preguntó si Maddox también habría considerado esa posibilidad.

—Sorcha lo colgaría en el viñedo —rio Alex.

Naughton miró a Bradley. Ella y Alex estaban en el asiento trasero del todoterreno, y Bradley estaba sentada detrás de Maddox, que conducía. Ella miraba por la ventanilla, por lo que no podía ver su rostro, pero por la tensión de su mandíbula se daba cuenta de que estaba nerviosa.

— ¿Adónde vas? —preguntó Naughton cuando Maddox pasó por delante de las puertas del rancho Butler.

—A dejar a Bradley en Jenson.

—No pasa nada, Naughton —la oyó murmurar.

—Sí que pasa. Quiero que te quedes conmigo.

—Naught... —comenzó Maddox, pero se dio la vuelta.

—Esperaremos en la bodega. ¿Les parece bien, chicos? —preguntó Alex.

Sería mejor que ir a Jenson, aunque sabía que ella seguiría estresada, preguntándose si Trey Deveux era la persona que habían arrestado.

—Vayan a mi casa —le dijo Naughton a Alex, quien asintió—. ¿De acuerdo? —le preguntó a Bradley, quien también asintió.

20

BRADLEY

Peyton estaba esperando en el porche delantero cuando Maddox llegó a la casa principal.

Bajó los escalones y se acercó a Alex, quien la abrazó.

—Me he sentido tan alejada, —Bradley la oyó decir—. Siento no haber estado aquí para ayudar con el incendio.

Alex le acarició la barriga. —Tienes que mantener a mi ahijada sana y feliz. Ven con Bradley y conmigo. Nos quedaremos esperando en la cabaña de Naughton.

—Hola, Bradley —dijo Peyton mientras caminaban hacia la cabaña—. Brodie me ha dicho que no habrían sabido qué hacer si no hubieras venido a trabajar al rancho Butler. Dice que podrían haberlo perdido todo si no hubiera sido por tu rapidez mental.

—Así es —añadió Alex—. Deberías haber visto lo organizado que lo tenía todo.

—Solo hice mi trabajo —murmuró ella, mirando la casa principal. El coche del comisario estaba aparcado delante, junto con el del jefe de bomberos. ¿Qué le estarían contando a la familia Butler? Si Trey tenía algo que ver con el incendio, nunca se lo perdonaría. Peor aún, no estaba segura de cómo podría vivir con la culpa de saber que él había utilizado la excusa de querer verla para estar en Paso Robles ese fin de semana.

—Entra —Alex la acompañó a la cocina de Naughton—. No sé tú, pero a mí me apetece un café.

—Claro —Bradley se dirigió al armario donde Naughton guardaba su cafetera francesa.

—Eh, no quería decir que debieras hacerlo —Alex dio un codazo a Peyton—. Pero tengo curiosidad por saber cómo te mueves tan bien por la cocina de Naughton.

—Yo también —añadió Peyton, guiñando un ojo.

Bradley sintió que se le subían los colores a las mejillas. —Ha preparado el desayuno esta mañana.

—Eh, espera. Estoy muy desinformada. ¿Te ha preparado el desayuno? Alex... —Peyton le dio un puñetazo—. ¿Cómo es que no me has contado lo de Naught y Bradley?

Alex se frotó el brazo. —Vaya, ¿has estado haciendo ejercicio o algo así?

—No es lo que están pensando. Anoche me quedé aquí porque Naughton había bebido demasiado y me pidió que me quedara. No pasó nada. Dormí en el sillón de arriba.

—No hace falta que des tantas explicaciones, amiga. Pero créeme, Peyton, si Naughton se sale con la suya, le preparará muchos más desayunos a nuestra Bradley.

Ella sonrió, aunque lo único en lo que podía pensar era en quién había sido arrestado. Si era Trey, Naughton no solo nunca le prepararía el desayuno de nuevo, sino que probablemente no querría volver a verla nunca más.

Alex se levantó y abrió la nevera. — ¿Quién tiene hambre? Carajo, miren toda esta comida. Maddox nunca tiene nada en su casa.

—Yo tengo hambre —Peyton se levantó y miró por encima del hombro de Alex—. Pero yo siempre tengo hambre. Bradley, ¿y tú?

—No, gracias. Estoy bien.

Alex sacaba comida del refrigerador mientras Peyton buscaba platos.

—Están aquí —Bradley abrió un armario y sacó platos, luego abrió un cajón y sacó cubiertos.

—Parece que has desayunado aquí más de una vez —dijo Peyton.

—También aprendí rápidamente dónde estaba todo en la cocina de Maddox. Siempre me hacía quedarme con él.

— ¿No vives ahora en la casa de Old Creek Road? —preguntó Peyton.

—Más o menos. Estaba prácticamente amueblada, así que Maddox no ha sacado muchas cosas de su casa de campo, pero tiene que hacerlo.

Peyton se volvió hacia ella. —Bradley, ¿no vives con tus tíos?

Ella asintió. —Por ahora.

—Alex, quizá deberías hablar con Maddox para que Bradley se mude a su casa cuando los dos estén en Demetria a tiempo completo.

—Es una idea estupenda, aunque...

— ¿Aunque qué? —preguntó Bradley.

— ¿Por qué necesitarías quedarte en casa de Mad cuando Naughton estaría encantado de que te quedaras aquí?

—No creo que Naughton quiera que me quede aquí. Y en cuanto a mudarme a casa de Mad, es una tontería. Vivo al otro lado de la calle.

—Hablaré con él —le dijo Alex a Peyton—. Es genial, de verdad.

Bradley abrió mucho los ojos. —Espera. No creo que sea genial.

— ¿Sí? Bueno, somos mayores y más inteligentes. —Alex sacó su teléfono al mismo tiempo que Peyton.

—Quieren que vayamos a la casa. —Cuando Bradley se sentó a la mesa, Alex la volvió a levantar—. Todas nosotras.

No habían recibido más información más allá de lo que sabían esa mañana, excepto que el incendio había sido provocado. Un trabajador migrante de los viñedos había sido arrestado tras recibir una denuncia de otro trabajador que dijo haberlo visto iniciar el fuego.

Nadie creía que eso fuera todo, a pesar de que el hombre había sido interrogado durante un par de horas y había declarado que nadie más había participado.

—Alguien le pagó —dijo Naughton.

—El hombre no tenía ninguna conexión conocida con el Rancho Butler, así que parece probable —comentó Laird, apoyando la mano en el hombro de Sorcha.

—Pa, quizá ustedes dos podrían quedarse en casa de la playa unos días más —sugirió Maddox.

—Si a Alex no le molesta —dijo Sorcha.

Alex levantó la cabeza de golpe. — ¿Si me molesta qué?

—Que se queden en tu casa un poco más.

—Pueden quedarse todo el tiempo que quieran —dijo ella, acercándose a Sorcha, que acarició la mejilla de Alex con la palma de la mano—. Gracias, querida.

—Nos iremos cuando el comisario termine de hablar con nosotros, —dijo Laird.

Naughton se acercó a Bradley y le rodeó los hombros con el brazo. —Me preocupaba que te hubieras ido a casa de tus tíos. Me alegro de que no lo hayas hecho.

Ella asintió y giró cuando el comisario pidió la atención de todos.

—Lo que se ha dicho en esta sala, se queda en esta sala. Me pondré en contacto con ustedes cuando sepamos más.

Una vez que sus padres y el comisario se marcharon, Maddox reiteró lo que su padre había dicho sobre estar de acuerdo en que el trabajador migrante no había actuado solo, lo que provocó muchas preguntas por parte de Alex sobre las pruebas que habían encontrado y cuáles serían los siguientes pasos.

—Trey podría seguir involucrado —le susurró Bradley a Naughton.

—Y Calder también.

—Me siento tan... impotente.

—Yo también.

— ¿Qué pasará ahora?, —le preguntó ella.

—La oficina del comisario dará una rueda de prensa para anunciar que han detenido a alguien y, después, dejarán que todo el mundo crea que el caso está cerrado.

—¿Y entonces el culpable volverá a actuar?

—O encontrarán más pruebas.

—Trey amenazó a mi tía y a mi tío. Tengo que avisarles.

—Todavía no —le dijo Naughton—. La cooperativa se reunirá esta semana y nos aseguraremos de que todo el mundo esté en alerta máxima, pero tenemos que acatar lo que ha dicho el comisario. Lo que nos ha contado se queda en esta habitación. Nadie fuera de la familia puede saber que la investigación sigue abierta.

—Yo no soy de tu familia, Naughton.

—No, no lo eres. Formas parte del rancho Butler, al igual que Alex y Peyton.

—No es lo mismo. Yo soy una empleada.

Él negó con la cabeza. —En lo que a mí respecta, es lo mismo.

—¿Piensan decírselo a Hawks?

—No, no se lo diremos —respondió él.

—¿Por qué no?

—Cuéntale lo que te dijo Calder hoy para enfadarte, Naught —dijo Maddox.

Naughton negó con la cabeza.

—Cuéntaselo —repitió Maddox.

—¿Qué te dijo? —insistió Bradley.

—Fue una tontería. No debería haber dejado que me afectara.

Maddox se mantuvo firme. —Si no se lo cuentas tú, se lo contaré yo.

—Nos dijo que tuviéramos cuidado con el nuevo zorro en nuestro gallinero.

Bradley sintió náuseas, una sensación que no había desaparecido por completo desde que se enteró de que había habido un incendio en el rancho. —Se refería a mí, ¿verdad?

Naughton negó con la cabeza. —Quién sabe de qué demonios estaba hablando. Podría haber sido Hawks.

Bradley parpadeó para contener las lágrimas. —No te lo crees, ¿verdad?

—No.

—Tengo que irme. —Se dirigió hacia la puerta principal y Naughton la siguió.

—No corras —le dijo él.

—No estoy corriendo.

—Entonces detente.

—Me voy a casa. Nunca debí aceptar este trabajo.

Naughton se colocó delante de ella y le bloqueó la salida. — ¿Por qué no?

Había mil razones, muchas de las cuales resonaban en su cabeza con la voz de Trey.

Como ella no respondía, Naught le puso las manos sobre los hombros. —Nadie cree nada de lo que dice Calder. Pronto cavará su propia tumba.

—No puedo ocultárselo a mis tíos. Trey los ha amenazado.

—Dime qué te ha dicho. Las palabras exactas.

—Dijo: «Ni siquiera yo podré intervenir y salvar a Jenson si te niegas a hacer lo que te he pedido».

—Eso es lo que puedes decirles. Nada más sobre el arresto. ¿De acuerdo?

Bradley lo pensó durante un minuto. Eso era suficiente para advertirles, ¿no? Saber que se había producido un arresto, junto con la advertencia de Trey, seguramente les haría creer que todavía existía una amenaza.

—De acuerdo.

—Bien. Vamos. Reunámonos con los demás.

—No puedo. Tengo que hablar con ellos.

—Iré contigo.

Bradley negó con la cabeza. —Tú tienes que estar con tu familia y yo con la mía. Nos vemos mañana.

Las manos de Naughton seguían sobre sus hombros, impidiéndole marcharse, cuando se inclinó hacia ella y la besó, pero esta vez fue más suave que exigente. Al separarse, le apartó el cabello de la cara con la mano.

Bradley quería aferrarse a él, suplicarle que la llevara a su casa de campo e hiciera desaparecer todas las cosas terribles que se arremolinaban en su cabeza.

—Déjame acompañarte, —le dijo él, y ella cedió. Su mano descansando en la parte baja de su espalda la tranquilizaba, y ella se llevó los dedos a los labios, que aún hormigueaban por su beso, deseando que las cosas fueran diferentes, que nunca hubiera habido un incendio y que no tuviera que preocuparse por la tía Jean y el tío Charlie.

Lo único que siempre había querido era elaborar vino, y no en el valle de Napa, donde habría una presión constante para producir algo excelente, sino aquí, donde había aprendido a amarlo. ¿Por qué las cosas no podían seguir siendo tan sencillas? Naughton sentía que alguien tenía algo en contra del rancho Butler, pero ella empezaba a sentir que alguien tenía algo en contra de ella, también.

21

NAUGHTON

La besó otra vez cuando llegaron a la puerta principal de la casa de sus tíos. Ella no lo invitó a entrar, pero él tampoco esperaba que lo hiciera. De todos modos, se sintió decepcionado. No le parecía bien soltar la mano que había sostenido mientras caminaban por Adelaida Trail, ni decirle buenas noches ahora.

En su sopor etílico de veinticuatro horas atrás, su necesidad de protegerla había salido a la superficie y, ahora que lo había hecho, no podía volver a reprimirla.

—Probablemente pensarás que estoy loco —dijo él.

— ¿Por qué?

—No quiero dejarte ir. No quiero alejarme de ti, ni siquiera por unas horas. Es una locura, ¿verdad?

—No, —dijo ella tan suavemente que tuvo que esforzarse para oírla—. No creo que estés loco en absoluto.

Cuando ella abrió la puerta y entró, Naughton se sintió vacío, como si estuviera dejando parte de sí mismo allí, en la puerta de los Jenson.

MADDOX LO ESTABA ESPERANDO CUANDO REGRESÓ A SU CABAÑA.
—Tenemos que hablar sobre papá, —dijo.

Naughton estuvo de acuerdo, pero hoy no se sentía con fuerzas para ello. Su padre no había dicho mucho cuando el comisario estuvo en casa. Se había sentado, tomado de la mano de su madre, y parecía tan triste que a Naughton se le partió el corazón.

—Está ocultando algo y, sea lo que sea, le está pesando mucho. Estoy preocupado por él.

—Esperemos hasta mañana, Mad.

Maddox negó con la cabeza, pero le dio un apretón en el hombro a su hermano al pasar junto a él.

— ¿Alex y tú van a ir ahora a ver Demetria?

—No. Ella está con Peyton en casa de sus padres, y le dije que esperaría hasta que llegara aquí. De todos modos, creo que es mejor que nos quedemos en el rancho unas cuantas noches.

—Entonces iré a ver cómo están los caballos.

—Puedo ir yo.

—De todos modos, quiero hablar con Hawks.

Naughton le había dado la llave de la casa más cercana a la puerta principal y le había pedido que se quedara allí hasta que pudieran devolver los caballos al rancho Butler. No había muchos muebles, pero sí los suficientes para que Hawks se sintiera cómodo.

Entró en el granero para buscar su moto y echó aún más de menos a Bradley cuando dejó el casco que ella había usado en el armario donde él lo guardaba.

Después de sacar la moto, se puso en marcha. No podía dejar de pensar en sus brazos alrededor de su cintura y en su cuerpo pegado al suyo. Había hablado en serio cuando dijo que no quería separarse de ella. Había dicho que sería por unas horas, pero en realidad pensaba que sería para siempre.

HAWKS HABÍA OÍDO QUE SE HABÍA PRODUCIDO UN ARRESTO, pero sin que Naughton lo confirmara de una forma u otra, había deducido por su cuenta que había algo más.

—Alguien lo incitó a hacerlo —dijo Hawks.

Naughton se encogió de hombros.

—Lo digo en serio, Naught.

—Es un trabajador agrícola migrante, Hawks. Es difícil saber qué podría haber estado pensando.

— ¿Eso es lo que te dijeron? Arrestaron a Johnny Vatos.

Vatos era el apellido que les había dado el comisario, pero no recordaba el nombre de pila del hombre. Sin embargo, no era Johnny. De eso, Naughton estaba seguro.

—No es un trabajador agrícola migrante, Naught. Conozco a Johnny desde que éramos niños. Se ha metido en muchos problemas a lo largo de los años, pero nada como esto. En su mayoría han sido tonterías. Robó algunos coches, entró en casas cuando era más joven. Se volvió adicto a las drogas. Ya sabes cómo va esa historia.

— ¿Qué tan bien lo conoces? —preguntó Naughton.

—Desde que éramos niños, amigo. Nos conocemos desde hace mucho tiempo.

— ¿Cómo es posible que un tipo al que conoces de toda la vida sea confundido con un trabajador migrante? Quizás se trate de otro Vatos, Hawks.

—No según lo que me han contado mis hombres —dijo Hawks.

—Investiga por tu cuenta y yo haré lo mismo. Si estás seguro de que es tu amigo, quizá valga la pena ir a visitarlo.

—Estaba pensando lo mismo. —Hawks se encogió de hombros—. Espera, hay algo más que tengo que contarte.

— ¿Sí?

—Es sobre tu padre.

Mierda. ¿Y ahora qué? —Adelante.

—No sé muy bien cómo decirlo.

—Solo dímelo.

A NAUGHTON LA CABEZA LE DABA VUELTAS. HAWKS SEGURO estaba equivocado. Tenía que haber una explicación para lo que le había contado. Hawks estaba acusando a su padre y Naughton no podía creer que su padre fuera capaz de hacer algo así.

Justo cuando estaba entrando por las puertas del rancho Butler, vio un Alfa Romeo rojo que se dirigía hacia él. Detuvo la moto, la aparcó cerca de los árboles dentro de la cerca y apagó el motor. La capota del descapotable estaba subida, pero Naughton podía ver lo suficiente como para reconocer al hombre que conducía y a la mujer sentada a su lado.

¿Qué demonios? ¿Por qué estaba Bradley con Deveux? Pensó en seguirlos, pero ¿para qué? ¿Para empeorar el nudo que se había formado en su estómago?

No era de extrañar que ella se hubiera mostrado tan insistente en volver a casa, diciendo que necesitaba pasar tiempo con su familia.

¿Calder había acertado? En cuanto se había alejado, ¿Bradley le había contado todo lo que había averiguado esa tarde al hombre que sospechaba que podía estar detrás del incendio de sus viñedos?

No tenía sentido. Cuando Maddox contrató a Bradley, Naughton creyó que su lealtad siempre estaría con los Viñedos Jenson, pero tal vez se había equivocado. Tal vez estaba con su novio y era leal a Mumm Napa. Odiaba los pensamientos que se agolpaban en su cabeza, haciéndose eco de las palabras que Calder había pronunciado ese mismo día.

Tenía que convencerse que debía haber una explicación. No podía aceptar que la mujer con la que había sentido una conexión tan fuerte —desde el momento en que la conoció, incluso cuando aún creía que era la novia de un tipo llamado Bradley— pudiera traicionarlo a él y a su familia.

Lo mismo ocurría con su padre. Entre los dos, Naughton sentía que estaba perdiendo la cabeza. Desde que se enteraron de que Kade había sido asesinado, a él y a su familia no habían dejado de sucederle una serie interminable de cosas extrañas.

Antes, Maddox le había dicho que debería haber intervenido cuando Calder se burlaba de él, porque eso es lo que Kade habría hecho. ¿Era eso lo que Kade siempre había hecho? ¿Siempre había intervenido para asegurarse de que este tipo de cosas nunca afectaran a su familia?

22

BRADLEY

Probablemente era la cosa más estúpida que había hecho nunca, pero cuando Trey la llamó para pedirle perdón y suplicarle que lo dejara explicarse, ella accedió a escucharlo. Solo porque tenía sus propios motivos para querer verlo, y desde luego no era para perdonarlo. Si él tenía algo que ver con el incendio del rancho Butler, ella tenía más posibilidades que nadie de darse cuenta de cualquier detalle que se le escapara y que lo relacionara con el suceso.

Él dijo que la pasaría a buscar, y cuando ella se ofreció a reunirse con él, él insistió.

— ¿Adónde vamos? —preguntó ella cuando él llegó a la puerta.

—A algún sitio para hablar. Estaba pensando en La Cosecha.

—Me parece bien. Me muero de hambre.

Él cerró la puerta principal tras ellos y ella vio que el techo de su Alfa Romeo estaba subido. — ¿Qué es esto? Pensaba que no tenía sentido tener un descapotable si no se bajaba la capota.

—Sé que no te gusta, así que la subí cuando llegué aquí.

Ella no le creyó. Debía de haber otra razón, pero no le importaba, a menos que tuviera algo que ver con el incendio.

Estaban casi llegando al rancho Butler cuando vio que la motocicleta giraba a la izquierda hacia la entrada. No tenía ninguna duda de que era Naughton.

En lugar de deslizarse en el asiento como quería, giró su cuerpo hacia Trey. —Gracias por llamar hoy, —comenzó, esperando que Naughton estuviera lo suficientemente lejos dentro de la entrada como para no verlos pasar.

—No podía dejar las cosas entre nosotros así.

—Estaba segura de que habías vuelto a Napa.

—No.

Era curioso que no dijera nada sobre haber sido interrogado por el incendio. Quizá no lo dejaban marcharse.

— ¿Sigues alojándote en la posada?

—Nah. Me mudé a un lugar en el centro.

¿Un lugar? ¿Por qué Trey no quería que ella supiera dónde se estaba alojando?

Se detuvo frente al restaurante y aparcó en una zona claramente señalizada como zona de carga y descarga. Ella no dijo nada, porque era el tipo de cosas que él hacía todo el tiempo.

«Nadie va a llevarse este tesoro», —solía decir refiriéndose al coche, al que trataba como si fuera su hijo. Ella deseaba que alguien lo hiciera y le diera una lección.

—No quise decir las cosas que dije, Brad, —comenzó Trey

mientras esperaban a que la camarera les asignara una mesa—. Prefiero sentarme en la barra, si te parece bien.

Bradley asintió, sin importarle dónde comieran. Ella quería terminar con aquello lo antes posible y volver a casa, con sus tíos.

La sensación de su mano en la parte baja de su espalda mientras entraban en el bar le puso los pelos de punta. Era muy diferente de lo que había sentido antes, cuando la mano de Naughton la había tranquilizado.

—No tienes ni idea de la presión a la que estamos sometidos —dijo una vez que se sentaron—. Todo el mundo en Napa está entrando en pánico, aferrándose a cualquier esperanza. No creerías las cosas que están pasando allí.

—O aquí abajo, —comentó ella, lo que lo hizo detenerse.

—Me comporté como un idiota y lo siento. Es que...

— ¿Qué?

—Tienes que entenderlo. Hay gente que cree que Naughton Butler puede ayudarnos. Que se haya negado no nos gusta nada.

—Dijiste que las cooperativas vinícolas no se detendrán ante nada. ¿Eso incluye incendiar viñedos?, —preguntó ella.

—No, no. No me refería a eso. Dinero. Están dispuestos a darle todo el dinero que quiera, pero él ni siquiera quiere discutirlo.

—Él no cree que pueda ayudar.

Trey tomó su vaso de agua y bebió un sorbo.

—Nosotros creemos que sí puede. —Llamó al camarero con un gesto.

— ¿Qué les sirvo?, —preguntó el hombre.

—Un par de copas. Brad, ¿qué te gustaría tomar?

Lo único que quería era alejarse de Trey. ¿Cómo había podido pensar que quería pasar el resto de su vida con él? Cuando vio cómo se comportaban Maddox con Alex y Brodie con Peyton, se dio cuenta de lo diferente que era su relación con Trey. No eran compatibles en absoluto. Una vez más, pensó en el tiempo que había pasado con Naughton. Se conocían desde hacía solo unos días, pero ella creía que él se preocupaba más por ella que Trey.

— ¿Brad?

— ¿Qué vinos servís por copas?

Él enumeró un par y, cuando mencionó Tablas Creek, ella pidió uno.

Trey no dio señales de darse cuenta. —Lo mismo.

Cuando el camarero se marchó, Trey continuó. —Lo único que le pedimos es que venga y nos escuche.

— ¿Y si no lo hace? —insistió Bradley.

—No puedo aceptar su negativa.

—Puede que no tengas otra opción —le dijo ella.

—Por eso necesito tu ayuda, Brad. Sé que antes me comporté como un imbécil, y lo siento.

Seguir llamándola por un apodo que ella detestaba no era lo más inteligente que podía hacer cuando le estaba pidiendo ayuda.

—Ya te he dicho que no tengo ninguna influencia sobre Naughton.

—Él te respeta —dijo Trey, tomando un rumbo que ella no esperaba.

—Apenas me conoce.

— ¿Al menos lo intentarías? Hazlo por mí.

Fue todo lo que pudo hacer para no poner los ojos en blanco. — Puedo intentarlo, pero no prometo nada.

—No sabes cuánto te lo agradecería.

El camarero les trajo el vino y les preguntó si estaban listos para pedir.

—Danos un minuto —le dijo Trey.

Mientras examinaban los menús, Bradley le lanzaba miradas furtivas a Trey. Estaba más canoso de lo que ella había notado antes y las arrugas de su rostro eran más pronunciadas. Tenía ojeras, pero probablemente ella también. Las suyas eran por falta de sueño. ¿Las de él eran por estrés?

Cuando él levantó la vista, ella miró el menú, esperando que él no se hubiera dado cuenta de que lo estaba observando. Él estaba de espaldas a la puerta y ella sintió que una nueva tensión se apoderaba de él. Pudo confirmarlo al verlo apretar los nudillos de su mano, con la que sujetaba su copa de vino.

— ¿Qué querrías pedir?, —preguntó ella, fingiendo no darse cuenta del cambio en su actitud.

— ¿Qué?

— ¿Qué vas a pedir?

—Mmm. No estoy seguro.

Cuando él volvió a mirar el menú, Bradley giró ligeramente y vio al hombre sentado en la mesa justo detrás de ella. Dudaba que él tuviera motivos para reconocerla, pero ella sabía quién era él.

¿Cuál era la conexión entre Trey y Rory Calder, y por qué ambos querían hacerle creer que no se conocían?

BRADLEY SE EXCUSÓ PARA IR AL BAÑO, NECESITABA ALEJARSE DE Trey unos minutos. Había sido una idea terrible. No había conseguido sacarle nada. Era él quien hacía todas las preguntas. Cuando no la acosaba con preguntas sobre Naughton, le preguntaba sin cesar sobre otras bodegas de la zona, incluida los Viñedos Jenson. Quizás si le decía que no se encontraba bien, conseguiría que la llevara a casa.

Estaba yendo hacia la mesa cuando su teléfono vibró. Quizás era su tía llamando para ver cómo estaba. Cuando lo sacó del bolso, vio el nombre de Trey en el identificador de llamadas, así que pulsó el botón de aceptar llamada y estaba a punto de decir algo cuando oyó la voz de Trey.

—No lo sé, —respondió él—. El terreno vale la pena, siempre lo ha valido, sobre todo si podemos añadir más a lo largo de Adelaida Trail.

— ¿Te ha perdonado?, —oyó preguntar otra voz. Incluso a través del teléfono, percibió el sarcasmo implícito.

—Creo que sí, pero tengo que decirte algo, Ror. Los últimos cuatro años han sido muy duros.

—No pierdas de vista el objetivo, hermano. Y ella no lo es.

—Te entiendo.

—Lo de Jenson se cerrará pronto. La semana que viene pasaremos al plan B para Los Cab y el Rancho Butler.

— ¿Estás seguro de esto?

— ¿Por qué? ¿Te estás echando atrás, Trey?

—Ni hablar, Ror. Pero ahora mismo estamos en la mira de todos.

—En la mira, pero sin pruebas. Escucha, si no estás al cien por cien comprometido con esto, tu padre se enterará.

Cuando el teléfono de Trey sonó, Bradley cortó la llamada. Había oído más que suficiente para saber que tenía que encontrar la manera de largarse rápidamente de ese restaurante y volver a casa, para poder avisar a su tía y a su tío, así como a las familias Butler y Ávila.

Se metió en el baño y luego en el cubículo, sintiendo que el corazón le latía a mil por hora cuando se abrió la puerta. Cada terminación nerviosa del cuerpo de Bradley hormigueaba de miedo hasta que vio a alguien que reconoció.

—Diane, gracias a Dios —dijo, empujando la puerta del cubículo para abrirla.

— ¿Bradley? ¿Qué pasa? No tienes buen aspecto. ¿Estás bien?

—Shh. —Se llevó un dedo a la boca—. Tengo que salir de aquí antes de que el tipo con el que estoy me encuentre.

Diane apoyó la mano en el brazo de Bradley. — ¿Trey? ¿Qué ha pasado?

—Ahora no puedo explicártelo. ¿Hay alguna salida trasera?

—Sí, hay una en la parte trasera. ¿Dónde está tu coche?

—No he venido conduciendo. Trey me trajo. *Mierda* —dijo ella, pensando en voz alta.

— ¿Puedes llamar a alguien para que te busque? ¿Quizás llamar un taxi?

—Sí, pero no tengo mucho tiempo. En cualquier momento se preguntará por qué tardo tanto. De hecho, probablemente esté ahora mismo delante de la puerta.

Diane asomó la cabeza. —No. Ven conmigo.

Bradley siguió a Diane fuera del baño de mujeres y entró en el de hombres. — ¿Dónde estás...?

—Shh, —susurró Diane—. Hay una ventana.

El baño de hombres estaba vacío y la ventana ya estaba abierta, así que cuando Diane la ayudó a subir, Bradley se arrastró por ella.

—Gracias, —dijo cuando cayó fuera, en el aparcamiento.

Diane miró detrás de ella. —Tengo que irme.

Cuando se alejó de la ventana, Bradley no tenía ni idea de qué hacer. No tenía coche y Trey probablemente vendría a buscarla en cualquier momento. Se escabulló por el aparcamiento que se extendía a lo largo de la cuadra de negocios. Cuando llegó a la esquina, cruzó la calle corriendo y se coló en otro restaurante.

— ¿Mesa para una persona? —preguntó la camarera.

—Sí, gracias. ¿Hay algún baño que pueda usar primero?

—Por supuesto. Al final de ese pasillo.

Una vez dentro, Bradley respiró hondo. Debían de haber pasado al menos diez minutos desde que dejó la mesa de La Cosecha. Trey ya debía de estar buscándola.

Más que nada, quería llamar a Naughton, pero no podía. Tenía que ponerse en contacto con su tío primero. ¿Qué había dicho Trey? Ni siquiera él podría intervenir y salvar a Jenson si ella se negaba a ayudarlo. Evidentemente, su tiempo se había acabado y lo que él y Calder habían planeado ocurriría pronto.

Bradley llamó al móvil de su tío, pero no lo localizó. A continuación, probó con el teléfono fijo y, al no responder nadie, llamó al móvil de su tía. No era tan tarde como para que estuvieran durmiendo, así que esperó un par de minutos y volvió a intentarlo, pero siguió sin tener suerte. Pronto, la mujer que la había recibido en la entrada se preguntaría dónde estaba, y si por casualidad Trey venía a buscarla, no quería que la recepcionista le dijera que había desaparecido en el baño de mujeres.

Temiendo la conversación que tendría que mantener, hizo una llamada más.

23

NAUGHTON

Naughton esperó quince minutos a que Maddox respondiera a su mensaje antes de llamar a la puerta de su hermano. Cuando Alex abrió, con aspecto de haberla despertado, Naughton no supo muy bien qué decir. Alex era como una hermana para él, pero tenía que ser Mad quien decidiera si confiaba en ella una vez que Naughton le contara lo que Hawks había informado sobre su padre.

—Lo siento, Alex, pero es urgente que hable con Mad.

—No pasa nada. —Cuando se hizo a un lado y le indicó que entrara, Naughton vio a Maddox bajando las escaleras, poniéndose una camiseta por la cabeza.

—He visto tu mensaje —dijo Maddox, inclinándose para besar a Alex en la mejilla—. Vuelvo enseguida, cariño.

— ¿No hay problema con ella? —le preguntó a su hermano una vez que estuvieron fuera.

—No. Nos conoce muy bien. ¿Qué pasa, hermanito? Tu mensaje decía que era urgente.

—Caminemos. —Naughton condujo a Maddox más allá de los viñedos, hacia las bodegas—. Es sobre papá, —comenzó.

Maddox abrió mucho los ojos. — ¿Sí?

—Creo que Alex tenía razón sobre su aventura. Hawks lo vio en Demetria.

— ¿Estaba con alguien?

Naughton asintió con la cabeza. —Sí.

—*Mierda.*

—Dijo que papá entró por la puerta principal y, unos minutos después, una mujer se acercó y se subió a su camioneta. Su vieja camioneta, por cierto.

— ¿De dónde salió ella?

—Hawks dijo que salió del bosque, por el camino que lleva al prado donde tenemos los caballos.

— ¿Qué hizo Hawks? —preguntó Maddox.

—Nada hasta que se marcharon. Una vez que se aseguró de que se habían ido, recorrió el camino por el que ella había venido, pero no vio ningún coche por ninguna parte.

— ¿Sabe papá que alguien lo vio?

—Lo dudo. Hawks ha estado dejando su camioneta al otro lado de la casa, en lugar de donde solemos aparcar, cerca del arroyo.

— ¿Por qué?

Naughton se encogió de hombros. —Ya sabes cómo es Hawks. No le gusta que nadie se entere de sus asuntos.

—Es cierto. ¿No tuvo algún problema con una ex hace un tiempo?

Naughton se encogió de hombros. — ¿Y papá, Maddox?

— ¿Te describió Hawks a la mujer con la que estaba hablando papá?

—Joven y guapa, más o menos —le dijo Naughton.

— ¿Lena es joven?

—Eso fue lo primero que pensé, pero cuando se la describí, él negó con la cabeza.

Maddox siguió caminando, pasando la entrada de las cavas, y Naughton lo siguió. Solo cuando notó que su hermano se agarraba la nuca, dejó de hacer lo mismo.

— ¿En qué estás pensando? —preguntó Naughton.

—No creo que papá tenga una aventura —dijo Maddox.

—Yo tampoco, pero a falta de otra explicación...

—Mi instinto me dice que esto tiene algo que ver con Lena. Tiene que ser otro secreto.

Naughton pensaba lo mismo. —Eso es lo que yo creo, y papá está metido en esto.

—Así parece, Naught.

— ¿Qué hacemos?

Maddox agarró a Naughton por el hombro. —Esperamos.

HABÍA UNA BOTELLA DE BOURBON EN SU COCINA LLAMÁNDOLO, pero después de la noche anterior, decidió dejar el alcohol y dormir un poco. Estaba a mitad de las escaleras cuando sonó su móvil.

— ¿Sí?

— ¿Naughton? Soy Bradley. Necesito tu ayuda. —El tono de su voz era tan preocupante que él dejó a un lado su ira y le preguntó qué estaba pasando.

Cinco minutos después de que Bradley le explicara dónde estaba y por qué, él se dirigía al centro de Paso Robles, tratando de calmar su enojo para que, tal vez, cuando llegara allí, no le retorciera el cuello.

Tardó quince minutos en llegar. Cuando aparcó, le envió un mensaje a Bradley, que le había dicho que esperaría en el baño de mujeres hasta que él llegara.

Cuando salió por la puerta principal del restaurante, tenía la misma mirada de ciervo asustado que había visto antes, pero al ver el alivio que inundaba su rostro en cuanto lo vio, le impidió gritarle.

Abrió la puerta del acompañante de su camioneta, que estaba en marcha. —Sube, —le dijo cuando ella dudó, mirando a izquierda y derecha.

—Naughton, yo...

Él cerró la puerta detrás de ella antes de que terminara la frase. Su paciencia era muy frágil y estaba perdiendo rápidamente el control sobre su temperamento.

—Gracias por venir a buscarme —dijo ella cuando él se subió al asiento del conductor y puso la camioneta en marcha.

Él se adentró en la autopista sin responder, apretando aún más el volante, con sus nudillos ya blancos por la ira que sentía.

—Lo siento —dijo ella.

—Sí, ¿por qué?

Le costó un rato responder, pero a él no le importó. De todos modos, le costaba mucho articular palabra.

—Por haber tenido que hacerlo —dijo ella finalmente.

— ¿Qué? ¿Por haber venido a buscarte?

Ella asintió. —Estás muy enfadado...

— ¿Sí? ¿Y sabes por qué? Te diré que no es por haber tenido que venir a buscarte.

— ¿Por qué entonces?

—Quizás por tu idea descabellada. ¿Ahora vas a sustituir al comisario? *¿Qué te hizo pensar...?*

—*Detente*. Sé que fue una estupidez, pero cuando Trey me llamó y me dijo que lo sentía, pensé...

—*Suéltalo. ¿Qué pensabas, Bradley?*

La mirada que él le lanzó casi la hizo llorar. —Deja de gritarme. Pensé que podía ayudar, ¿de acuerdo? Sé que fue una estupidez.

Naughton giró en una carretera al norte del centro de Paso Robles. Condujo lo suficiente como para alejarse de las luces de la autopista, se detuvo y apagó el motor. Desabrochó los cinturones de seguridad de ambos y la acercó a él. Le agarró la mejilla y la besó con fuerza, posando su boca contra la de ella sin precaución ni vacilación, solo con toda la excitación y la ira que su cuerpo sentía por ella.

Entrelazó los dedos en su cabello y pasó la lengua por su labio inferior, lamiéndolo hasta que ella se abrió a él y pudo sumergirse en una lucha con ella. El alivio de tenerla en sus brazos luchaba contra la ira que sentía al haberla visto en el coche con Deveux. Saber que se había puesto en peligro lo agravaba aún más.

Naughton interrumpió el beso y miró a Bradley a los ojos, dejando que sus dedos rozaran su cuello, y ella se estremeció.

—Naughton, yo... tengo que ponerme en contacto con mi tío.

Él también había estado intentando localizarlo desde que colgaron. Había llamado a Charlie y a su tía, así como a un par de chicos que sabía que trabajaban en Jenson. El hecho de no haber podido localizar a nadie le pesaba mucho en la mente.

Su teléfono vibró, leyó el mensaje y dijo: —Mis hermanos y los hermanos de Alex están de camino a Jenson. —Arrancó el motor y puso la camioneta en marcha.

—Gracias, Naughton —murmuró ella.

—Pero, Bradley, más tarde, después de que hayamos contado a todos lo que has oído, te vendrás conmigo a casa.

— ¿De verdad?

Él asintió con la cabeza.

— ¿A cosechar?

—Puedes usar eso como excusa si necesitas convencerte a ti misma, pero sabes perfectamente que esta noche no nos quedaremos en los viñedos.

Se le cortó la respiración. — ¿Dónde nos quedaremos?

—Estaremos en mi cama, y tú lo deseas tanto como yo.

—Más —murmuró ella, con la mirada fija en sus manos, cruzadas sobre el regazo.

—Mírame —dijo él—. Estoy enfadado contigo.

—Lo sé.

—Pero no puedo mantener mis manos alejadas de ti.

Ella intentó ocultar su sonrisa, pero no pudo. —También lo sé.

CUANDO ATRAVESARON LAS PUERTAS DE LOS VIÑEDOS JENSON Y se acercaron a la casa, que estaba a oscuras, Naughton vio los vehículos de Maddox y Brodie, junto con otros que probablemente pertenecían a los hermanos Ávila.

—Mira, —dijo Bradley señalando la bodega, que estaba iluminada como una baliza de aterrizaje—. ¿Qué está pasando?

—No lo sé. —Cuando Naughton apagó el motor y saltó de la camioneta, Bradley ya estaba corriendo hacia allí.

Abrió la pesada puerta y lo que Naughton oyó lo heló hasta los huesos.

Desde el interior del edificio se oían gritos, incluso chillidos.

—Están en la sala de cubas, —le dijo Bradley.

A medida que se acercaban, la devastación se extendía por el suelo bajo sus pies.

—Dios mío, —exclamó Bradley al ver lo que todos intentaban hacer, aunque ya era demasiado tarde.

Alguien había entrado y, uno por uno, había abierto los grifos de las cubas que contenían las cosechas de los últimos diez años. El vino que se derramaba por el suelo y bajaba por los desagües de la sala era el mejor de Jenson.

Naughton miró a Charlie a los ojos y vio la absoluta desesperanza grabada en su rostro.

—Se ha perdido todo, —exclamó, y se acercó para abrazar a su sobrina.

— ¿Dónde está Jean?, —preguntó Naughton.

—Ella y tus hermanos están registrando las cavas.

—Yo iré, —dijo Naughton.

Cuando oyó que ella le decía a su tío que lo sentía, Naughton se dio vuelta.

—No es culpa tuya —le espetó.

Charlie asintió. —Me dijiste que Trey había amenazado a Jenson, pero nunca imaginé que llegaría tan lejos. Me lo advertiste. ¿Qué más podrías haber hecho, cariño?

—Pero esta noche, él... —Las lágrimas le corrían por las mejillas.

Naughton le apartó las manos de la cara. —Mírame. —Esperó hasta que ella lo miró a los ojos—. Ya estaba decidido. No podías haberlo evitado.

— ¿De qué estás hablando?, —preguntó Charlie.

—Trey y Calder, —intentó explicar entre lágrimas.

—Bradley los oyó decir que algo estaba pasando en Jenson. Intentó llamarte a ti y a Jean, pero no pudo localizar a ninguno de los dos. Yo también he estado llamando.

— ¿Cuándo fue eso? —preguntó Charlie.

—Hace menos de una hora —respondió Naughton.

Charlie puso la mano sobre el hombro de Bradley. —Naughton tiene razón. Ya estaba planeado.

—Pero...

Su tío negó con la cabeza. —Hiciste todo lo que pudiste.

El teléfono de Naughton sonó y lo sacó del bolsillo. —Es Mad.

— ¿Ya estás aquí? —le preguntó Maddox.

—Ahora estoy con Charlie.

—Llegamos justo a tiempo. Eran dos, pero huyeron hacia los campos, cada uno en una dirección diferente. Gabe y Trevino fueron tras ellos. No llegaron muy lejos en las cubas. Dile a Charlie que ha perdido un par de Merlot. Eso es todo por aquí.

Naughton colgó y transmitió el informe de Mad a Charlie y Bradley.

—Gabe y Trevino conocen estas tierras, —dijo Charlie. Sus ojos parecían más esperanzados que antes.

—Sí, y harán todo lo posible para atrapar a esos cabrones.

Salieron de la bodega con la cabeza gacha. Charlie seguía dentro, hablando con la policía, que le había dicho a Bradley que tomarían declaración a su tío una vez que hubieran terminado de hablar con ella.

Naughton la llevó hasta un banco y la sentó en su regazo. —Ya has oído a tu tío. Era demasiado tarde. Por eso no pudiste localizarlo; ya estaba aquí, intentando salvar todo el vino que pudiera.

—Sé lo que había en esas cubas. Jenson ha perdido el equivalente a cinco millones de dólares esta noche.

Se zafó de su abrazo y se puso de pie. Se había quedado pálida como la cera.

— ¿Qué? —preguntó él.

— ¡Están todos en peligro! Trey dijo que también Los Cab y el Rancho Butler.

Naughton la sentó a su lado en el banco. —Piensa, Bradley. Cuando hablé contigo antes, dijiste que les habías oído decir que sería la semana que viene.

—Tienes razón. Lo siento. Estoy muy nerviosa.

—Lo entiendo. Sin embargo, hay mucha seguridad tanto en Los Cab como en nuestra casa. Cuando hablé con Maddox mientras iba a buscarte, le conté exactamente lo que habías oído. Supongo que ya habrá reforzado la seguridad.

—De acuerdo, —murmuró ella, levantando la vista cuando su tío salió por la puerta.

—Ya están listos para recibirte, —le dijo. Cuando se levantó para acompañarla, su tío puso la mano en el brazo de Naughton. —Bradley sola —dijo.

—Por supuesto.

Había tres hombres sentados en una mesa cerca de la entrada de la bodega. Dos dijeron que eran detectives y el tercero era el comisario, a quien Naughton conocía de toda la vida.

Tardó menos de media hora en contarles lo que había oído y responder a sus preguntas. Luego la dejaron marchar.

— ¿Estás bien? —le preguntó Naughton mientras la acompañaba a la salida.

—No, pero sí.

—Charlie ha llevado a Jean a casa. Te acompaño y te doy las buenas noches.

Ella abrió la boca, sorprendida. —Espera. ¿Por qué?

— ¿Qué quieres decir?

— ¿A quién le vas a dar las buenas noches?

—A ti... a tu tía y a tu tío.

—Ah. —Se le llenaron los ojos de lágrimas.

— ¿Por qué lloras?

Bradley negó con la cabeza.

—No hagas esto. Háblame. Dime qué pasa —insistió Naughton.

—Pensaba que me iba a casa contigo.

—Pensé que después... bueno, que no querrías... —balbuceó.

—Pero sí quiero. A menos que tú no quieras.

—Por supuesto que quiero. —Naughton sonrió—. Te *deseo*, Bradley.

—Yo también te deseo, Naughton.

Estaban a mitad de camino por el sendero sin iluminación que llevaba a la casa cuando Naughton la tomó por los hombros y le impidió seguir caminando.

Sus labios ansiaban su piel, pero su lengua no se cansaba de su boca. La atrajo hacia él y la besó en cada rincón.

Cuando lo hizo, ella se inclinó hacia él.

Naughton se apartó. — ¿Estás segura de que esto es lo que quieres, Bradley? ¿Tú y yo? ¿Después de lo que ha pasado esta noche?

—Más que nada. —Incluso en la oscuridad, podía ver su piel sonrojada y la forma en que se le cerraban los ojos.

— ¿Y tus tíos?

—Vamos a hablar con ellos, pero luego quiero irme contigo.

Cuando Bradley abrió la puerta principal, Naughton vio a Charlie y Jean sentados en la cocina. Reconoció la expresión de sus rostros. Estaban tan conmocionados como él y su familia. Aunque el incendio podría haber arruinado el rancho Butler, las pérdidas no eran tan significativas como había temido inicialmente. Habían podido salvar la mayor parte de la fruta que estaba en peligro y aún conservaban más de cien acres de viñedos que no habían sufrido ningún daño.

Lo que había ocurrido aquí esta noche era mucho peor. Como había dicho Bradley, los Viñedos Jenson habían perdido millones de dólares en vino, pero eso no era nada comparado con las cosechas de diez años que, literalmente, se habían ido por los desagües del suelo de la bodega. Su impacto aún se sentiría veinte años después.

— ¿Hay algo que pueda hacer? —preguntó.

—Esta noche no —respondió Charlie—. ¿Sabes si Gabe y Trevino los han atrapado?

Naughton negó con la cabeza. —Lo último que supe por Mad es que no, aunque no creo que hayan dejado de buscarlos.

Charlie asintió y se levantó cuando lo hizo Jean.

Abrazó a Bradley. —Voy arriba, cariño. —Jean miró a Naughton y luego a su sobrina—. ¿Te quedarás con Naughton esta noche?, —preguntó.

—A menos que me necesites...

Jean levantó la mano. —Cuídala, ¿me oyes?

—Sí, señora —respondió Naughton—. No sé cómo decirle lo mucho que lamento lo ocurrido.

—Te lo agradecemos, sobre todo teniendo en cuenta los problemas que has tenido en el rancho Butler. Charlie siguió a Jean por las escaleras. —Apaguen las luces al salir —les dijo.

— ¿Estás segura de esto? —preguntó de nuevo.

—Por favor, Naughton.

Bradley salió tras él y cerró la puerta principal, asegurándose de que estuviera bien cerrada. Cuando Naughton abrió la puerta del acompañante de su camioneta, Bradley se subió.

Él se sentó en el asiento del conductor y la miró. — ¿Estás *segura* de que quieres esto?

— ¿Podrías dejar de preguntar? —Su rostro estaba sonrojado, como antes, y respiraba con dificultad—. Quiero olvidar el incendio y el vino que perdieron mi tía y mi tío. Quiero olvidar a Trey y a Calder. ¿Tú no, Naughton?

—Más que nada en el mundo.

—Vámonos. Por favor.

Él dudó. —Dime lo que quieres, Bradley.

Ella se inclinó y le apoyó las manos en su pecho. —A ti, Naughton. Quiero verte. —Sus dedos juguetearon con los botones de su camisa—. Y luego saborearte. —Le pasó la lengua por la clavícula y él pensó que iba a explotar, así que apartó sus manos de su cuerpo.

—Estamos a cinco minutos de mi casa y, mientras conduzco, quiero que me digas todo lo que quieres que te haga cuando lleguemos.

Naughton esperaba que Bradley hablara. No creía que lo hiciera, pensaba que estaría demasiado avergonzada o demasiado tímida para decir en voz alta las cosas que él sabía que se arremolinaban en su interior, pero ella lo sorprendió.

—Quiero todo contigo, Naughton. —Se tocó los pechos a través de la ropa—. Tu boca aquí, y tus dedos...

—Quiero verte —susurró él—. Déjame verte.

Las manos de Bradley juguetearon con los botones de su camisa hasta que quedó abierta hasta la cintura, dejando al descubierto su piel color crema y el encaje rosa de su ropa interior.

Naughton se inclinó y le bajó la copa del sujetador hasta que su pecho sobresalió de su estrechez y pudo ver su bonito pezón rosado.

—Enséñame. Usa tus dedos. Enséñame lo que quieres que te haga.

Ella acarició el capullo rosado hasta que se arrugó, haciéndole agua la boca, y él se movió en su asiento, ajustándose los vaqueros para darse espacio y acomodar el efecto que ella tenía en su cuerpo.

Naughton atravesó las cercas del rancho Butler y esperó a que se abrieran las grandes puertas del granero para poder meter su camioneta dentro.

Cuando los dedos de Bradley tocaron el botón más bajo de su blusa, Naughton puso su mano sobre la de ella. —Déjalo. Tengo que verte.

La condujo a la casa por la puerta de la cocina, la más cercana al granero, y una vez dentro, la empujó contra la pared.

La blusa de Bradley colgaba holgada a los lados, su piel desnuda iluminada por la suave luz de la luna. Era la mujer más perfecta que había visto jamás. Todas las fantasías que había imaginado sobre todas las mujeres se desvanecieron.

Le liberó el otro pecho de la copa que lo oprimía, bajó la boca y acarició su tierna piel con la lengua. Cuando ella se arqueó en respuesta, su cuerpo encajó perfectamente en los contornos moldeados del de ella.

—Dime más.

Ella se quitó los zapatos con los pies y él imitó sus movimientos, deslizando las manos por su torso para desabrocharle los botones de los vaqueros. Naughton deslizó la mano por debajo de la de ella y bajó la cremallera, mientras Bradley empujaba la barrera de denim a través de sus caderas y hasta el suelo, barrera que impedía que su piel tuviera contacto con la de ella. Sus hábiles dedos se posaron en la cintura de sus vaqueros y repitieron el baile de manos hasta que los pantalones quedaron en el suelo, encima de los de ella.

Los labios de Naughton se deslizaron desde su boca hasta detrás de su oreja. —Dime qué sigue, Bradley. No pasará nada más hasta que me lo digas.

Ella tomó la mano de Naughton y lo llevó hasta el pie de la escalera. Él cruzó los brazos y frunció el ceño.

—El sauna, —murmuró ella—. Quiero sentir tu piel junto a la mía.

—Más, Bradley. ¿Qué más?

Se inclinó hacia delante y susurró, aunque no había nadie más que pudiera oírla. —Te quiero dentro de mí, Naughton. No me hagas esperar más.

Ante sus palabras, él dejó que ella lo llevara escaleras arriba hasta el cuarto de baño. Ella se quitó la camiseta y le quitó la camisa a Naughton por los hombros mientras él permanecía inmóvil, dejándola tomar la iniciativa.

A continuación le tocó el turno a los calzoncillos. Ella le dio un golpecito en la pierna y él se los quitó. En lugar de bajarse las bragas, Bradley guio las manos de él para que lo hiciera por ella. Los dedos de él recorrieron su piel, dejando un rastro de escalofríos a su paso.

Naughton se echó hacia atrás, manteniendo una mano en su cintura mientras, con la otra, abría la puerta de un pequeño armario. Sin apartar los ojos de los de ella, movió la mano hasta que sus dedos encontraron un paquete de condones. Exhaló y Bradley sonrió.

— ¿Aliviado?, —preguntó ella.

—No sabes cuánto.

Ella abrió la puerta del sauna mientras Naughton jugueteaba con el panel de control, y luego abrió la mano para que ella pudiera ver el envoltorio del condón en su palma.

—Bradley. Dime. ¿Quieres esto?

—Ahora, Naughton. Póntelo.

Ella lo llevó al sauna y lo empujó sobre el banco de madera caliente, sentándose a horcajadas sobre él y rodeándole la cintura con las piernas. Cuando sus cuerpos se unieron, fue como si estuvieran hechos el uno para el otro. Ella rodeó el cuello de Naughton con sus brazos, frotando sus rígidos pezones contra su pecho duro como una roca.

—Dios, qué bien se siente, nena —susurró él.

Agarrándole la cara por ambos lados, introdujo la lengua en su boca, siguiendo el movimiento rítmico de sus cuerpos unidos. Deslizó una mano desde su mejilla hasta su trasero y la sujetó mientras se apoderaba del control.

Su otro brazo se deslizó alrededor de su cintura, sujetándola tan cerca de él como le era posible. Empujó una vez más, llegando tan profundo como su cuerpo le permitía, y ambos alcanzaron el orgasmo.

—Estamos hechos el uno para el otro, —susurró después de recuperar el aliento—. Tu cuerpo y el mío, nunca podría haber una unión más perfecta.

Bradley puso las palmas de las manos a ambos lados de su cara y lo besó con tanta fuerza que lo dejó sin aliento. Ya la deseaba de nuevo. Se levantó, la levantó con él y la llevó a su dormitorio. La acostó suavemente sobre el mullido edredón, luego se inclinó y la besó una vez más antes de ir al baño.

Volvió con más condones.

—Dime lo que estás pensando..., —repitió.

—Necesito más de ti.

—Puedes tener más cuando quieras, Bradley. Solo tienes que pedirlo.

✺ 24 ✺

BRADLEY

Cuando Naughton buscó su teléfono, Bradley esperó que fuera para silenciar el molesto zumbido de la alarma. Una vez que dejó de sonar, ella apretó el brazo que envolvía su cintura y abrió los ojos. —Todavía está oscuro.

—Cierra los ojos y vuelve a dormirte, cariño —le susurró él.

— ¿Qué hora es?

—Las tres, y ojalá no tuviera que irme, pero tengo que salir al viñedo.

Bradley se levantó de la cama, se estiró y bostezó. — ¿Dónde está mi ropa?

—Aquí —Naughton señaló la silla.

Ella buscó su camiseta—. Me pondré esto por ahora.

— ¿Bradley?

— ¿Qué? —Se plantó desnuda ante él, con la camiseta colgando de un dedo.

— ¿Qué estás haciendo?

—Vamos a cosechar.

—*Yo voy* a cosechar.

Bradley dejó caer su camiseta al suelo y se puso las manos en las caderas. —No, Naughton. *Ambos* vamos a cosechar. Trabajo para el Rancho Butler, ¿recuerdas? Si te preocupan mi tía y mi tío, tengo pensado visitarlos más tarde esta mañana. Mientras tanto, tenemos fruta que cosechar. Tengo otra ropa en el vestidor.

Muchas bodegas las tenían, incluida el Rancho Butler. Después de estar todo el día en el campo, cosechando uvas, o incluso en la bodega, la ropa solía estar empapada de jugo de uva y cubierta de tierra. Los vestidores ofrecían a los trabajadores un lugar donde limpiar con manguera sus botas de goma, cambiarse de ropa y, o bien desecharla, como era habitual, o bien meterla en bolsas de lavandería etiquetadas.

Un servicio, muy similar al servicio de lavandería de un restaurante, recogía las bolsas de ropa sucia y las devolvía al día siguiente, después de haber sido lavadas industrialmente. Para prepararse para la vendimia, Bradley había traído ropa extra de casa de sus tíos y la había guardado en su casillero.

Naughton se acercó a ella, la levantó, la acostó en la cama y sonrió. —Voy a buscar tu ropa, cariño. ¿Número de casillero?

—Doce, pero puedo ir yo.

Se inclinó hacia delante y la besó. —Aunque me encanta tenerte desnuda en mi cama, tengo que poner límites para que nadie más, aquí en el rancho, vea lo que es mío.

Bradley sonrió. — ¿Tuya?

—Así es, cariño. Eres toda mía.

— ¿Y tú? ¿Yo también tengo derechos de exclusividad?

—Ya te los he concedido, Bradley. —Entrecerró los ojos y la miró profundamente—. Lo digo en serio.

Ella se estiró y encendió la luz de la mesilla. —Naughton, yo...

Él se inclinó hacia delante de nuevo y le tapó la boca con la suya, impidiéndole decir otra palabra, luego se apartó y le posó dos dedos sobre los labios. —Voy a buscar tu ropa y luego hablamos. ¿De acuerdo?

—De acuerdo —murmuró ella.

Cuando oyó que se abría y se cerraba la puerta de abajo, Bradley se levantó de la cama, abrió el grifo de la ducha y abrió la puerta del armario de la ropa blanca en busca de una toalla. Al ver que el único estante parecía estar desordenado, supuso que allí guardaba los paquetes de condones que ahora estaban en la mesita de noche de Naughton.

Se llevó la suave y esponjosa toalla a la nariz y respiró el aroma que para ella representaba a Naughton. El armario de la ropa blanca, al igual que el vestidor de su dormitorio, estaba revestido de cedro, que desprendía un aroma que, para ella, era puramente masculino.

Dejó caer la toalla, se metió en la ducha llena de vapor y se enjabonó el cuerpo con un jabón que olía a sándalo. Este aroma también era típico de Naughton: potente y rudo, como un verdadero hombre. Cuando los brazos de Naughton la rodeaban, sabía que estaba exactamente donde quería estar. Ni siquiera tenía que tocarla. Mientras él estuviera cerca, Bradley se sentía segura.

Después de pasar un rato con Trey la noche anterior, sus diferencias se hicieron más evidentes. Ella nunca se había sentido segura con Trey, nunca había podido ser ella misma ni relajarse. Siempre estaba nerviosa. No se había dado cuenta antes de lo agotador que era estar con él. Al escuchar todo lo que él había dicho, quedó claro por qué lo había hecho. Nunca se había interesado por ella; solo quería las tierras de su tía y su tío. Sacudió la cabeza, deseando no haber conocido nunca a Trey Deveux.

Cerró los ojos para concentrarse en la sensación del agua que resbalaba por su cuerpo y dejó que el vapor la calmara. Ni siquiera se sobresaltó cuando se abrió la puerta. Las manos que la rodeaban y le cubrían los pechos, y los labios que le besaban el cuello, ya le resultaban familiares.

—Espero que no te importe. Me he sentido como en casa —dijo ella.

— ¿Importarme? Nunca.

—Naughton, yo...

—Shh. —Le tocó los labios con el dedo—. Más tarde.

Ella lo entendió. Muy pronto tendrían que salir del mundo en el que se habían refugiado la noche anterior y enfrentarse tanto a lo que había sucedido en Jenson como a cualquier otra cosa que Trey y Calder estuvieran tramando.

— ¿Qué vamos a cosechar hoy? —preguntó ella.

—Lo que queda de Sauvignon Blanc y Chardonnay. Si terminamos antes del amanecer, pasaremos a los viñedos más pequeños que están más arriba.

— ¿Marsanne y Roussanne?

Naughton sonrió. —Y Viognier.

Ella estaba a punto de cerrar el grifo cuando Naughton la agarró por el cuello y acercó su rostro al de ella. —Necesito que me prometas algo.

Ella asintió.

—Deja que las fuerzas del orden hagan su trabajo. Mantente alejada de Trey.

Cuando ella intentó apartar la mirada, él la sujetó con más fuerza. — ¿Bradley?

—Lo sé.

Anoche había ido al baño y luego había desaparecido. Trey debía de saber que ella había oído su conversación con Calder. Nadie sabía qué haría a continuación.

Sin embargo, lo último que esperaba era verlo frente a la puerta de Naughton unos minutos más tarde. Se quedó sin aliento cuando lo vio esperando en la oscuridad. Naughton se interpuso inmediatamente frente a ella.

—Estás entrando sin permiso —gruñó Naught.

—Necesito hablar con Bradley. —Trey intentó esquivarlo, pero él le cerró el paso.

—Sal de nuestra propiedad o llamaré al comisario.

—Espera un momento...

—Llamaré al comisario. —Naughton estaba marcando cuando Trey le quitó el teléfono de las manos.

— ¿Qué está pasando aquí? —preguntó una voz en la oscuridad.

—Llama al comisario, Mad. Tenemos un intruso, un pirómano y un ladrón en nuestra propiedad.

— ¿Eso es lo que tú crees? —Trey miró a Bradley.

—No le hables a ella. Háblame a mí.

—Sabía que estarías aquí —susurró Trey.

—Gracias, Bill —oyó decir a Maddox mientras giraba para mirarlos—. El comisario está en camino.

Trey movió los pies. —Necesito hablar con Bradley.

—Tienes diez segundos para subirte al coche y largarte de nuestra propiedad —dijo Naughton furioso, acercándose a Trey con los puños cerrados.

—Me iré, pero esto no ha terminado.

—A mí me suena a amenaza. ¿A ti no, Naught? —dijo Maddox.

—Claro que sí, Mad. Quizá deberíamos retenerlo hasta que llegue Bill.

Trey se dirigió a su coche, se subió y salió a toda velocidad por la carretera principal, dejando tras de sí una estela de piedras y tierra.

Naughton se dio vuelta y abrazó a Bradley.

—Te ha amenazado. Lo he oído —balbuceó ella.

Maddox levantó su teléfono. —El comisario lo ha oído todo. Como mínimo, conseguiremos una orden de alejamiento. Si pone un pie en el rancho Butler o en los viñedos Jenson, Trey Deveux acabará en la cárcel del condado.

Bradley se estremeció y Naughton le rodeó la cintura con el brazo. —No tienes que temerle. Tenemos ojos y oídos en todas partes.

—Esto pone de manifiesto un problema, hermano —dijo Maddox—. Desde el incendio, demasiada gente ha podido entrar y salir del rancho. Tenemos que hablar con papá sobre cerrar y volver a armar la verja, junto con los sistemas perimetrales.

Todos habían sido negligentes, como había dicho Maddox. El hecho de que Trey hubiera podido llegar hasta las cabañas lo dejaba claro.

. . .

AL AMANECER, NAUGHTON LLAMÓ AL MÓVIL DE BRADLEY Y LE pidió que se reuniera con él en los viñedos de Viognier. Antes de que ella pudiera decirle a Brodie adónde iba, él levantó su propio teléfono.

—Yo te llevaré —gritó.

Bradley no había estado sin un hermano Butler a menos de seis metros de ella en toda la mañana. Maddox la había llevado primero a uno de los viñedos de Sauvignon Blanc, mientras que Naughton se había llevado a un equipo a otro. Tan pronto como llegó Brodie, se quedó con ella mientras Maddox llevaba a otro grupo al primer viñedo de Chardonnay que iban a cosechar ese día.

—No pasa nada, Brodie. Puedo llegar por mi cuenta.

—De todos modos, aquí ya hemos terminado.

No era cierto, pero estaban lo suficientemente cerca como para que el equipo con el que habían estado trabajando pudiera terminar por su cuenta.

— ¿Dónde está Peyton? —preguntó ella, subiéndose al todoterreno al que Brodie se iba dirigiendo.

—En casa de sus padres, con los niños.

—Estamos todos nerviosos y siento que es culpa mía —le confió ella.

—Tú no has empezado esto, Bradley. Ha sido Calder y, por lo que he oído, Deveux también ha tenido algo que ver. Tú eres una espectadora inocente.

Ella se encogió de hombros. —Igual.

Brodie negó con la cabeza.

Las palabras que había oído que Trey le decía a Calder le dieron vueltas en la cabeza toda la mañana mientras cosechaba uvas.

La tierra vale la pena, siempre lo ha valido, sobre todo si podemos añadir más a lo largo de Adelaida Trail.

No se había permitido pensar en lo que él había dicho la noche anterior, pero ahora los recuerdos de lo que había sucedido en los últimos cuatro años volvieron a inundarla.

Cuando se conocieron, Trey sabía que ella tenía una conexión con los viñedos Jenson. En los primeros minutos, ella le había dicho que era la sobrina de Charlie y Jean. ¿Era esa la única razón por la que él la había perseguido todo este tiempo? ¿Era por eso que la había presionado tanto para que no fuera a Cornell a estudiar un posgrado? Luego, a principios de este año, la había presionado para que aceptara un trabajo con su tío en lugar de aceptar una oferta de una bodega de Napa.

No pierdas de vista el premio, hermano. Y ella no lo es, había oído decir a Calder.

Qué tonta había sido. No era de extrañar que siempre hubiera sentido que no era lo suficientemente buena para Trey, porque, a sus ojos, no lo era.

Tienes que trabajar para Jenson. Es tu herencia.

¿Se había dado cuenta de que la tierra nunca sería suya, por lo que, en su lugar, había intentado arruinar económicamente a su tía y a su tío y obligarlos a vender? ¿Qué más habían planeado él y Calder?

Sabía que querían más propiedades en Adelaida Trail y, tras el incendio y lo que había ocurrido la noche anterior en Jenson,

Bradley creía que no se detendrían ante nada para conseguirlo. ¿A cuántas otras bodegas pensaban atacar?

—AHÍ ESTÁ. —NAUGHTON SE ACERCÓ CUANDO BRODIE DETUVO el todoterreno al final de una hilera de Viognier. Le dio un beso en la mejilla y luego miró sus manos.

— ¿Dónde están tus guantes, Bradley?

No le gustaba usarlos cuando cosechaba, por la misma razón por la que nunca quería depender de la cosecha mecánica. Las uvas eran frágiles. Si tocaba cada racimo con los dedos, los sostenía en la mano, podía sentir su peso e intuir si estaban llenos de jugo o si algunas uvas se habían estropeado. Por eso, estaban cubiertas de arañazos y cortes.

Naughton llevó su mano derecha a los labios y besó cada yema de los dedos, luego la palma. —No los usarías si te lo pidiera, ¿verdad?

Bradley negó con la cabeza.

Él sonrió y le rodeó los hombros con el brazo. —Vamos a dar un paseo.

Brodie saludó con la mano mientras se alejaba en el cuatriciclo.

— ¿Adónde va?, —preguntó ella.

—A suspender la cosecha, al menos durante unas horas. Hace demasiado calor para cosechar la uva.

Ella estuvo de acuerdo. Ahora que estaban cosechando en lugar de recoger uvas después del incendio, lo que recogían y cuándo lo hacían no era tan urgente.

—He pensado que podríamos ir a ver a Charlie y Jean, —dijo él.

—Hace un rato hablé con la tía Jean.

— ¿Cómo están?

—Bien. Me dijo que el tío Charlie ha estado toda la mañana al teléfono, hablando con la policía y con los peritos del seguro. Me dijo que la policía no tiene ninguna pista sobre los autores.

—Alex me ha dicho que Gabe y Trevino se sienten mal por no haber podido atraparlos.

Bradley negó con la cabeza. —Odio todo lo que está pasando.

—Yo también, cariño.

—La tía Jean dijo que por ahora no necesitan mi ayuda.

— ¿Estás lista para la clasificación, entonces?

Se animó. — ¿Eso significa que hoy vamos a hacer la molienda?

—Sí.

Los últimos vestigios del amanecer se podían ver en el horizonte, pero cualquier cansancio que pudiera haber sentido se disipó cuando oyó la palabra *molienda*.

En circunstancias normales, los racimos de uvas recién cosechados llegaban a la bodega para ser clasificados según su calidad. En Francia, ese proceso se denominaba triage, que traducido literalmente significa «selección».

Bradley no sabría hasta llegar a la bodega si iban a clasificar primero lo que habían cosechado hacía un par de días o si lo iban a guardar en cámaras frigoríficas. Esa decisión la tomaría Maddox.

Una vez tomada, ella, junto con otros trabajadores, se alinearía a ambos lados de una cinta transportadora y separaría los frutos buenos de los de inferior calidad, eliminando las uvas verdes, enfermas o dañadas, junto con las hojas que no se hubieran eliminado en el campo.

En su último año en Cornell, el departamento de enología había probado un sistema utilizado para la clasificación en la región francesa de Burdeos. Las uvas seguían moviéndose a lo largo de una cinta transportadora, pero en lugar de clasificadores humanos, un sensor óptico reconocía cualquier uva que no tuviera el tamaño, la forma o el color deseados, y luego un chorro de aire la separaba y la enviaba a otra cinta utilizada para los residuos.

Al igual que con la vendimia mecánica, Bradley no confiaba en el sistema óptico. Había formado parte del equipo que evaluaba las uvas que habían sido descartadas por ser de calidad inferior y había descubierto que un alto porcentaje de frutos buenos se desechaban junto con los malos.

Sin embargo, en lo que respecta al prensado y el despalillado, Bradley estaba totalmente a favor del enfoque modernizado. Los días de la pisada de la uva con los pies habían desaparecido antes de que ella naciera, y se alegraba de ello.

Después de ser clasificadas, la cinta transportadora trasladaba los racimos a grandes estrujadoras-despalilladoras automáticas, que despalillaban las uvas y rompían los hollejos, dejando al descubierto el jugo y la pulpa de la fruta.

Las uvas blancas pasaban directamente de allí a la prensa, que separaba el jugo de los hollejos.

En el caso de los vinos tintos, dependiendo de la variedad y de las preferencias del enólogo, los tallos, las semillas y los hollejos permanecían con la fruta y se prensaban más tarde, a veces después de unas horas, a veces después de hasta un mes. Cuanto más tiempo permanecían los tallos, las semillas y los hollejos con el jugo, mayor era el contenido de taninos en el vino. Los taninos eran los que daban a vinos como el Cabernet Sauvignon su característico sabor seco.

🦋 25 🦋

NAUGHTON

Naughton observó cómo Bradley se perdía en sus pensamientos de camino a la bodega. Le habría gustado poder meterse en su cabeza y acompañarla en el viaje al que la llevaban sus pensamientos.

No conocía a nadie que trabajara en la industria del vino y no amara esta época del año. Estaba llena de preocupaciones, incluso sin que ocurriera algo tan catastrófico como un incendio. Pero también estaba llena de emoción y alegría. Cada variedad que cosechaban tenía el potencial de producir o convertirse en parte integral de un gran vino.

Sin embargo, esta vez era diferente. Año tras año, él y su hermano se habían asociado para llevar a cabo la cosecha. Naughton cultivaba las uvas; Maddox elaboraba el vino con ellas. Seguía siendo emocionante, seguía estando lleno de preocupaciones, seguía siendo un viaje mágico, pero tener a Bradley con él acentuaba todo eso. Era más emocionante, más mágico con ella allí.

En los últimos días había notado pequeños detalles sobre ella, como que se negaba a usar guantes cuando cosechaba. Recordó el primer día que se conocieron y pasearon por los viñedos de su tío. Los dedos de Bradley habían acariciado las hojas y las uvas. Ahora tenía sentido que quisiera tocarlas, sentirlas, conocerlas y aprender de ellas.

Anoche, sus dedos habían recorrido su piel de la misma manera, como si estuviera aprendiendo a sentirlo, centímetro a centímetro. Se inclinó y le besó el cuello debajo de la oreja, y ella dejó de caminar.

— ¿Por qué has hecho eso?

—Por ser tú misma.

Naughton la levantó con las manos en su trasero y ella le rodeó la cintura con las piernas. Así los encontraron Maddox y Alex unos instantes después, con las bocas y las lenguas entrelazadas.

—Oh, Dios, —oyó decir a Alex. Por mucho que no quisiera soltar a Bradley, lo hizo. Cuando ella se deslizó por su cuerpo, se preguntó cuánto se enfadaría Maddox si se la llevara durante una hora más o menos.

La giró para que quedara de cara a ellos, con la espalda hacia él, la rodeó con los brazos por la cintura y apoyó la barbilla en su hombro.

Alex se protegió los ojos del sol. —Esperaba secuestrar a Bradley para que me ayudara con la cena de mañana, pero parece que tú tienes tus propios planes.

Naughton sonrió. —Sí, pero ambos tendremos que apartarnos y dejar que Maddox se lleve a nuestra chica.

— ¿Quién te crees que eres?, —bromeó Alex.

Se encogió de hombros, sorprendido por las palabras que salieron de su boca.

—¿Por qué Mad tiene prioridad sobre ella?

—Porque, más que nada, Bradley quiere ocuparse de esas uvas. ¿No es así?, —dijo Naughton.

Bradley giró, besó a Naughton en los labios y luego se soltó de su abrazo.

—Lo siento, pero Naughton tiene razón. Sé que me ofrecí a ayudar, pero...

—Espera. Estaba bromeando. Hay pocas cosas que puedan interponerse entre mi Mad-man y yo estos días, excepto quizá si te robara durante el descanso.

Vio a Bradley subirse al todoterreno con su hermano después de que Alex dijera que prefería caminar con Naughton.

Mientras los observaba hasta que ya no pudo verlos, pensó en cómo se sentía con ella detrás de él en su motocicleta, con su cuerpo apretado contra el suyo mientras exploraban las colinas onduladas de la región vinícola. Pasarían días antes de que pudieran escaparse así, pero solo unas horas hasta que ella estuviera en su cama, y eso era mejor que cualquier paseo en motocicleta.

—Estás como ido, ¿verdad, Naught?

Miró a Alex, pero no respondió.

Caminaron en silencio durante unos minutos, hasta que doblaron una curva y pudieron ver los viñedos carbonizados por el fuego. Naughton se detuvo y se sentó en una roca al lado del camino de tierra que serpenteaba por sus terrenos.

— ¿Cuánto tiempo hace que se conocen Maddox y tú? — preguntó.

— ¿Es una pregunta retórica? Probablemente lo sabes mejor que yo.

—Lo digo en serio.

Alex se encogió de hombros. —Veinte años más o menos.

—Conozco a Bradley desde hace poco más de una semana.

— ¿Qué quieres decir?

Él negó con la cabeza. —Es una locura.

—Te estás enamorando de ella.

—Es una locura, —repitió él.

—No lo es, Naughton. En absoluto. Amo a Maddox desde el día en que lo conocí, y él dice que siente lo mismo. Los dos éramos demasiado tercos para admitirlo y casi nos perdemos el uno al otro.

—Nunca me he sentido así. Ni cerca.

—Confía en ello, Naught. Ella es una de las buenas, y no solo eso. Es la mujer de tu vida.

— ¿Y si ella no siente lo mismo?

Alex se quitó las gafas de sol y miró al cielo azul y despejado que se extendía sobre ellos. —Oye, Kade, —dijo—. ¿Nos puedes echar una mano aquí abajo, por favor?

❧ 26 ❧

BRADLEY

A fuera estaba oscuro. Bradley no tenía ni idea de qué hora era y estaba demasiado cansada como para sacar el móvil del bolsillo y mirar. Maddox había ido a buscar su teléfono para llamar a Alex. Le había dicho que solo tardaría un minuto y que luego hablarían sobre la agenda del día siguiente.

Si no oliera a suciedad y a mosto de uva de hacía horas, buscaría un rincón donde acurrucarse y dormir. En lugar de eso, dejó que sus ojos se cerraran, con la intención de hacerlo solo por un momento.

—Hola, bella durmiente, —oyó decir a Naughton al mismo tiempo que sentía sus dedos acariciándole el cabello.

—Estoy hecha un desastre, —dijo cuando abrió los ojos—. Hola —añadió cuando él le sonrió.

—Hola, preciosa.

La forma en que Naughton la miró le derritió el corazón. No podía imaginar a nadie mirándola como había visto hacerlo a Maddox con Alex, o a Brodie con Peyton. Cuando él le pasó los brazos por debajo de las rodillas, le rodeó la cintura con el otro brazo y la levantó, Bradley tuvo la certeza de que estaba soñando.

—Apoya la cabeza en mi hombro, —le dijo él.

Ella le rodeó el cuello con los brazos y volvió a cerrar los ojos. Cuando sintió una brisa, los abrió. —Espera, Naughton. No puedo irme. Maddox quiere hablar conmigo sobre mañana.

—Él sabe dónde encontrarte, —dijo, sin detenerse.

Bradley intentó zafarse de sus brazos, pero él solo la sujetó con más fuerza. —Te soltaré cuando estemos dentro.

— ¿Adentro de dónde?

De alguna manera, logró abrir la puerta de la cocina de su cabaña y la puso de pie.

—Estoy hecha un desastre, —repitió ella cuando él le acarició la mejilla y le pasó el pulgar por los labios.

—Vamos a quitarte esa ropa, —murmuró él, quitándole la camisa por la cabeza.

Cuando Bradley bajó la mirada, se dio cuenta de que incluso su sujetador estaba sucio.

— ¿Has hablado con Charlie o con Jean? —le preguntó él, guiándola con delicadeza hasta la silla junto a la mesa. Cuando ella se sentó, le quitó las botas de goma y luego los calcetines.

—Esta tarde volví a hablar con la tía Jean. Me ha dicho que están bien.

— ¿Están cosechando?

Bradley sonrió. —Todavía no. Ha dicho que hay que esperar al menos una semana más.

—Mmm. Parece que voy a ganar nuestra apuesta. —Él sonrió y le acarició el cuello con la nariz.

—Nunca hemos apostado.

—Claro que sí. Solo que nunca dijimos qué nos jugábamos. Pero yo sé lo que quiero.

Ella se puso la mano en la cadera. —No es justo. Ya sabes que has ganado.

Naughton le acarició la cara con la palma de la mano. —Queremos lo mismo, cariño. ¿No es así?

Antes de que ella pudiera responder, la besó y le acarició las piernas con las manos hasta llegar al botón de sus vaqueros. —Levántate, preciosa.

Le encantaban sus términos cariñosos: bella durmiente, preciosa, incluso cuando la llamaba cariño. Cada vez que lo hacía, ella se derretía un poco más.

—Eres tan dulce conmigo, —susurró, apoyando las manos en sus hombros—. Tienes que estar tan cansado como yo.

Le bajó los vaqueros y las bragas por las caderas y le dio unos golpecitos en cada pierna para que saliera de ellos. Estaba desnuda, salvo por el sujetador, cuando oyó a Maddox en la puerta principal.

—Abre, Naught. Tengo que hablar con Bradley.

Ella fue a buscar su ropa, pero Naught la agarró del brazo y la subió sobre su hombro.

— ¿Qué estás haciendo? —Le dio un puñetazo en la espalda—. *Bájame* —chilló y se rio mientras subían las escaleras. Cuando Naughton la dejó en el borde de la bañera, las lágrimas le rodaban por las mejillas de tanto reír.

Naughton también se reía, pero cuando ella lo miró a los ojos, ambos se detuvieron. El calor entre ellos se extendió cuando él le acarició la mejilla con la mano derecha y abrió el grifo con la izquierda.

—Entra cuando estés lista. Yo también lo haré en cuanto me deshaga de mi hermano.

— ¿Naughton? —dijo ella cuando él salía del baño.

— ¿Sí?

—Gracias.

En lugar de salir por la puerta, se dio vuelta. —Al diablo con Mad, —murmuró antes de volver a besarla.

Aunque Maddox seguía golpeando la puerta, ahora por tercera vez, él ya se había quitado la ropa. Naughton metió la mano en el bolsillo de sus vaqueros, que ahora estaban en el suelo del cuarto de baño, y pulsó la pantalla con el dedo. —Vete, —gruñó cuando Maddox respondió a la llamada de Naughton—. Haré que ella te llame más tarde.

A través del teléfono, Bradley pudo oír a Maddox reírse antes de que Naughton colgara. Tiró el móvil encima de los vaqueros, le desabrochó el sujetador a Bradley y lo añadió a la pila de ropa.

Luego se metió en la bañera y la tomó de la mano para ayudarla a hacer lo mismo. Bradley esperó a que Naughton ajustara la temperatura y se sumergiera en el agua antes de sentarse entre sus piernas y recostarse contra su pecho. Él la rodeó con los brazos por la cintura, la atrajo hacia sí y se inclinó para encender los chorros.

No recordaba haberse sentido tan feliz como en ese momento, descansando en los brazos de Naughton con el agua burbujeando a su alrededor.

Trazó un corazón en su muslo con la yema del dedo. —Eres tan bueno conmigo. —Como él no dijo nada, ella miró por encima del hombro.

Tenía los ojos cerrados y la cabeza apoyada contra la piedra que había detrás de él. — ¿Naughton?

Cuando él levantó la cabeza, abrió los ojos y la miró profundamente a los suyos, ella se movió y le acarició la mejilla con la palma de la mano. —Me haces sentir... No puedo describirlo. Nunca me había sentido así.

Él asintió con la cabeza, así que ella continuó.

—Nunca he dudado de que me quieran, pero desde que murió mi madre, nunca me había sentido tan... querida. —Se le llenaron los ojos de lágrimas y, cuando intentó apartar la mirada, él le sujetó la cara con la mano para que no pudiera hacerlo—. ¿Te parece una locura?, —preguntó ella.

—En absoluto.

Ella esperó a que él dijera algo más, y como no lo hizo, se recostó contra él. No había razón para que ella presionara ni para que ninguno de los dos se apresurara. Estaban juntos, y eso era lo único que importaba.

— ¿Has comido?, —le preguntó él unos minutos más tarde.

Bradley se rio. —Naughton, solo hay una cosa que quiero hacer, y no tiene nada que ver con la comida.

Él le besó el cuello y le cubrió los pechos con las palmas de las manos, apretando y acariciando su piel, y rodeando sus pezones.

Bradley apretó con fuerza sus muslos. —Qué bien se siente, — gimió—. Puedes hacerlo tantas veces como quieras.

— ¿Sí? ¿No te importará si me acerco sigilosamente por detrás en los viñedos y recorro tu cuerpo con mis manos?

Ella gimió de placer. —Se siente tan bien lo que estás haciendo, que no me importará dónde estemos.

Él movió las manos hacia sus brazos y le masajeó los músculos doloridos, luego subió hasta los hombros. Cuanto más le masajeaba el cuerpo, más se hundía ella en él y más se le relajaban los músculos.

Sin embargo, los suyos no se relajaban, al contrario. Cuanto más tocaba su piel, más crecía y más duro se ponía. Cuando ella se movió para que él descansara entre sus nalgas, él gimió como ella.

—Necesito estar dentro de ti, cariño, —susurró.

Bradley se estiró y pulsó el botón para apagar los chorros de la bañera, luego accionó la palanca del desagüe para abrirlo. Ella se movió para ponerse de rodillas frente a él. —No hay ningún otro lugar donde prefiera tenerte, —murmuró, y luego lo besó.

Naughton presionó su lengua con más fuerza contra la de ella.

— ¿Eres real?, —preguntó él—. ¿Puede ser esto real?

Lo dijo tan suavemente que Bradley apenas pudo oírlo, pero entendió por qué lo había preguntado. Ella sentía lo mismo. ¿Cómo podía ser posible? No se conocían desde hacía tanto tiempo como para que esto se considerara la fase de luna de miel, en la que estaban de acuerdo en todo, querían hacer las mismas cosas todo el tiempo y siempre parecían hechos el uno para el otro. De hecho, Naughton la había visto en su peor momento en más de una ocasión.

Yacían uno al lado del otro en la cama, estudiándose mutuamente.

Ella ya había hablado demasiado, y ahora era el turno de Naughton. Si él no tenía nada que decir, ella tampoco.

Naughton cerró los ojos y recorrió su cuerpo con las manos como si estuviera memorizando cada curva. Por muy cansada que estuviera, por mucho que quisiera cerrar los ojos también, no lo hizo. En cambio, observó los sutiles cambios en sus expresiones mientras él exploraba su desnudez.

Naughton no era el primer amante de Bradley, pero había habido pocos antes que él. Ahora que conocía la motivación de Trey para querer estar con ella, comprendía mejor la naturaleza esporádica de su relación física. Su indiferencia le había provocado sentimientos de carencia cuando, en realidad, él nunca se había sentido realmente atraído por ella.

Estar con Naughton era como pasar al extremo opuesto del espectro. Cuando él le acariciaba el brazo con los dedos, se le ponía la piel de gallina. Era como si el amor viajara de su cuerpo al de ella cada vez que la tocaba.

Deslizó la lengua por el hueco entre sus pechos mientras sus dedos pellizcaban y luego acariciaban sus pezones. Bradley estaba a punto de alcanzar el orgasmo solo con esa intimidad. Cuanto más bajaba por su cuerpo, más cerca estaba ella de explotar bajo sus caricias.

—Córrete para mí, preciosa, —le susurró cuando sus manos y labios rozaron la parte superior de sus piernas.

Su ardiente deseo por él alcanzó su clímax y ella se arqueó bajo su caricia. —Por favor, Naughton, —le suplicó.

—Dime lo que necesitas, Bradley. —La calidez de su aliento reavivó su ya ardiente desesperación.

—A ti. Te necesito dentro de mí. Ahora, Naughton. Por favor.

Entonces la penetró, empujando profundamente y llenando por completo su vacío. Con Naughton dentro de ella, Bradley se sintió completa. Él mismo había dicho las palabras la noche anterior: *tu cuerpo y el mío, nunca podría haber una unión más perfecta.*

27

NAUGHTON

Maddox le envió un mensaje de texto diciendo que Hawks ya había enviado a un equipo a cosechar el Viognier y le preguntó qué harían a continuación.

Iremos a las tres, —respondió él, y luego añadió—: *con Bradley.*

Por supuesto que con Bradley, —respondió Maddox.

Ella dormía profundamente, con la cabeza apoyada en su pecho y el brazo alrededor de su cintura. No había habido ninguna mujer en esa cama antes que ella, y si por él fuera, tampoco la habría después.

Naughton oyó la voz de Kade en su cabeza mientras se quedaba dormido. «Alimenta al lobo blanco, hermano».

Cuando sonó la alarma, Naughton sintió como si acabara de cerrar los ojos. Esta vez la había puesto para las dos, pero solo para poder pasar una hora con Bradley antes de tener que compartirla con el resto del mundo.

—Anoche no llamé a Maddox. —Tenía los ojos aún cerrados y la voz pastosa por el sueño.

—De todos modos, hoy soy yo el jefe.

Bradley abrió los ojos y sonrió. — ¿Lo sabe Maddox?

—Soy el jefe de la vendimia. Su turno no empieza hasta que tú llegas a la bodega.

—Bueno, jefe, ¿qué vamos a cosechar hoy?

—Te dejaré decidir a ti.

Bradley se sentó erguida y cruzó las piernas. — ¿En serio? —Sus ojos brillaron y una amplia sonrisa se dibujó en su rostro. En ese momento, Bradley le recordó a su sobrina, Spencer, y a cómo se veía la mañana de Navidad pasada.

—Sí, en serio. —Se inclinó hacia adelante y le besó la punta de la nariz.

— ¿Qué sigue?

Él se encogió de hombros y le guiñó un ojo.

— ¿Hablas en serio, Naughton? ¿De verdad vas a dejarme decidir? Quiero decir...

—Sí, Bradley. Ahora, por favor, vuelve a mostrarte como la chica emocionada de hace dos minutos y deja de dudar de ti misma.

Ella cayó sobre la almohada. — ¿Cómo es que me conoces tan bien?

Esta vez, cuando la besó, fue directamente a su boca. Mientras sus lenguas se acariciaban, Naughton rodó para que Bradley quedara encima de él.

—Ahora me toca a mí decirte lo que quiero que hagas —bromeó ella.

Naughton se estremeció. — ¿Porque tú mandas?

—Sí.

— ¿ADÓNDE VAMOS? —PREGUNTÓ MADDOX CUANDO ÉL Y Bradley se reunieron con él al borde del viñedo. Brodie también estaba allí, bostezando mientras esperaba en el cuatriciclo.

Naughton se volvió hacia ella y esperó también.

— ¿Qué pasa? —preguntó Maddox.

—Es decisión de Bradley.

Su hermano se frotó las manos. —Esto me va a gustar.

— ¿Nos vamos pronto? —Brodie estaba estirado en el asiento del cuatriciclo, utilizando la parte delantera como un reposacabezas muy incómodo.

—Naughton va a dejar que Bradley decida qué vamos a cosechar hoy.

Brodie volvió a bostezar—. Avísame cuando se haya decidido.

—No eres gracioso, Brodie —dijo Maddox—. ¿Adónde vamos?

—Merlot —respondió ella.

—Merlot —le gritó Maddox a Brodie.

—La he oído. Estoy aquí —murmuró él.

El primer viñedo que Bradley quería visitar estaba tan cerca que podían ir caminando. Brodie se adelantó en el cuatriclo, diciendo que lo necesitarían más tarde de todos modos.

Cuando Naughton entrelazó sus dedos con los de ella, le pareció lo más natural del mundo. Maddox seguía sonriendo y ahora, además, silbaba.

—Me haces morir de risa —le dijo Bradley.

—Suenas como Alex. ¿Quién dice «morir de risa» hoy en día?

—Nosotros, porque somos las chicas con onda —le respondió ella.

Maddox miró más allá de ella, a su hermano. —Me alegro de verte feliz, Naught.

—Me alegro de sentirme feliz.

Maddox abrió mucho los ojos y negó con la cabeza. —Carajo, St. John, debes de ser un regalo del cielo para que mi hermano menor admita que es feliz.

— ¿Qué vamos a hacer? —preguntó Naughton cuando Bradley se detuvo en la primera fila de vides de Merlot.

Ella miró a Maddox.

—Tú decides. ¿Qué hacemos este año?

Bradley examinó las uvas de la primera fila. Primero probó un par y luego utilizó el refractómetro para medir los niveles de azúcar. Más adelante en la fila, volvió a probar y, aún más lejos, tomó otra serie de medidas. A partir de ahí, recorrió varias filas y repitió el proceso mientras los tres hermanos Butler esperaban con los brazos cruzados.

—No sé tú, pero a mí me encanta esto, —dijo Naughton.

Le gustaba mucho lo que ella estaba haciendo. Le encantaba todo lo relacionado con ella.

—Burdeos, —dijo ella finalmente.

—Entonces, ¿cosechamos?

Le entregó el refractómetro a Naughton, quien lo tomó, pero lo dejó cerca del cuatriciclo.

—Espera. No vas a...

Naughton negó con la cabeza.

—Pero...

Maddox sacó una radio del bolsillo. —Esta mañana empezamos con Merlot, chicos. Bradley nos está preparando un buen Burdeos para este año.

Había dos estilos básicos de Merlot, y el que eligieran determinaría cuándo cosecharían.

Tradicionalmente, el Merlot era una uva principal utilizada en el vino francés de estilo Burdeos, junto con el Cabernet Sauvignon, el Cabernet Franc, el Petit Verdot, el Malbec y el Carménère.

El segundo de los dos estilos requería una cosecha más tardía, lo que daría al vino el cuerpo suficiente para destacar por sí solo. Esos vinos, normalmente 100 % Merlot, tenían un alto contenido alcohólico, eran exuberantes y afrutados, pero carecían de la complejidad de otros elaborados a partir de una sola variedad.

Aunque ella y Maddox decían que estaban elaborando un Burdeos, no podían llamarlo así, porque por ley, solo los vinos elaborados en esa región podían llevar ese nombre.

Podían llamarlo Meritage, que era la misma mezcla básica, pero recientemente, Naughton había oído a algunos enólogos referirse a él como Claret, un término acuñado por los británicos.

Maddox se colocó entre Naughton y ella y los rodeó con un brazo a cada uno. — ¡La vamos a pasar muy bien! Estoy deseando ver lo que nos deparan los próximos años tanto al Rancho Butler como a Demetria.

Naughton miró a Bradley, tratando de evaluar su reacción. Cuando ella sonrió, él también lo hizo.

Bradley se acercó sigilosamente por detrás a Naughton y le rodeó la cintura con los brazos cuando Maddox se marchó. Ella apoyó la cabeza en su hombro. —Gracias, —dijo.

Él giró entre sus brazos. —Sabes lo que estás haciendo, Bradley. Has nacido para esto.

— ¿De verdad lo crees?

—Ojalá pudieras salir de ti misma y ver lo buena que eres. Eres intuitiva, como si lo llevaras en la sangre. Ya te dije una vez que tú y yo vamos a hacer un vino increíble juntos. —Señaló hacia donde Maddox estaba hablando con Brodie—. Quiero a mi hermano y siempre me ha encantado hacer vino con él, pero contigo será algo mágico.

—Naughton, yo...

—Termina lo que ibas a decir, Bradley —murmuró.

—No sé cómo agradecerte por darme esta oportunidad.

—De nada. Quizás más tarde consiga que me digas lo que realmente querías decir.

Terminaron de cosechar el Merlot a las diez, cuando el calor del día se volvió demasiado intenso, y luego regresaron a la bodega.

—Hoy no vamos a prensar, —dijo ella.

—Ya me dijo Maddox.

—Entonces creo que me iré a casa un rato.

—Te llevaré de camino a Demetria.

Naughton y Hawks tenían previsto llevar los caballos a casa hoy, pero esa no era la única razón. Había dos cosas que Hawks le había dicho que quería discutir. Solo había dado detalles sobre una, pero Naughton podía adivinar la otra.

— ¿A qué hora quieres ir a Los Cab más tarde?, —le preguntó.

—No estoy segura. Quiero ir con el tío Charlie y la tía Jean.

Un tiempo después, esa misma tarde, Alex y Peyton, junto con sus dos hermanas, Skye y Ainsley, sus padres, además de la madre de Alex y los padres de Peyton, ofrecerían una cena en la bodega Los Caballeros para agradecer a todos los que acudieron a ayudar después del incendio.

La comida de estilo español se serviría durante toda la tarde y la noche para que los propietarios de los viñedos, los enólogos y sus empleados pudieran acudir cuando pudieran escapar de la cosecha o la prensada.

A Naughton no le gustaba la idea de que ella no estuviera con él ni con ninguno de sus hermanos.

—Deja de fruncir el ceño —bromeó Bradley, acariciándole la mejilla con la palma de la mano—. El tío Charlie es tan buen guardaespaldas como tú y tus hermanos.

No se disculparía por preocuparse por ella. Ahora que la había encontrado, la idea de perder a Bradley era más de lo que podía soportar.

DESPUÉS DE DEJARLA EN CASA, NAUGHTON SIGUIÓ A HAWKS hasta Demetria, cada uno remolcando un tráiler para los caballos. Como era el lugar más fácil para cargar, se detuvieron detrás de la casa, donde Hawks tenía su camioneta.

— ¿Qué quieres hacer primero?, —preguntó Hawks.

—Dime de qué querías hablarme y luego cargaremos los caballos, —respondió Naughton.

Se acercaron a la mesa de picnic junto al arroyo y Hawks le contó lo que había averiguado sobre el incendio. Johnny Vatos, el hombre con el que Hawks había crecido, era, de hecho, la persona detenida acusada de incendio premeditado, y no un trabajador agrícola migrante, como el comisario le había dicho a la familia Butler.

—Sigo sin entender por qué el comisario pensó que era un trabajador migrante.

—Les dio su nombre de pila, Juan, y fingió que no hablaba inglés. Sin embargo, una vez que le tomaron las huellas dactilares, no tardaron mucho en saber exactamente quién era, —explicó Hawks.

—No lo entiendo.

—Yo tampoco, y él no ha confesado nada más que haber sido el autor del incendio.

Naughton entrecerró los ojos. — ¿Dijo por qué?

—Dice que quería asegurarse de que su familia estuviera bien cuidada.

— ¿Provocando el incendio? Eso no tiene sentido. Te está diciendo por qué va a ser culpado, pero no la razón por la que lo provocó, —dijo Naughton, y Hawks asintió.

—Johnny ha envejecido veinte años en los cinco que han pasado desde la última vez que lo vi. Dudo que lo hubiera reconocido si me lo cruzaba por la calle.

— ¿Crees que cambiará de opinión?

—Ni hablar. Johnny se llevará a la tumba el nombre de quien le pagó por hacerlo.

A falta de otras pruebas, la negativa de Johnny a confesar más que su participación dejaría a las fuerzas del orden sin nada más con lo que seguir adelante. Vatos pasaría el resto de su vida en la cárcel y quienquiera que le hubiera pagado quedaría libre. Eso significaba que tendrían la oportunidad de causar más daño.

— ¿Te has enterado de lo de los Jenson? —preguntó Naughton.

Hawks asintió con la cabeza. —He oído que ha sido muy grave.

—Han perdido toda la cosecha. Diez años tirados por la borda.

—Vaya, eso debe de doler.

—Sí, y era material de primera —le dijo Naughton.

— ¿El seguro cubre algo así?

—Sí, pero pasarán años antes de que puedan reconstruir sus existencias, lo que significa que pasarán años antes de que puedan sacar al mercado nada más que variedades jóvenes.

Hawks negó con la cabeza. — ¿Qué le está pasando a nuestro valle, Naught? Es como si estuviera maldito.

No era una maldición, sino unos cuantos bastardos codiciosos que no se detendrían ante nada para hacerse con unas tierras que, de otro modo, nunca se pondrían a la venta. Si las cooperativas vinícolas estaban detrás de todo esto, como pensaba Naughton, pronto descubrirían que los propietarios de las bodegas de la cooperativa preferirían convertir sus explotaciones en granjas lecheras antes que venderlas.

— ¿Naught?

—Sí.

—Hay algo más.

Él asintió con la cabeza.

—Tu padre ha vuelto a estar aquí, con la mujer.

Naughton estaba a punto de perder la cabeza. ¿Qué carajo estaba pasando? — ¿Cuándo?

—Esta mañana temprano. Casi me los encuentro cuando salí a la calle de camino al rancho, pero me detuve al oír voces.

— ¿Pudiste oír de qué hablaban?

—Solo parte. La mujer insistía en que quería verlo a «él».

— ¿A quién se refería? —preguntó Naughton.

Hawks se encogió de hombros. —Ninguno de los dos lo dijo. Pero tu padre dijo que ella sabía que no podía. Le dijo que dejara de insistir.

— ¿Algo más?

—Sí. Vieron las luces encendidas en la casa. Tu padre le dijo que era demasiado arriesgado que se volvieran a encontrar aquí.

— ¿Algo más?

—Nada que yo pudiera oír.

Naughton se inclinó hacia delante y se llevó las manos a la cabeza. — ¿La viste?

Hawks asintió. —Estaba oscuro, así que no pude verla bien.

Naughton se levantó de la mesa y tomó el camino hacia el bosque que lo llevaría hasta los caballos. Lo que necesitaba ahora era dar un largo paseo a lomos de Huck. Tiempo para pensar y tiempo para no pensar.

28

BRADLEY

—¿Cómo lo estás llevando?, —le preguntó su tía.

—Estoy preocupada por ti y por el tío Charlie.

—Aún no tomamos dimensión de todo. Charlie ha estado al teléfono casi todo el día. Esta mañana temprano, el representante de la oficina de impuestos sobre el alcohol llamó para decir que vendría mañana.

—No había pensado en eso. —El inventario que Jenson había perdido tenía un valor considerable, lo que significaba que su tía y su tío recibirían un reembolso sustancial de su fianza fiscal—. Las noticias vuelan, ¿verdad?

—Vivimos en una comunidad muy unida, así que sí, es cierto. Ya hemos recibido muchas ofertas de ayuda, —le recordó su tía a Bradley.

— ¿Qué tipo de ayuda?

—Uvas, mosto, vino para mezclar. Ayuda con la cosecha, por si se nos hace demasiado pesada.

—Es lo mismo que cuando todo el mundo nos ayudó después del incendio.

Su tía asintió. —Cuéntame qué pasa entre Naughton y tú.

¿Por dónde empezar? —Estamos empezando a conocernos.

— ¿Y?

Bradley negó con la cabeza. —Es una locura.

Cuando su tía no le preguntó inmediatamente a qué se refería, Bradley pensó que podía dejarlo así.

— ¿Estás enamorada de él?

Bradley se sonrojó. —Apenas lo conozco.

Su tía abrió los brazos y Bradley se dejó abrazar. —Lo conoces, cariño, mejor que a casi cualquier otra persona.

—No es verdad...

—Sí que es verdad. Déjate llevar, Bradley. Déjate enamorar de él y déjalo que te quiera.

— ¿Y si nunca lo hace?

— ¿Amarte?

Bradley asintió con la cabeza.

—Ya no hay vuelta atrás, querida.

— ¿Cómo puede ser eso? No nos conocemos, tía Jean, —insistió Bradley.

—Tengo que cambiar de tema completamente, pero debo decirte que tu padre va a venir a visitarnos.

— ¿En serio? —Bradley buscó su teléfono, pero no estaba en su bolsillo—. No he hablado con él en un par de semanas. No desde que le conté lo de la oferta de trabajo en el Rancho Butler.

—Habló con tu tío.

Bradley frunció el ceño. — ¿Cuándo?

— ¿Cuándo habló con tu tío o cuándo viene? —preguntó la tía Jean.

—Las dos cosas.

—Tu tío llamó y le contó lo del incendio en el rancho Butler.

— ¿Cuándo llegará?

—Mañana por la mañana.

— ¿Y el hecho de que te dijera que Naughton y yo nos estamos conociendo, te recordó que mi padre iba a venir?

—Es una de las razones de su visita. Tu padre quiere conocerlo.

— ¿Por qué?

Su tío se unió a ellos en la cocina.

—Le estaba contando a Bradley que su padre llegará mañana.

El tío Charlie suspiró. —Sí. Así es.

No era ningún secreto que su padre y su tío nunca se habían llevado bien, especialmente desde que había muerto su madre. Bradley sabía que el tío Charlie había discutido varias veces en su nombre, defendiendo que Bradley pasara los veranos con ellos. Su tío también había discutido con su padre sobre su decisión de estudiar una carrera a la que él se oponía rotundamente.

— ¿Dónde se alojará?

—Con nosotros —respondió la tía Jean—. ¿Dónde más podría quedarse?

No lo sabía. Por lo que Bradley recordaba, sería la primera vez que él los visitaba. Más tarde, intentaría preguntarle a su tía por qué había dicho que su padre quería conocer a Naughton.

—Vamos —dijo su tío, abriéndoles la puerta—. Iremos en coche.

Bradley volvió a buscar su móvil, recordando que no estaba en su bolsillo. —Voy por mi teléfono, —les dijo y subió corriendo las escaleras para buscarlo. Miró en su dormitorio y en el baño, buscó por todas partes, pero no lo encontró. La última vez que recordaba haberlo tenido era cuando estaba en el rancho Butler. Probablemente lo había dejado allí.

— ¿Podemos pasar por el rancho? —Preguntó cuando se subió al coche de su tío—. Creo que me he dejado allí el móvil.

Cuando el tío Charlie se detuvo ante la verja, Bradley se bajó. —Lo buscaré y nos vemos allí —le dijo.

Él asintió y su tía la saludó con la mano. —Hasta luego.

Bradley se alegró de tener unos minutos a solas para poder asimilar la inminente visita de su padre. Afortunadamente, era la temporada de la cosecha y no tendría que inventarse una excusa para no pasar mucho tiempo con él. La relación entre ellos había sido incómoda desde que ella era adolescente. Aparte de que ella había asistido a Cornell, la universidad en la que él había estudiado, nunca habían tenido otro interés en común.

Le habría gustado recordar más cosas sobre su madre. La tía Jean estaba dispuesta a contarle historias sobre sus travesuras cuando eran niñas y adolescentes, pero tenía pocas historias que contar después de que su madre y su padre se casaran. Ni siquiera sobre su boda.

—Se fugaron, —le había dicho Jean—. Tus abuelos ni siquiera sabían que estaban comprometidos.

— ¿Por qué no?, —recordaba haber preguntado.

—No sabíamos mucho sobre tu padre. Solo lo había visto una vez antes de que tu madre anunciara que se habían casado.

BRADLEY ABRIÓ LA PUERTA DE LA BODEGA Y SE COLÓ DENTRO para buscar su teléfono. Estaba a punto de llegar al vestidor, donde suponía que lo había dejado, cuando oyó unas voces.

—Tengo que verlo, —oyó decir a una mujer. No pudo oír bien la voz del hombre para saber qué respondió.

—No me importa. —La voz de la mujer se hizo más fuerte—. Él tiene que saberlo, y me niego a irme hasta que lo vea.

Bradley oyó pasos que se dirigían hacia ella y se escondió detrás de la puerta. Cuando oyó que se alejaban y vio que se cerraba la puerta de la bodega, quiso ir a su casillero a buscar el teléfono, pero esperó unos minutos más para asegurarse de que no la verían.

¿Qué quería decir la mujer cuando dijo que no se iría sin *decírselo?* ¿Se refería a Naughton? Y, si era así, ¿era alguien con quien él había tenido una relación?

❦ 29 ❦
NAUGHTON

Naughton vio a Jean y Charlie Jenson acercarse al lugar donde las madres de Alex y Peyton estaban charlando. ¿Por qué Bradley no estaba con ellos?

Charlie levantó la vista y saludó con la mano.

—Pensaba que Bradley venía con ustedes —dijo Naughton.

—Dejó su teléfono en tu bodega, pero debería llegar en breve.

—Ah. —Él había sido muy claro. O él la recogería, o ella podría venir con su tía y su tío. Esas eran las dos únicas opciones. ¿Por qué Bradley no hacía simplemente lo que él le había pedido?

Charlie puso la mano en el hombro de Naughton. —No pasa nada, Naught. Puedes esperar otros cinco minutos.

En realidad, no podía. Cada minuto que ella no estaba con él eran sesenta segundos demasiado largos. Se alejó y la llamó al móvil. Cuando ella no respondió, su irritación se convirtió en preocupación.

—*¿Dónde estás?* —le escribió.

De nuevo, no hubo respuesta, así que tomó el camino de tierra que va de Los Cab al rancho Butler para buscarla.

Ella salía por la puerta de la bodega cuando él se acercó.

—Hola —dijo él.

Ella se llevó la mano al corazón—. Me has asustado.

—Estaba preocupado por ti.

—Me había dejado el móvil. —Se lo mostró.

—Eso es lo que me ha dicho tu tío.

Bradley apartó la mirada y cruzó los brazos.

— ¿Qué más ha pasado? —insistió él.

— ¿A qué te refieres?

Él le puso la mano en la nuca y la apretó. —Algo te preocupa.

Cuando ella intentó soltarse, él deslizó la mano hacia su brazo. —Detente, —le dijo—. ¿Qué está pasando?

—He oído algo..., —comenzó ella.

Naughton le acarició la mejilla con la palma de la mano. —Dime lo que has oído, Bradley.

—He oído a dos personas hablando. Un hombre y una mujer.

— ¿Quiénes?, —preguntó él.

Ella frunció el ceño. —No tengo ni idea.

— ¿Puedes describirlos?

—No los vi, solo los oí —respondió ella.

— ¿Qué dijeron?

EL SECRETO DE NAUGHTON

—La mujer dijo que necesitaba hablar con «él». Le dijo al hombre que ya no podía mantenerla alejada de quienquiera que fuera.

Interesante. Hawks dijo que la mujer insistía en verlo «a él». ¿Era él la persona a la que quería ver?

— ¿Oíste algo más?

—Dijo que ya era hora de que él lo supiera y que no se iría hasta verlo.

No tenía ni idea de lo que eso significaba.

—Naughton, ¿tú... tú...?

— ¿Qué estás intentando preguntarme, Bradley?

— ¿Hay alguien más?

Ah. Ahora entendía su pregunta. Ella suponía que la mujer era alguien con quien él había tenido una relación. Aunque era posible, era poco probable. No había sido un monje, pero tampoco había sido un mujeriego. No se le ocurría ninguna mujer de su pasado con la que su padre tuviera motivos para hablar, y mucho menos para evitar hablar con él.

Suspiró. —No, Bradley. No hay nadie.

—Ella insistió, Naughton.

—Creo que sé con quién hablaba esa mujer misteriosa, y es hora de que lo localice.

— ¿A quién? —preguntó ella.

—A mi padre.

— ¿Dónde está papá? —preguntó Naughton a sus hermanos una vez que llegaron a Los Cab.

—La última vez que lo vi, él y mamá estaban hablando con Ainsley.

Naughton miró hacia la mesa donde estaba sentada Ainsley, hablando con su otra hermana, Skye.

—Quizás estén con los abuelos —dijo Brodie.

—Ahí están —dijo Maddox, señalando un trozo de césped donde su madre estaba sentada con los hijos de Skye. Ella sostenía al bebé, Kade, en su regazo, mientras Spencer daba vueltas a su alrededor, tocando la cabeza de su abuela y su hermano cada vez que pasaba por delante.

Naughton no veía a su padre por ninguna parte.

—Ahí está papá —dijo Brodie, señalando el camino que habían tomado Naughton y Bradley.

—No puedo esperar más, Mad —dijo Naughton.

— ¿Ha pasado algo más?

Naughton le relató la historia que le había contado Hawks y lo que Bradley había oído por casualidad.

— ¿Quién crees que es esa mujer misteriosa? —preguntó Brodie.

—No tengo ni idea, pero estoy a punto de averiguarlo.

Maddox y Brodie siguieron a Naughton, que interceptó a su padre antes de que pudiera llegar hasta su madre.

—Papá, tenemos que hablar, —le dijo. Naughton no esperaba que su padre asintiera o estuviera de acuerdo, pero eso fue lo que hizo.

—Pronto, —respondió su padre.

—Ahora, papá.

—No, ahora no. Pronto, Naughton, te lo prometo, pero ahora no —dijo antes de alejarse.

— ¿Y ahora qué? —preguntó Brodie.

Naughton se encogió de hombros. —Ni idea. ¿Mad?

Maddox también se encogió de hombros. —Sabe que tú sabes algo, o que todos lo sabemos. No podemos obligarlo a decirnos qué está pasando.

—Tengo hambre, —se quejó Brodie—. Y como parece que papá no va a hacerlo, tenemos que dar las gracias a mucha gente en nombre de nuestra familia.

Naughton asintió y siguió a sus hermanos de mesa en mesa, estrechando manos y expresando su agradecimiento. De vez en cuando, miraba a sus padres. Su madre estaba completamente embelesada con sus nietos, pero cada vez que Naughton miraba, su padre lo estaba mirando a él.

También miraba a Bradley de vez en cuando. Ella lo observaba con la misma expresión en el rostro que su padre.

30

BRADLEY

Naughton la tomó de la mano mientras caminaban hacia Los Cab. Ella no había dicho ni una palabra desde que le contó lo que había oído y odiaba lo que estaba pensando en lugar de expresarlo.

Tras la traición de Trey, sabiendo que él nunca había estado realmente interesado en ella, se sentía consumida por la inseguridad. Como le había dicho a su tía, en realidad no conocía a Naughton Butler. ¿Le estaba diciendo la verdad cuando le dijo que no había nadie en su pasado, ni siquiera en su presente?

Parecía preocupado mientras caminaban. Le apretaba la mano con fuerza y tampoco había dicho nada.

—Tengo que encontrar a mis hermanos —le dijo cuando llegaron a la mesa donde estaban sentadas Alex y Peyton.

—De acuerdo.

—Bradley, mírame.

Ella no quería hacerlo, pero lo hizo de todos modos.

—No te mentiré. No te estoy mintiendo ahora y nunca lo haré.

—Lo sé —dijo ella, mintiendo también. La verdad era que no le creía. Cuando él se inclinó para besarla, ella apartó la cabeza.

Ella vio el dolor en sus ojos, pero no pudo evitar sentir lo que sentía.

—Volveré tan pronto como pueda. —Se alejó, dejándola con una sensación aún peor.

—Siéntate —Alex le dio una palmada en la silla junto a ella—. ¿Qué les pasa a ustedes dos? —preguntó.

—Nada.

—Mentirosa —dijo Alex, sonriendo.

—He oído algo.

— ¿Qué?

Bradley le contó a Alex la misma historia que le había contado a Naughton, y cuando llegó al final, ella creyó aún más firmemente que él no le estaba diciendo la verdad.

—Algo está pasando —dijo Alex—. Míralos. —Señaló en la dirección en la que Bradley ya estaba mirando, hacia Naughton y sus hermanos hablando con su padre.

—Están ocultando algo —dijo Peyton—. Todos ellos. —Miró a Sorcha—. Me pregunto si ella lo sabe. —Alex y Peyton miraron a Bradley.

— ¿Qué? —preguntó ella.

—Es complicado —dijo Alex.

—Lo entiendo. —Se levantó para marcharse.

Peyton puso la mano en el brazo de Bradley. —No te vayas. Lo que estamos hablando no tiene nada que ver con Naughton.

—Pero sea lo que sea, no pueden hablar de ello delante de mí — dijo Bradley.

— ¿Te ha contado Naughton mucho sobre Kade?

—La verdad es que no.

Peyton miró a Alex, que se encogió de hombros.

Primero Trey, ahora Naughton. Incluso Alex y Peyton le estaban ocultando algo. Era hora de marcharse. Estaba harta de secretos.

—Ahora vuelvo —les dijo, sabiendo perfectamente que no sería así.

31

NAUGHTON

—¿**D**ónde se ha ido? —le preguntó Naughton a Alex. Había apartado la mirada para hablar con alguien y, cuando volvió a mirar, ella ya no estaba.

—No lo ha dicho, pero sí dijo que volvería enseguida —le respondió Alex.

— ¿Cuánto tiempo ha pasado?

Alex miró a Peyton y ambas se encogieron de hombros. —No lo sé. Quizás cinco minutos —respondió Alex.

Naughton se frotó el cuello.

Ella le tiró del brazo. —Tranquilízate, Naught. No puede haber ido muy lejos.

Maddox se unió a ellos. — ¿Qué le pasa?

—Bradley *ha desaparecido* —dijo ella con una sonrisa burlona.

Cuando los ojos de Naughton se encontraron con los de su hermano, ninguno de los dos sonrió.

—Era una broma —Alex le dio un puñetazo en el bíceps.

—No tiene gracia, cariño. —Maddox rodeó a Alex con el brazo y la atrajo hacia él. Sin embargo, no apartó los ojos de Naughton.

Naughton se alejó de la mesa, le envió un mensaje de texto a Bradley y contuvo la respiración, esperando que ella respondiera.

¿Dónde estás?

Le llevó un par de minutos, pero respondió.

En casa. No me encuentro bien.

¿Qué te pasa?

Necesito descansar. Voy a apagar el teléfono.

Él tampoco se encontraba bien, pero no era porque necesitara descansar. Necesitaba a Bradley y no podía explicar la sensación que lo invadía de que ella se había alejado mucho de él.

— ¿Qué pasa? —preguntó Maddox.

—Se ha ido.

Maddox asintió con la cabeza.

—No te sorprende.

—Es hora de que le cuentes todo a Bradley, Naughton. Y me refiero a todo: lo del matrimonio de Kade y Lena, incluso lo que no podemos explicar.

— ¿Por qué?

—Supongo que ella siente lo mismo que nosotros por Kade. Sabe que hay más de lo que parece y cada vez que uno de nosotros cambia de tema o evita responder a sus preguntas, sabe que estamos ocultando algo.

— ¿De qué servirá contárselo? Estos no son sus problemas, Mad.

—Lo serán, hermanito. Confía en mí.

Naughton abrió mucho los ojos. — ¿Crees que está en peligro?

Maddox sonrió. —No. Creo que está enamorada.

HABÍAN PASADO VEINTE MINUTOS DESDE QUE RECIBIÓ EL ÚLTIMO mensaje de Bradley, pero le parecieron más bien muchas horas. Odiaba sentir que había hecho algo mal sin saber muy bien qué podía ser. ¿Tenía razón Maddox? ¿Estaba enfadada porque no le había contado lo que estaba pasando en su familia? No le estaba ocultando nada, simplemente no quería agobiarla con eso.

Cuando su teléfono vibró, cerró los ojos antes de mirarlo, rezando para que fuera ella.

Lo siento.

Exhaló el aire que había estado conteniendo al leer sus palabras. *Yo también,* respondió.

¿Dónde estás?

A punto de dar una vuelta en moto. ¿Quieres venir conmigo?

Más que nada.

Bradley estaba esperando en la entrada cuando Naughton llegó en su motocicleta. Ella corrió hacia él y esperó a que apagara el motor y se quitara el casco antes de abrazarlo.

—Lo siento mucho —susurró ella.

Naughton dejó el casco detrás de él y la rodeó con los brazos por la cintura. —No tienes nada de qué arrepentirte.

—Me fui... y...

—Tengo mucho que contarte.

Ella frunció el ceño. — ¿Sí?

—Sí, y nada de lo que estás pensando.

—De acuerdo.

—Vamos a dar una vuelta en moto y luego te contaré lo de mi hermano Kade. —Naughton desenganchó el segundo casco del lateral de la moto y se lo entregó. Ella se lo puso y, cuando él hizo lo mismo, se subió detrás de él y le rodeó la cintura con los brazos.

Naughton llevaba días deseando sentirla detrás de él. Después de tomar carreteras secundarias todo lo que pudo antes de salir a la autopista, se dirigió hacia el oeste, a la playa, tratando de averiguar cómo contarle lo de Kade.

Aparcó la moto en Moonstone Beach Drive y esperó a que Bradley se bajara y dejara el casco en el suelo antes de hacer lo mismo.

— ¿Qué prefieres? —preguntó Naughton, señalando el restaurante al otro lado de la calle y luego la playa.

—Caminemos.

Habían avanzado unos cientos de metros cuando él se detuvo. — ¿Te importa si nos sentamos?

Ella negó con la cabeza y se sentó a su lado en la arena.

—Mi primer recuerdo de Kade, creo que yo tenía cinco años, lo que significaba que él tenía once, fue aquí mismo, en esta playa.

— ¿Qué estaban haciendo?

—Lo único que recuerdo de ese día es que él estaba parándose de manos. Me dijo que no le dolía cuando se caía y aterrizaba en la arena. Sus brazos, incluso entonces, eran muy fuertes. — Naughton miró al océano—.Él no era de este mundo —murmuró.

— ¿Qué quieres decir?

—Era más grande que nuestro pequeño valle. Dios, era más grande que el planeta. Kade estaba destinado a hacer mucho más que cultivar uvas o elaborar vino. Mi hermano mayor estaba destinado a salvar el mundo. —Los ojos de Naughton se llenaron de lágrimas, y no le importó que Bradley las viera.

—Lo echas mucho de menos, —dijo ella, acariciándole la mejilla.

—Kade estaba en el ejército, y cada vez que se marchaba a una misión, sabía que existía la posibilidad de que no volviera, pero siempre creí que lo haría. —Él se encogió de hombros—. Cuando no volvió, me tomó por sorpresa. No podía creer que estuviera muerto. Todavía no puedo creerlo. Sigo esperando verlo, caminando por esta playa, allá donde estoy mirando ahora.

Las lágrimas le resbalaban por las mejillas e intentó secárselas con el hombro.

—No parece que esté muerto, Bradley. ¿Te parece una locura?

Ella negó con la cabeza. —No.

—Kade tenía muchos secretos. Algunos los hemos descubierto y otros, creo, estamos a punto de hacerlo.

— ¿Se trata de la conversación que escuché?

Él asintió. — No eres la única. Hawks también la escuchó. Por eso supe que era mi padre a quien habías oído, porque Hawks los vio.

— ¿Con quién hablaba tu padre?

—Eso es lo que no sabemos. Estaba demasiado oscuro para que Hawks pudiera verla bien. Y tú no los viste en absoluto.

—Siento no haber podido ser de más ayuda.

—No te preocupes. Me alegro de que no lo hicieras. Quiero decir... No sé lo que quiero decir.

Ella sonrió, pero no con los ojos. —No pasa nada.

—Mis hermanos y yo le preguntamos a papá sobre eso cuando estabas sentada con Alex y Peyton.

Ella entrecerró los ojos. — ¿Qué dijo?

—Dijo que nos lo contaría, pero que aún no era el momento.

— ¿Eso fue todo?, —preguntó ella.

—Más o menos.

Bradley miró hacia el océano.

— ¿En qué estás pensando?, —preguntó él.

—No lo sé. En realidad, esto no es asunto mío.

—Quiero que lo sea.

Ella ladeó la cabeza. — ¿Qué quieres decir?

—Te quiero en mi vida, Bradley, y eso significa que no quiero que haya secretos entre nosotros.

—No me gustan los secretos, —murmuró ella—. Por eso me fui.

—Lo sabía. Aunque no desde el principio. Maddox me lo hizo ver.

Bradley se rio. — ¿En serio?

—Sí. ¿Quieres saber por qué?

—Claro.

Se lo había insinuado; ahora tenía que decírselo.

—Si no quieres decírmelo...

—Verás, esa es la cuestión. Sin secretos, ¿de acuerdo? —dijo él.

—De acuerdo.

—Me dijo que debía contártelo todo. Todo lo que sabíamos sobre Kade, incluso lo que no sabíamos, lo inexplicable. No estuve de acuerdo. Le dije que esos no eran tus problemas.

— ¿Qué te hizo cambiar de opinión?

—Fue otra cosa que me dijo.

Ella sonrió. —Naughton, suéltalo.

—Me dijo que estás enamorada de mí.

32

BRADLEY

Esperaba sentir un nudo en la garganta pero no ocurrió. Ni siquiera sintió una ligera molestia en el estómago. Naughton había pronunciado la palabra «amor» y su cuerpo se había dejado llevar por la calidez de ese sentimiento. Él le contó que Maddox le había dicho que ella estaba enamorada de él y, por muy descabellado que le pareciera, al oírlo decir en voz alta no le había resultado extraño en absoluto.

— ¿Bradley?

Se volvió hacia él y le sonrió. —No lo voy a negar, Naughton.

Él se inclinó hacia delante y la besó. En lugar de librar una batalla con urgencia y pasión, sus lenguas se acariciaron y se mimaron.

—Yo tampoco lo voy a negar —murmuró él.

Pero ¿quién sería el primero en decirlo? Ella lo sentía, pero por alguna razón, no estaba preparada para pronunciar las dos palabras que nunca había dicho a nadie más que a su familia.

—Siempre me ha preocupado parecerme demasiado a Kade.

— ¿En qué sentido? —preguntó Bradley.

—Él se guardaba muchas cosas, tenía miedo de confiar en los demás. Sé que quería a Peyton, pero no estoy seguro de que se lo dijera nunca. No quiero ser así, especialmente contigo, Bradley.

—No lo eres.

Inclinó la cabeza.

—Tú me hablas, Naughton. Más de lo que crees. Alex me dijo algo sobre que no eres una persona comunicativa. Yo no estoy de acuerdo. Cuando no me cuentas cosas, sé que algo va mal. Pero es más que tu falta de palabras. Lo veo en tu cara. Lo noto en tu cuerpo. Te cuesta no hablar conmigo.

— ¿No crees que es una locura?, —preguntó él.

Bradley no podía ni siquiera explicárselo a sí misma, y mucho menos a él. Lo único que sabía era cómo se sentía. —Por supuesto que sí. Y, sin embargo, se siente tan bien, ¿no?

—Nunca me he sentido tan bien como cuando estoy contigo.

—Yo siento lo mismo, Naught.

—Tengo que contarte más cosas sobre Kade.

Ella asintió con la cabeza, esperando a que él encontrara las palabras adecuadas.

—Hay momentos en los que parece como si Kade siguiera vivo o como si su espíritu estuviera flotando a nuestro alrededor. Aunque esté muerto, sigue controlando el curso de nuestras vidas.

— ¿Qué quieres decir?

—Brodie y Peyton fueron los primeros. Fue como si él los hubiera unido. Incluso cuando luchaban contra ello, era como si él les hubiera puesto la mano encima y los hubiera guiado el uno hacia el otro. Dejó una caja que quería que Brodie le diera a Peyton, pero ella no la quiso abrir.

Ella arqueó una ceja. — ¿Por qué no?

—Supongo que no quería volver a sentir el dolor de perderlo. Ella y Brodie finalmente la abrieron juntos y, dentro, había una carta de Kade.

— ¿Qué decía?

—Kade le decía que él nunca había sido el hombre adecuado para ella, pero que Brodie sí lo era. Dentro de la caja también había un anillo que había pertenecido a nuestra abuela. Ella se lo había dado a Kade, diciéndole que, cuando conociera a la mujer que debía llevarlo, lo sabría. En su carta, le dijo a Peyton que desde el día en que la conoció supo que ella era esa mujer, pero que le había llevado mucho tiempo darse cuenta de que él no era el hombre que debía dárselo.

Ella abrió la boca, sorprendida. —Vaya. Entonces, era como si él supiera que Peyton y Brodie estarían juntos, antes de morir.

—Exacto. Ni siquiera se conocían.

— ¿Brodie y Peyton?

—Así es. —Naughton se frotó la cara con la mano—. También unió a Alex y Maddox.

— ¿Qué quieres decir? Creía que llevaban juntos varios años.

—Así era, pero solo después de la muerte de Kade admitieron finalmente lo mucho que se querían.

Naughton miró hacia el océano. —Sabía lo de la tierra que Kade nos había dado a Mad y a mí, pero no se lo conté a Maddox. Como dijo en su carta a Peyton, me dejo claro que yo sabría cuándo era el momento adecuado.

— ¿Cómo?

—Quería que esperara hasta que Mad y Alex se dieran cuenta de que se querían. Les pasaron muchas cosas malas y, durante un tiempo, pensé que nunca lo resolverían, pero Kade nunca lo dudó.

— ¿Y entonces se lo contaste?

—Indirectamente.

Naughton le explicó que Kade le había indicado dónde encontrar las escrituras de la propiedad y un sobre que debía entregarle a Maddox, a través de sus padres, cuando Naughton creyera que era el momento adecuado.

Respiró hondo y se volvió hacia ella. —El otro día, Maddox me preguntó qué quería Kade para mí. Le dije que no lo sabía.

Cuando sus ojos se llenaron de lágrimas, Bradley lo abrazó y lo apretó contra ella. Pasó mucho tiempo antes de que Naughton volviera a hablar, pero ella esperó, sabiendo que, cuando estuviera listo, lo haría.

Él se inclinó hacia ella y apoyó la cara en su hombro mientras sus lágrimas empapaban su camisa. —Lo echo mucho de menos. Y no entiendo por qué no...

—Lo entiendo, Naughton. De verdad que lo entiendo.

Era lo que sentía por su madre. Un día, se fue y no dejó nada detrás. Bradley era una niña de doce años que nunca volvería a escuchar las palabras cariñosas de su madre. No había notas, ni cartas, ni mensajes, solo un silencio ensordecedor en un hogar que ya no se sentía como tal.

Naughton se secó las lágrimas. —Lo siento.

— ¿Por qué?

—Por perder el control.

—No te disculpes por compartir tus sentimientos conmigo.

Él suspiró. —Hay más.

Le explicó que, cuando todo salió mal con Los Cab, Lena Hess le había pedido a Maddox que se reuniera con ella en Demetria. Esa noche, ella había limpiado el nombre de Naughton y había desenmascarado a Calder, pero también había dejado escapar que ella y Kade se habían casado en secreto hacía años.

—Cuando Maddox salió de esa reunión, vio mi camioneta aparcada en el bosque cerca del arroyo, pero yo no la había dejado allí.

Ella estaba confundida. — ¿Quién lo había hecho?

—Todavía no lo sabemos.

Ella negó con la cabeza. — ¿Alguien se llevó tu camioneta?

—Sí, y cuando Mad me preguntó por ella, ya la habían devuelto. No tenía ni idea de qué me estaba hablando cuando me preguntó por qué había estado en Demetria.

—Vaya, chico. —Ella suspiró—. Esto es una *locura*.

—Lo sé. —Naughton respiró hondo otra vez antes de continuar.

—Tengo mis teorías sobre quién pudo haber conducido mi camioneta esa noche.

— ¿De verdad?

—Te dije que Hawks vio a mi padre hablando con una mujer en Demetria. Al principio, Mad y yo pensamos que podría ser Lena, pero ahora no creo que fuera ella. Creo que fue con quien tú lo oíste hablar. Lo que no sabemos es quién es ella ni por qué quiere hablar conmigo. *Si* es conmigo con quien quiere hablar.

—Ella dijo que había algo que tú... *él* necesitaba saber.

—Más secretos.

— ¿Hay algo más? —preguntó ella.

— ¿Sobre Kade?

Bradley asintió con la cabeza.

—Solo cosas muy raras que nadie puede explicar.

— ¿Como qué?

—Como que todo el mundo cree haberlo visto. Excepto yo, claro. —Los ojos de Naughton se llenaron de lágrimas de nuevo—. Debes pensar...

—No pienso nada, Naughton, excepto que echas de menos a tu hermano. Igual que yo echo de menos a mi madre.

—Gracias por entenderme.

Ella sonrió y esperó a que él continuara.

—Maddox creyó ver a Kade en la casa en la que vi entrar a papá.

— ¿En serio?

Naughton asintió con la cabeza. —Antes de eso, nuestra madre dijo que Kade la había visitado, al igual que Peyton, e incluso Brodie dijo que Kade lo había ayudado a sobrevivir tras el accidente aéreo.

Bradley arqueó una ceja.

Naughton le contó el desastroso viaje de Brodie a Argentina y cómo, aunque todos pensaron que estaban soñando cuando «vieron» a Kade, la historia de Peyton era la más difícil de explicar, ya que, en ella, Kade le contaba cosas que ella no podía saber. — Kade seguía la historia de Lang muy de cerca, —añadió.

— ¿Lang?

—Lo siento. Lang es el exmarido de Peyton. Estaba tratando de obtener la custodia de sus dos hijos, y Maddox y yo pensamos que podríamos hacerlo cambiar de opinión. Cuando llegamos allí, nos dijo que Kade ya había ido a verlo.

—Esto es inquietante.

Naughton volvió a quedarse en silencio, mirando al océano.

—No te voy a mentir, Bradley. Ha habido muchas ocasiones en las que me ha enfadado bastante que no haya venido a verme.

Se rio, pero Bradley entendió lo que quería decir.

—Yo sentiría lo mismo.

— ¿Tú también te sentirías así?

—Por supuesto.

Naughton giró el cuerpo para quedar frente a ella. — ¿Por qué?

—Porque lo echas de menos, porque te sientes excluido.

Él negó con la cabeza. —Has dado en el clavo, cariño. Mad decía que sentía lo mismo. Especialmente cuando estaba tan afectado por lo de Alex. Todos solíamos acudir a Kade en busca de consejo.

—Hay algo que recuerdo que dijo la terapeuta después de la muerte de mi madre. Me dijo que cuando quisiera saber la opinión de mi madre, se la preguntara a ella.

— ¿Lo has hecho?

—Todo el tiempo.

— ¿Te responde?

—Nunca. —Bradley se rio—. Pero normalmente puedo averiguarlo por mí misma. Y esa es la cuestión. En el fondo, sé lo que diría. O al menos, eso creo. Es más difícil porque era muy joven cuando murió.

—Lo entiendo —dijo Naughton—. Lo difícil para mí es descubrir tantas cosas que parecen tan fuera de lugar en nuestro hermano. Como la propiedad. Kade nunca le habría quitado las tierras a alguien en un acuerdo de divorcio. No era ese tipo de hombre.

—Crees que hay algo más.

—Tiene que haberlo.

Se quedaron sentados en silencio durante varios minutos antes de que Naughton volviera a hablar.

— ¿Sigues enamorado de mí?

—Más que nunca.

—Sí, yo también.

33

NAUGHTON

—¿Lista para irnos a casa? —preguntó él, deseando que no tuvieran que hacerlo.

—Cuando tú quieras. Aunque me gustaría ver cómo están mi tía y mi tío. Ah, hay algo que tengo que contarte.

— ¿Sí?

Ella hizo una mueca. —Mi padre va a venir de visita.

—No pareces muy contenta al respecto.

—La relación entre nosotros es incómoda. No tenemos mucho en común, sobre todo porque trabajo en un sector que él detesta.

— ¿A tu padre no le gusta el vino? —preguntó Naughton.

—Va mucho más allá del vino. No aprueba el alcohol en ninguna de sus formas.

— ¿Te criaste en una familia mormona o algo así?

—No. —Sonrió, pero luego su expresión cambió—. Mi madre murió a causa de un conductor ebrio.

—Dios mío, Bradley. Lo siento mucho. Me lo contaste y lo había olvidado.

—Se oponía rotundamente a que me dedicara a la elaboración de vino. Tengo que agradecer a mi tío Charlie y a mi tía Jean por apoyarme.

— ¿Cuándo llegará?, —preguntó él.

—Mañana.

— ¿Tan pronto?

—El tío Charlie llamó y le contó lo del incendio.

—Está preocupado por ti.

—Sí. Hay más, Naughton. —Ella se rio—. Ahora sueno como tú.

Él también se rio.

—Quiere conocerte —le dijo ella.

Naughton sonrió. —Y yo quiero conocerlo a él.

—Eso está muy bien, pero, sin ánimo de ofender...

—No te preocupes.

—No sé cómo es que él sabe de ti, y mucho menos por qué la tía Jean me dijo que una de las razones por las que quiere visitarnos es para conocerte.

—No importa, preciosa. Lo que tu padre quiera saber, estaré encantado de contárselo. Sin secretos.

—Nunca conoció a Trey.

Eso no molestó a Naughton. Le gustaría olvidar que Trey Deveux había tenido algún papel en la vida de Bradley. Le gustaría que ella también lo olvidara. No era solo por celos, aunque se sentía muy celoso, sino más bien porque él la había herido y cada vez que Bradley pensaba en él, una parte de ella se culpaba por todo lo malo que había pasado y que aún podía pasar.

— ¿En qué estás pensando? —preguntó ella.

—Tú no eres responsable de las acciones de Deveux.

— ¿Cómo es que me conoces tan bien?

Era la segunda vez que ella se lo preguntaba. Él no sabía cómo explicarlo, pero no era solo que él pudiera comprenderla. Juraría que Bradley percibía su confusión interior y, de alguna manera, se esforzaba por calmarla.

—No sé qué fue primero, o si ocurrió simultáneamente, pero lo sé, Bradley. Te conozco y te amo. —Las palabras fluyeron sin que él pudiera detenerlas, aunque tampoco lo habría hecho. Había prometido no mentir y no guardar secretos. La amaba, y no decírselo sería guardar un secreto.

—Naughton, yo...

—No tienes que decirlo solo porque yo lo haya hecho.

Bradley cruzó los brazos y lo miró con ira.

—Lo siento. Termina lo que ibas a decir.

Levantó las manos, le puso las palmas en las mejillas y le acarició los labios con la lengua hasta que él los abrió. Mientras sus lenguas se entrelazaban, Bradley lo empujó hacia atrás sobre la arena y profundizó el beso. Se detuvo y lo miró a los ojos.

—Te amo, Naughton.

Le puso la mano en la nuca y la atrajo hacia él para que sus labios pudieran alcanzar los de ella de nuevo.

— ¿Nos vamos a casa? —le preguntó unos minutos más tarde.

Pronto oscurecería y, una vez que se pusiera el sol, empezaría a hacer frío junto al agua.

—Sí, por favor.

Cuando subieron los escalones hasta donde estaba aparcada su moto, Naughton se dio cuenta de que no la había visto comer nada antes en Los Cab.

— ¿Tienes hambre?

Ella sonrió y asintió. —Me muero de hambre.

— ¿Has estado alguna vez en el Sea Chest?

—No.

—Entonces te espera una verdadera sorpresa, cariño.

Bradley sacó el teléfono de su bolsillo y deslizó el dedo por la pantalla. — ¿Debería llamar a Maddox o, al menos, avisarle?

—Él sabe que estás conmigo, y con la cena en Los Cab, esta noche no va a pasar nada en los viñedos ni en la bodega.

— ¿Estás seguro?

—Sé que esto no parece una vendimia o una prensada normales, y es porque no lo es. Por otro lado, la mitad del lado oeste aún no ha comenzado la cosecha. ¿Verdad, Bradley? —Él sonrió con aire burlón.

—Sí, Naughton. —Ella también sonrió con aire burlón.

— ¿TIENES SUEÑO? —LE PREGUNTÓ UNA VEZ QUE ENTRARON EN el granero que le servía de garaje.

—Sí y no.

Naughton le besó el cuello. —Yo tampoco.

— ¿A qué hora cosechamos mañana?

— ¿A las tres, demasiado temprano?

—Tú mandas. —Bradley sonrió.

— ¿A qué hora llega tu padre?

—No tengo ni idea. Debería llamar a la tía Jean. —Sacó su teléfono y miró la hora—. Es tarde. Esperaré hasta mañana.

—Lo que tú quieras, preciosa.

Le encantaba hacerla sonreír. —Me gusta eso, —dijo ella.

— ¿Que sea tan complaciente?

Bradley se sonrojó. —Que me llames preciosa.

Naughton la empujó contra la puerta que daba del granero a su cabaña y le cubrió el cuello de besos hasta debajo de la oreja. —Eres mi preciosa, Bradley. Quizá es lo que Kade quería para mí. Quizá él te haya enviado a mí.

Naughton maldijo en silencio la alarma cuando sonó a las dos. No se habían dormido enseguida la noche anterior, y cuando lo hicieron, él se despertó, incapaz de resistirse a hacerle el amor otra vez.

En lugar de molestarla ahora, volvió a programar la alarma para las dos y media y cerró los ojos, pero no consiguió conciliar el sueño.

Además de la inminente visita del padre de Bradley, hoy iba a ser un día importante. La Cooperativa de Bodegas del Lado Oeste tenía prevista una reunión esa noche, y sospechaba que podría alargarse bastante.

Al igual que en la última reunión, Alex informó a los miembros de que no había incluido a Tablas Creek cuando envió la convocatoria. Por lo que Naughton dedujo, nadie quería a un representante de la bodega de la familia Calder en la cooperativa, y mucho menos en la reunión.

— ¿Naughton? —gimió Bradley.

— ¿Sí, preciosa?

— ¿No tenemos que levantarnos?

—Veinticinco minutos más.

Cuando ella murmuró «Gracias a Dios», Naughton esperaba que cerrara los ojos.

En cambio, ella echó de un empujón la sábana y la manta y cubrió su cuerpo con el suyo.

—Espero que no te importe que te impida dormir.

—Tú mandas, cariño. Al menos durante los próximos veinticinco minutos.

Cuarenta y cinco minutos más tarde, se pusieron la ropa de vendimia y se dirigían a la cocina cuando el teléfono de Naughton sonó.

— ¿Qué?, —le espetó a Maddox, que se limitó a reírse.

—Solo quería comprobar si vas a dejar que mi asistente enóloga venga a trabajar hoy, hermanito. —Naughton colgó sin responder.

—Primero el café, luego Maddox.

—No hagas que me despidan.

—Oye, eso es una buena idea. Si él te despide, yo puedo contratarte y él no tendrá nada que decir sobre dónde estás y cuándo.

—No, lo siento. No estoy dispuesta a trabajar para mi novio.

— ¿Tu novio, eh? —Naughton le acarició la mejilla con la yema del dedo cuando se sonrojó—. Me gusta ser tu novio.

La observó mientras abría el armario donde guardaba su cafetera francesa y llenaba la tetera con agua. Se entretuvo sacando tazas y leche de la nevera para no volver a avergonzarla con su mirada fija. Al pasar junto a él para poner la tetera en el fuego, la besó en la mejilla. Si su vida pudiera ser así para siempre, se sentiría como en el paraíso. Miró al techo, preguntándose de nuevo si tal vez Kade realmente le había enviado a Bradley.

❧ 34 ❧

BRADLEY

Bradley se secó el sudor de la frente con el pañuelo que llevaba en el bolsillo. Solo eran las nueve de la mañana y ya hacía más de treinta grados. Se preveía que las temperaturas alcanzarían los cuarenta grados al mediodía. Peor aún, según el pronóstico, el calor extremo duraría todo el fin de semana.

Con un tiempo así, el azúcar se dispararía en la fruta que aún estaba en la vid y, sin un descenso suficiente de la temperatura por la noche, el desarrollo del sabor se retrasaría. Esto era exactamente lo que Trey había dicho que estaba ocurriendo en el norte. Naughton podía ser conocido en el sector como el «maestro de las vides», pero ni siquiera él podía hacer nada contra este calor.

Ahora, la pregunta era: ¿qué *haría* él? ¿Se arriesgaría, esperando que volvieran las temperaturas más frescas y forzaran el equilibrio de las uvas? ¿O las recogería, temiendo que los niveles de azúcar subieran tanto que pusieran en peligro la fermentación?

Había recogido casi otra fila cuando su teléfono sonó con una llamada de su tía.

—Hola. Iba a llamarte alrededor de las diez, —dijo.

—Pensé que, con este calor, pronto te tomarías un descanso.

—Estoy esperando a que Naughton dé la orden, —explicó Bradley.

—Tu tío ha estado preocupado toda la mañana.

Frunció el ceño. — ¿Qué es lo que está a punto de hacer?

—Dejarlo pasar. Ya conoces a tu tío.

Bradley sonrió. Naughton probablemente haría lo mismo.

—Ha ido a buscar a tu padre.

—Oh, no. Deberías haberme llamado. Podría haber ido yo.

—Tú eliges; nosotros no. No pasa nada. A Charlie no le importó.

—No soporta a mi padre.

—Yo no diría tanto y, sinceramente, Bradley, creo que es al revés.

—Dijiste que mi padre quiere conocer a Naughton, pero ¿cómo sabe mi padre de él?

—Sinceramente, no estoy segura. Tu tío debió de decir algo, aunque no lo admitió cuando le pregunté.

Quizás entonces ella no sacaría el tema. Si su padre no preguntaba, no había razón para presentarle a Naughton.

— ¿Cuándo aterriza su vuelo?

—Aterrizó hace unos minutos. Supongo que estarán aquí en menos de una hora.

—Probablemente debería estar allí...

La tía Jean se rio. —Sí, Bradley, deberías.

No sabía a quién llamar primero, si a Maddox o a Naughton, así que les envió un mensaje a ambos. Unos minutos más tarde, su teléfono sonó con la llamada de Naughton.

—Hola, preciosa. Estaba a punto de llamarte.

—Siento tener que hacer esto, pero mi padre nunca viene a visitarme.

—No pasa nada. De todos modos, estaba a punto de llamarte. Hace un calor terrible. ¿Quieres que quedemos en mi casa o prefieres que vaya a recogerte?

—Puedo ir caminando a casa. No está muy lejos, Naughton.

No oyó nada por su parte y se preguntó si quizá se había cortado la llamada. — ¿Naughton? ¿Sigues ahí?

—Aquí estoy.

— ¿Qué pasa?

—No pasa nada. Entendí mal.

Oh, Dios. ¿Quería venir con ella? Ella intentaba evitarle un disgusto, pero ¿acaso había herido sus sentimientos?

— ¿Dónde estás?, —preguntó ella.

—En el veinticuatro. Supongo que nos veremos...

Ella intentó continuar con la conversación. —Voy a calentar la ducha. O quizá sea mejor que no lo haga. Una ducha fría me sentaría muy bien ahora mismo.

—Bradley...

—Lo siento, Naughton. No se me ocurrió que realmente quisieras conocer a mi padre.

—Por supuesto que sí.

—Entonces, será mejor que te des prisa. A Edgar St. John no le gusta que lo hagan esperar.

—Edgar, ¿eh? Algo me dice que no debería llamarlo Ed.

—Eh, no. No sería una buena idea, si no quieres causar una mala impresión.

BRADLEY AJUSTÓ EL AGUA HASTA QUE ESTUVO MÁS A temperatura ambiente que caliente. Su frescura enfrió su cuerpo acalorado y la despertó de golpe. Ella y Naughton no habían dormido mucho la noche anterior, y esa mañana, cuando él le había ofrecido dejarla dormir, ella no había podido mantenerse alejada de él.

Cuando estaba cerca de él, su cuerpo la atraía como un imán. Lo oyó moverse por el cuarto de baño y se encontró esperando con entusiasmo a que se uniera a ella. Lo que le había dicho antes era cierto: a su padre no le gustaba que lo hicieran esperar. Por otro lado, tal vez era hora de que aprendiera a dar prioridad al otro hombre de su vida.

—Estoy esperando —dijo con voz cantarina.

— ¿Qué estás esperando?

—A que mi novio me lave la espalda. O el pecho. Bueno, las dos cosas, en realidad.

Él abrió la puerta de la ducha, todavía completamente vestido. —No estaba seguro...

Intentó alejarse cuando se dio cuenta de lo que ella estaba haciendo, pero ella fue más rápida que él. Bradley lo empujó hacia la ducha con ella y cerró la puerta detrás de él. Lo empujó contra la pared de piedra y presionó su boca contra la de él.

—Menos mal que dejé mi teléfono en la cama, —dijo él cuando ella respiró hondo y lo miró a los ojos.

Ella sonrió. —No pensé en eso.

Naughton la giró y la empujó contra la pared, tal y como ella había hecho con él. —Dime lo que quieres, —dijo él, mientras ella sentía cómo se desabrochaba los vaqueros.

—A ti. Dentro de mí. No me hagas esperar más.

Antes de que ella terminara la frase, Naughton la levantó entre él y la pared y se deslizó dentro de ella.

—Dios, qué bien se siente. —Gimió. Se dio vuelta, se separó de ella, la dejó recostada en el banco empotrado y abrió la puerta de la ducha.

— ¿Adónde vas?, —preguntó ella.

—Te ves muy bien, preciosa. Me encanta que nada se interponga entre nosotros, pero necesito buscar un condón.

—No pasa nada, Naughton. Quiero decir, tengo un DIU. Ya sabes, anticonceptivo... —No quería pensar en la razón por la que lo tenía y arruinar el momento, pero cuando los ojos de Naughton se clavaron en los suyos, haciéndola sentir incómoda, murmuró—: No importa. —Se levantó e intentó empujarlo para pasar, pero en lugar de dejarla, él la levantó de nuevo, la empujó contra la pared y la penetró tan profundamente como antes.

—No puedo... pensar... en ti... con nadie... más, —decía con cada embestida—. Eres mía, Bradley. —Le recorrió el cuello con la lengua hasta llegar a los labios—. Toda mía.

—Naughton..., —gimió ella, encantada con su actitud posesiva.

—Dilo.

—Soy tuya, Naughton. Y tú eres mío.

Él empujó una vez más y la mantuvo inmóvil, excepto por el interior de su cuerpo que se apretaba contra el suyo.

Le bajó las piernas, pero la mantuvo inmovilizada entre él y la pared, y luego frotó su boca contra la de ella como ella había hecho con la suya. Con su lengua y sus labios, ella dijo las palabras que anhelaba decir en voz alta. Cuando Naughton se apartó, sus ojos se clavaron en los de ella como lo habían hecho antes.

—Te amo, —dijo—. Te amo y nunca dejaré de amarte.

Entre el agotamiento físico, la ansiedad por ver a su padre y la montaña rusa en la que siempre la sumergía su relación sexual, las emociones de Bradley salieron a la superficie y sus ojos se llenaron de lágrimas. Puso las manos a ambos lados de su cara y lo miró a los ojos. —Te amo, Naughton, y yo tampoco voy a dejar de hacerlo nunca.

—Vamos a llegar tarde, —dijo él unos minutos más tarde.

—No me importa, —le respondió ella—. Ed puede esperar.

Bradley no estaba nerviosa, pero Naughton parecía estarlo.

—Nunca he conocido al padre de nadie, al menos no en este contexto.

—Para, —le susurró ella cuando entraron en la casa de sus tíos.

— ¿Qué?, —le susurró él, imitándola.

—Estás con el ceño fruncido. No muerde.

Ella sonrió, y él también.

Cuando ella los presentó, Bradley tuvo que admitir que Naughton le recordaba a su padre. Apenas establecía contacto visual, y decir que su apretón de manos había sido incómodo era ser generosa.

Ella miró a su tío. Estaba de pie, fuera del campo de visión de su padre, sonriendo. Estaba disfrutando de la situación, el muy tonto.

—Bueno, Naughton... tú y Bradley, —comenzó Charlie, y Jean le dio un golpe.

—He preparado té, —intervino ella antes de que él pudiera terminar lo que iba a decir—. Sugeriría que nos sentáramos fuera, pero con este calor...

En lugar de eso, Jean los llevó al salón, y Naughton se quedó de pie junto a la silla donde estaba sentada Bradley, rozándole el brazo con la mano.

Su padre no tenía mucho que decir, así que Bradley se sintió aliviada cuando Charlie sacó el tema de la cosecha.

— ¿Cuál es tu plan? —le preguntó a Naughton—. ¿Cosechar o esperar?

—Esperar.

Bradley lo miró y sonrió.

— ¿Qué?, —preguntó él.

—Sabía que esperarías, —dijo ella.

— ¿Ah, sí? ¿Y tú qué harías, Bradley?

—Esperaría. —Ella sonrió con aire burlón.

—Probablemente te estés preguntando de qué están hablando, — le dijo Jean a su padre.

—Supongo que se refieren a si sería más beneficioso cosechar ahora, antes de que las concentraciones de azúcar imposibiliten la fermentación, o esperar a ver si los niveles de pH se ajustan con temperaturas más frescas.

Nadie en la sala habló. Todas las miradas se posaron en su padre, que estaba sentado rígidamente en lo que parecía ser una silla cómoda.

— ¿Qué harías tú? —le preguntó Naughton.

—Esperaría, por supuesto —respondió él con una sonrisa.

— ¿Por qué, por supuesto? —insistió Naughton.

—Tan cerca del océano Pacífico, las probabilidades de que las temperaturas bajen son mucho mayores de que no lo hagan. Si eliges ahora, te aseguras un año malo, en términos comparativos. Si esperas, hay muchas posibilidades de que sea una de tus mejores cosechas.

Se volvió hacia Charlie.

—Si no te importa la opinión de un extraño, me gustaría hablar contigo sobre tus opciones de futuro, dadas tus recientes pérdidas. Al contrario de lo que puedas pensar ahora, la pérdida, aunque devastadora, puede dar lugar a cambios positivos en las ventas que no te esperarías.

—Oferta y demanda, —murmuró Naughton.

—Exactamente.

—Tú eres lo que vende, Charlie. Tú eres la estrella de los viñedos. A la gente le encanta tu vino de la misma manera que a los fans les encanta la música de una banda. Sus expectativas dependen totalmente de ti, no de ningún vino en particular. —Naughton miró a Bradley, que asintió con la cabeza.

—Estoy de acuerdo, tío Charlie.

—Fíjate en las nuevas empresas que ya están agotando sus cosechas, —añadió su padre—. No es por el vino, es por el enólogo.

—Has estado investigando, —comentó Charlie.

—Soy economista, —dijo su padre en un tono que la hizo reír a ella y a Naughton—. No se trata del producto. Se trata del mercado. Lo entiendes, ¿verdad, Naughton?, —dijo su padre.

—Sí, señor.

Él asintió con la cabeza. —Supuse que lo entenderías.

Bradley le pellizcó la parte exterior de la pierna, donde descansaba su mano. Lo hizo dos veces, luego una tercera, pero ella no reaccionó. Así que miró a su tía, quien le guiñó un ojo.

— ¿Me ayudas a traer unos aperitivos? —dijo la tía Jean.

Bradley se levantó de un salto. —Sí, por favor, —dijo, y luego se sonrojó por su reacción exagerada.

Naughton le puso la mano en el brazo, se inclinó y la besó antes de que ella saliera de la habitación y se reuniera con su tía en la cocina.

— ¿Le echaron algo al té?

—No, cariño. —Ella se rio—. Pero me siento como si estuviera viendo una película en nuestro salón.

—Es extraño, ¿verdad? Mi padre está tan... interesado.

—Sus comentarios fueron inesperados. Sin embargo, creo que tu padre está tratando de encontrar una manera de participar en la vida que has elegido para ti, aunque no apruebe la mercancía.

— ¿Estoy loca o se parecen?

—Oh, querida. No estás loca en absoluto.

—Naughton y papá, ¿verdad?

—Sí, Naughton y tu padre.

—Pero...

La tía Jean puso la mano en el hombro de Bradley. —Se parecen en el mejor sentido posible, Bradley. No en el peor. Celébralo.

—Carajo, eso ha salido de la nada, —dijo su tío, uniéndose a ellas en la cocina—. Están cara a cara, decidiendo el futuro del universo, o tal vez solo el de las Cooperativas del Lado Oeste. — El tío Charlie se rio y negó con la cabeza—. Cuando salía de la habitación, oí a Naughton invitar a tu padre a la reunión de esta noche.

— *¿Qué?* —exclamó Bradley.

—Ya me has oído.

— ¿Papá aceptó?

—Creo que sí.

—Oh, Dios mío. —Bradley se sentó en la silla de la cocina, dándose cuenta de que sonaba como Alex.

—Será mejor que entremos —dijo su tía.

— ¿Aperitivos?

—Ah, claro. Gracias por recordármelo.

La tía Jean abrió la nevera y sacó una bandeja con fruta y queso.

—Toma, Charlie. Haz algo útil y corta esta baguette.

—Sí, querida. —Le guiñó un ojo a Bradley—. Puede que tenga que darle a Naughton algunos consejos sobre cómo son las mujeres de esta familia.

La tía Jean rodeó con el brazo los hombros de Bradley. —Eres la viva imagen de tu madre a tu edad.

— ¿Yo?

—Tu tía también, —dijo el tío Charlie, que dejó el cuchillo sobre la encimera y salió de la habitación.

— ¿Adónde va?

La tía Jean se encogió de hombros y sonrió. — ¿Quién sabe?

Al cabo de un par de minutos, regresó con una foto en la mano. —Probablemente no hayas visto esta fotografía en varios años. Cuando eras más joven, la pedías todo el tiempo.

Le entregó la foto tomada el día en que él y la tía Jean se casaron. La madre de Bradley había sido la dama de honor de Jean y, en la foto, su tía y su madre aparecían juntas, sonriendo.

Después de sentarse, Bradley observó la imagen. ¿Cuánto tiempo había pasado desde la última vez que la había visto? Al menos doce o trece años. Pasó los dedos por el rostro de su madre.

El tío Charlie tenía razón. Bradley se parecía a su madre y a su tía.

—También te pareces mucho a ella en otras cosas, —dijo su padre, que estaba de pie en la puerta.

Bradley se volvió y lo miró. — ¿En qué?

—Tu sentido del humor. Tu amabilidad. Tu humildad.

—Gracias, —murmuró ella.

—La forma en que amas, —añadió él, sorprendiendo a Bradley y probablemente también a su tía y a su tío.

—Nos casamos un mes después de conocernos. A algunos les pudo parecer una locura, pero a nosotros no nos importó. —Su padre miró a la tía Jean—. Por eso nos fugamos. Sabíamos lo que hacíamos. Sabíamos que era lo correcto y no queríamos que nadie intentara disuadirnos.

Bradley miró a Naughton, que estaba detrás de su padre.

—Cuando es lo correcto, lo sabes, —murmuró.

Su padre se dio vuelta. —Sí. Exactamente.

El tío Charlie carraspeó. —He oído que vas a venir a la reunión de esta noche, —dijo, mientras sacaba a su padre y a Naughton de la cocina.

—Vaya, —susurró Bradley, agradecida por la oportunidad de respirar.

—Charlie al rescate. Se puede decir que es un experto en cambiar de tema cuando nota que una conversación se está volviendo incómoda, —dijo su tía.

—Es como si ni siquiera lo conociera.

— ¿A tu padre?

Bradley asintió con la cabeza.

—Yo diría que ya es hora.

❧ 35 ❧

NAUGHTON

Una hora antes de la hora prevista para el inicio, Alex cambió el lugar de la reunión. En lugar de *Duelas,* quería reunirse en Los Cab. Su territorio, les había dicho a Maddox y Naughton cuando le preguntaron por qué. — No entra nadie que no queramos, —dijo.

Naughton se sentó con el padre de Bradley, no muy lejos de donde ella estaba ayudando a Alex y Peyton a llamar a los miembros de la cooperativa para informarles del cambio de lugar.

Había aprendido mucho sobre ella en las últimas horas. Una vez que Edgar empezó a hablar de su única hija, apenas respiró entre una historia y otra. También hubo algunos recuerdos de la madre de Bradley.

—Me he perdido muchas cosas, —le confió a Naughton—. Durante muchos años, creí que la luz de mi vida se había apagado. Fue injusto para Bradley. —Edgar miró a su hija, luego a Charlie y Jean—. Ellos la criaron.

—Ellos ayudaron, pero es tu hija.

— ¿Sí?

—Por supuesto. Se parece mucho a ti.

Edgar se estremeció, pero luego sonrió. —Gracias, Naughton.

UNA HORA MÁS TARDE, ALEX DIO INICIO A LA REUNIÓN TRAS asegurarse de que todos los representantes de los miembros de la cooperativa, excepto Tablas Creek, estuvieran presentes.

—Estoy segura de que todos ustedes están al tanto de lo que ocurrió en los viñedos Jenson el lunes por la noche.

Se escucharon murmullos entre los asistentes, la mayoría expresando su indignación y empatía con Charlie y Jean.

—Creemos que la persona o personas responsables del vandalismo en Jenson y del incendio en el Rancho Butler son las mismas que están detrás de los sucesos que tuvieron lugar aquí, en Los Cab.

Alex no tenía por qué explicar lo que había sucedido, todos lo sabían y lo comprendían. Naughton se dio cuenta de que la mayoría había calculado mal su inventario y, por lo tanto, había puesto en peligro su fianza en algún momento u otro.

—También creemos que existe una amenaza inminente para todos los viñedos y bodegas de la zona oeste, y esa es la razón por la que he convocado la reunión de esta noche.

Alex explicó que un miembro colaborador había escuchado por casualidad una conversación entre Rory Calder y Trey Deveux, y las cosas concretas que se dijeron.

— ¿Por qué no los han detenido?, —preguntó Bob Dunning—. Si alguien los escuchó mencionar a Jenson, ¿no es eso prueba suficiente?

Maddox tomó la palabra. —Sabes que no lo es, Bob. Por mucho que nos gustaría que lo fuera.

La propiedad de Dunning estaba en Adelaida Trail, bordeando Los Cab por el sur.

—Debería serlo, —murmuró Bob.

Naughton perdió el hilo del resto de la conversación y se centró en Bradley. Observó y escuchó mientras los miembros hablaban. Con cada palabra que se pronunciaba, veía cómo ella cargaba más y más peso sobre sus hombros.

Había alguien más que llamó la atención de Naughton. El hombre estaba sentado cerca de la puerta que daba paso desde la entrada a la sala de degustación principal y no era alguien a quien él reconociera.

— ¿Quién es ese?, —le preguntó a Charlie, señalando al desconocido.

—Creo que es de Murray —respondió Charlie—. Es nuevo. No recuerdo su nombre.

Naughton miró primero a Maddox y luego a Brodie. Hizo un gesto hacia el hombre y ambos asintieron con la cabeza.

Alex preguntó por la cosecha y los miembros se turnaron para decir quién estaba cosechando qué y cuándo. Muchos se encontraban en la misma situación que Jenson y el rancho Butler, incluido Los Cab.

—Es una apuesta arriesgada, —comentó Gabe, el hermano mayor de Alex y enólogo jefe—. Pero lo que estoy oyendo es que muchos de ustedes también están arriesgándose a hacer lo mismo.

Todos los presentes asintieron con la cabeza. Cuanto más cerca del océano estaban la bodega y los viñedos, mayores eran las posibilidades de que volvieran las temperaturas más frescas, al menos por la noche. Los miembros cuyas tierras se encontraban más al este eran los que corrían más riesgos.

Naughton vio que Edgar estaba tomando notas en un bloc. Estaba ansioso por conocer su opinión sobre la reunión una vez que terminara.

— ¿Qué podemos hacer para detener a Calder?, —preguntó uno de los otros propietarios de viñedos—. No debo ser el único que está convencido de que él está detrás de la ola de delitos.

—He oído que tiene conexiones con la familia Mumm, —dijo otra persona—. Esos cabrones se abalanzaron sobre Napa en los años setenta y prácticamente robaron las tierras en las que construyeron y plantaron.

Naughton vio cómo Bradley levantaba la cabeza de golpe.

—Yo también lo he oído —dijo otra persona—. La familia Deveux es de lo más despiadada. ¿El menor de ellos tiene alguna relación con alguien de aquí, aparte de Calder?

Hubo murmullos y algunos miembros se volvieron para mirar a Charlie y Jean, pero nadie dijo nada sobre la relación de Bradley con Trey.

—La familia Deveux y los Calder están más que relacionados, —añadió otra persona—. Son parientes. Por matrimonio.

— ¿Qué quieres decir?, —preguntó Maddox.

—Algunos dicen que fue un matrimonio concertado. Uno de los hermanos de Rory se casó con una de las hijas de los Deveux.

Naughton dudaba que Bradley supiera nada sobre esa relación, o lo habría mencionado. Al cruzar la mirada con ella al otro lado de la sala, se dio cuenta de que se veía conmocionada.

El hombre que Naughton había visto antes permanecía en silencio. Miró a su alrededor, pero no entabló conversación con nadie. Tampoco se presentó a nadie. La cooperativa era como una familia: muchos de sus miembros se conocían desde hacía generaciones. La presencia del hombre de Murray era como la de alguien que asiste a una reunión familiar y no hace ningún intento por conocer a la familia.

—El impacto que esto ha tenido en el Lado Oeste y en el resto de nuestro pequeño valle ha sido devastador, —dijo Alex—. Como muchos de ustedes, crecí aquí. Siempre ha sido un lugar donde nos sentíamos seguros dejando las puertas abiertas y las llaves en el contacto de nuestros vehículos del rancho por la noche. No puedo aceptar que nuestra comunidad se esté convirtiendo en un lugar donde no podemos confiar en nuestros vecinos.

Maddox se unió a Alex en el estrado y la rodeó con el brazo. —Estoy seguro de que todos ustedes quieren detener la ola de intentos de adquisiciones hostiles de nuestras tierras que, como ha dicho Alex, amenazan nuestro modo de vida. La única forma de enviar el mensaje de que no estamos interesados en que nuestros viñedos sean devorados por las grandes cooperativas vinícolas es permanecer unidos.

El público asistente a la reunión se puso en pie, como una multitud enfurecida lista para luchar contra el monstruo del bosque. El volumen de la conversación había aumentado hasta tal punto que a Alex le costaría mucho llamar la atención de los miembros para terminar la reunión.

Naughton miró a Bradley y vio a través de la multitud que ella seguía sentada. Volvió a mirar a cada uno de sus hermanos, asegurándose de que seguían observando la sala, atentos a cualquier cosa fuera de lo normal que pudiera suceder. Un minuto después, miró donde había estado sentada Bradley, pero no la vio.

Recorrió la sala con la mirada para ver si estaba hablando con alguien, pero no la encontró.

— ¿Dónde está Bradley?, —le preguntó Naughton a Charlie.

—No sé. La vi hace un minuto. Quizás esté en el baño, — respondió.

El tiempo se detuvo cuando Naughton vio salir al hombre de Murray. Se movía demasiado rápido como para marcharse. Algo no cuadraba. Agitó los brazos hacia sus hermanos y señaló la puerta.

Brodie llegó primero y, cuando lo hizo, echó a correr. Naughton también corrió, atravesando la puerta principal, justo detrás de su hermano.

— *¡Fíjate en el baño!*, —le gritó a Maddox—. Asegúrate de que Bradley está allí o en la sala de degustación.

Naughton vio la parte trasera de un todoterreno negro alejándose. — ¿Has visto la matrícula?, —le preguntó a Brodie.

—No tenía matrícula.

Unos segundos más tarde, Maddox salió corriendo por la puerta, con Charlie y Edgar detrás de él. —*Bradley se ha ido, Naught. Nadie la encuentra.*

NAUGHTON NO PODÍA CONCENTRARSE. TENÍA QUE PERSEGUIR AL vehículo que se alejaba, pero ¿dónde estaban sus llaves? ¿Dónde había aparcado la camioneta?

— *¡Vamos, Naught!*, —oyó gritar a Maddox desde su todoterreno, sacándolo de su estado de parálisis. Naughton corrió hacia él, se subió y vio que Brodie ya estaba en el asiento trasero. Maddox arrancó con los neumáticos chirriando por el camino de tierra, sin esperar siquiera a que cerrara la puerta.

Cuando miró detrás del todoterreno, vio a Charlie Jenson y al padre de Bradley en el coche que los seguía.

—Ellos van hacia el norte; nosotros vamos hacia el sur, —explicó Brodie—. Tienen una descripción del vehículo. El padre de Bradley es el punto de contacto, y yo también.

¿Qué le pasaba? Escuchó las palabras de Brodie, entendió el plan, pero no podía *pensar*.

— ¿Nadie la vio? —preguntó.

—Nadie. Alex y Peyton tienen a todo el mundo buscándola. Solo había dos lugares donde podía estar, Naughton.

Maddox giró a la derecha al salir de Los Cab y tomó Adelaida Trail hasta llegar a la autopista. — ¿Alguna novedad?, —le preguntó a Brodie.

—Todavía no, —respondió—. *¡Espera! Acabo de recibir noticias de Gabe*, —gritó—. ¡Dice que han visto un Suburban negro, sin matrícula, en Hidden Valley Road!

Maddox pisó el freno y dio la vuelta con el todoterreno. — ¿Dónde está ahora?

—Cerca de Vineyard Road.

— ¡Se dirigen a Tablas Creek!, —dijo Naughton, saliendo de su aturdimiento.

—Tienes razón, Naught. Brodie, llama a Charlie, —gritó Maddox —. Que tome Tablas Road.

Si el todoterreno se dirigía a la bodega Tablas Creek, eso significaría que, entre los tres, lo acorralarían.

— ¿Dónde está Trevino? —preguntó Maddox.

—Espera —dijo Brodie.

— ¿Quién más la está buscando? —preguntó Naughton mientras esperaban.

—Todos, Naughton.

CUANDO LLEGARON A TABLAS CREEK, NAUGHTON VIO QUE Charlie y Edgar ya estaban allí. El todoterreno de Mad no se había detenido del todo cuando Naughton saltó del vehículo.

Charlie se acercó a él. —Gabe llegó primero. El comisario está en camino.

— *¿Dónde está ella?*

—Ahí dentro. —Gabe señaló un almacén junto a la bodega—. Tiene un arma, Naught.

Naughton se abalanzó hacia delante, pero Maddox lo detuvo con fuerza. — *¿Qué carajo te pasa? Suéltame.*

— *¡Escúchame, Naughton!* ¿Has oído a Gabe? Quienquiera que tenga a Bradley tiene un arma.

Naughton oyó las palabras de su hermano, pero no podía procesarlas. *¿Quién* la tenía? ¿Cómo sabían que había un arma? ¿Por qué todos se quedaban ahí sin hacer nada? Se quedó de pie, incapaz de moverse, mirando a los ojos de su hermano, deseando que le diera respuestas.

—Creemos que es Calder quien la tiene —dijo Charlie, señalando a Trey Deveux, que caminaba frenéticamente de un lado a otro hablando por su teléfono móvil.

Cuando Naughton hizo ademán de acercarse a Trey, Maddox lo agarró del brazo de nuevo. —Espera, —le dijo, lo suficientemente alto como para que Naughton lo oyera.

El comisario se detuvo detrás de la camioneta de Mad. —El equipo SWAT está en camino, —les dijo—. Saben que hay una situación con rehenes.

—No sé nada de esto —Naughton oyó que Deveux le decía al comisario —. Todo es culpa de Rory. Las cosas se descontrolaron. Intenté detenerlo.

— ¿Detenerlo de hacer qué? —Espetó Naughton—. ¿De prender fuego a nuestro viñedo? ¿O de secuestrar a Bradley?

Trey negó con la cabeza. —No tenía que haber sido así.

Maddox dio un paso adelante. — ¿Cómo se *suponía* que debía haber sido, Deveux?

—Todo era por dinero. Eso es todo. Como lo que pasó en Los Cab. El plan era descubrir vulnerabilidades y luego aprovecharlas para que los propietarios vendieran. Eso es todo.

—*Tonterías* —espetó Naughton.

Maddox puso la mano sobre el hombro de su hermano.

—Ya están aquí —dijo el comisario, señalando los vehículos tácticos que se detenían en la entrada—. El sargento Akins es el comandante de la unidad. Tengo que informarle de lo que sabemos hasta ahora. —El comisario hizo un gesto a Gabe y Trey para que lo siguieran.

—Naughton —dijo Maddox—. Vamos. Deja que hagan su trabajo. —Siguió a sus hermanos hasta la barricada que había colocado el equipo.

—El negociador está intentando contactar con él ahora mismo —explicó el comisario cuando se acercó a ellos.

— ¿Qué quiere? —preguntó Maddox.

—Por el momento no está claro.

Naughton caminaba de un lado a otro, apretando y aflojando los puños. Si no pasaba algo pronto, explotaría, y cuando lo hiciera, irrumpiría en el edificio donde Calder retenía a Bradley y mataría a ese *hijo de puta* con sus propias manos.

❧ 36 ❧

BRADLEY

Le latía la cabeza y sentía la boca como si llevara semanas sin hidratarse. Lo último que recordaba Bradley era salir del baño de mujeres y encontrar a Jason Calder esperando fuera de la puerta. Debía de haberla golpeado en la cabeza con algo, porque no recordaba nada después de eso.

Desde donde yacía en el suelo de hormigón, con las manos y los pies atados, podía ver a Jason paseándose mientras gritaba en el teléfono.

—*Me ha reconocido. ¿Qué carajo se supone que debía hacer?,* —lo oyó gritar—. *Mueve tu trasero hasta aquí y ayúdame a arreglar este desastre.*

No se habría dado cuenta de quién era si alguien en la reunión no hubiera mencionado que la hermana de Trey se había casado con el hermano de Rory Calder. Los había conocido a ambos brevemente y había olvidado por completo su conexión.

—Ninguno de nosotros estaría en este lío si tú no la hubieras cagado desde el principio. Papá me ha enviado aquí para arreglar las cosas, así que, tal y como yo lo veo, este es tu problema.

Bradley oyó que se abría una puerta en la parte trasera del edificio y vio cómo Jason se daba vuelta y apuntaba con la pistola en esa dirección.

—*Suéltala o te dispararé, y no fallo*, —gritó una voz grave. Había una inquietante calma en las palabras del hombre que la heló hasta los huesos. No pudo ver bien quién estaba hablando, pero oyó una rápida sucesión de crujidos antes de que Jason Calder cayera al suelo.

Intentó gritar, pero no le salió ningún sonido.

Segundos después, las puertas se abrieron de golpe y personas con equipo táctico entraron en el edificio por todos lados.

Dos hombres corrieron directamente hacia ella, mientras otros dos revisaban a Calder. — ¡Está muerto!, —gritó uno de ellos.

— ¿Es Bradley?, —le preguntó el que estaba más cerca de ella.

Ella asintió con la cabeza, aún incapaz de hablar.

—Soy Ty, y voy a revisarla mientras mi compañero la libera de estas cuerdas. ¿Puede decirme qué ha pasado aquí?

—Le ha disparado, —susurró ella.

— ¿Quién?

—Un tipo entró por la parte de atrás y le disparó, justo antes de que el resto de ustedes entraran por el otro lado.

— ¿Puede describir al tipo?

—No pude ver mucho, pero vestía como ustedes.

Ella escuchó a alguien gritar algo sobre otro hombre armado y más pasos corriendo por el edificio.

Se escuchó una voz por la radio que el hombre arrodillado a su lado había conectado a su equipo. — ¿Todo despejado?

—El interior está despejado, —respondió él.

—Bradley, ¿puede decirme en qué mes estamos?, —preguntó mientras le tomaba el pulso.

—Septiembre.

—Bien. Esto brillará durante un par de segundos, —dijo antes de iluminarle cada uno de los ojos—. ¿Puede mover el dedo índice derecho?

Con cierta dificultad, lo hizo.

—Bien, —dijo él, y luego le pidió que hiciera lo mismo con su mano izquierda.

—Me duele la cabeza. —Su voz se estaba volviendo más fuerte.

—No me extraña. Parece que tiene un buen chichón allí. ¿Quiere intentar sentarse?

Ella lo hizo con su ayuda. Él siguió haciéndole preguntas sobre si sabía dónde estaba y si le dolía alguna otra parte del cuerpo. Por último, le preguntó si podía ponerse de pie y la ayudó a levantarse.

—Vamos a sacarla de aquí, —dijo el otro hombre.

Ella cerró los ojos mientras la llevaban más allá del lugar donde había visto por última vez el cuerpo de Jason. No sabía si lo habían movido, pero si no era así, no quería verlo.

Una vez fuera, Bradley pudo ver a Naughton a unos metros de distancia, detrás de una barricada. Cuando sus miradas se cruzaron, él saltó la valla y corrió hacia ella.

—Necesito que permanezca detrás de la valla, —dijo alguien, tratando de interceptarlo.

—Está bien, —oyó decir al comisario—. Pero, Naughton, déjalos hacer lo que tienen que hacer.

Ella extendió los brazos hacia él cuando se abrió paso, y cayó en sus brazos.

—Estaba tan asustado —susurró él.

—Yo también.

Él la miró a los ojos. — ¿Te hizo daño?

—En la cabeza.

Él le apartó el cabello de la cara. —Dios mío. Lo siento mucho, preciosa.

Naughton se volvió hacia el comisario. — ¿Cuánto más esta noche, Bill? ¿No puede responder a tus preguntas por la mañana?

El comisario se alejó para hablar con alguien que también llevaba equipo táctico. — ¿Qué más necesitas de ella esta noche?, — Bradley oyó que le decía a alguien.

—Mis hombres han rastreado la zona y no tienen pistas sobre el pistolero.

El comisario se acercó y el otro hombre lo siguió. —Bradley, ¿qué nos puedes decir sobre la persona que disparó a Calder?

—Como dije antes, no pude ver mucho. —Miró al otro hombre que estaba detrás del comisario—. Iba vestido como usted.

—Tu padre está aquí —le dijo Naughton.

— ¿Lo dejarán pasar?

— ¿Bill? —le dijo Naughton al comisario, que miró al sargento.

—Creo que hemos terminado por esta noche —dijo. —Pero nos gustaría verla mañana para tomarle declaración oficial. Podemos ir a su casa.

—Vamos a llevarte a casa. —Naughton la levantó con tal fuerza que ella perdió el aliento. Una vez al otro lado de la barricada, la dejó en el suelo.

Su padre la abrazó y le besó la frente. —Me alegro mucho de que estés bien —le dijo.

—Gracias, papá. Siento haberles hecho pasar por este susto, —dijo ella, mirando al tío Charlie y a los hermanos de Naughton.

—Quiero llevarla a casa, —le dijo Naughton a su padre—. Puedes venir a la casa, si quieres.

Su padre le acarició la mejilla con la palma de la mano. —¿Quieres que vaya esta noche o por la mañana?, —le preguntó.

Antes de que ella pudiera responder, Naughton lo hizo por ella. —Dejemos que Bradley descanse unas horas. Nos veremos todos por la mañana.

Su padre asintió y Naughton la llevó hasta un todoterreno. —¿Mad?, —oyó que le preguntaba.

—Iremos con Charlie o Gabe —dijo Maddox, entregándole las llaves y besando a Bradley en la mejilla—. Descansa, St. John. Nos vemos mañana, ¿de acuerdo?

—Gracias, Maddox —respondió ella, y luego miró a su padre—. Te quiero, papá.

A él se le llenaron los ojos de lágrimas. —Yo también te quiero, cariño.

NAUGHTON

Bradley no habló mucho durante el camino a casa, y Naughton no insistió. Hasta que no la tuviera a salvo dentro de su cabaña, no podría escuchar ni siquiera pensar en lo que había sucedido esa noche. Tal como estaban las cosas, tuvo que agarrar el volante con todas sus fuerzas para evitar que le temblaran las manos. No recordaba otra ocasión en la que se hubiera sentido tan aterrorizado.

La miró mientras conducía por las carreteras secundarias hacia el Rancho Butler. Ella tenía la cabeza apoyada en el asiento y los ojos cerrados. Cuando vio su mano izquierda extendida, entrelazó sus dedos con los de ella, lo que la hizo abrir los ojos y apretarle la mano.

Después de aparcar lo más cerca posible de la puerta principal de la cabaña, Naughton se acercó a su lado, la levantó en brazos y la llevó dentro. En lugar de detenerse en la primera planta, subió directamente las escaleras hasta el dormitorio, la acostó con cuidado en la cama y, cuando ella se recostó, se estiró a su lado.

Le acarició la mejilla con la yema de los dedos mientras se miraban a los ojos.

—Ahora estás a salvo, —le susurró cuando ella se estremeció.

—Tenía tanto miedo, —le dijo ella en voz baja.

—Yo también.

Ella se inclinó hacia delante y él la besó suavemente en los labios. Una parte de él quería devorarla, pero ella necesitaba que él la cuidara y la mimara, así que eso fue lo que hizo.

—Te quiero mucho, —murmuró él.

—Te quiero, Naughton. —Ella cerró los ojos—. ¿Quieres...?

— ¿Qué?

— ¿Quieres saber lo que ocurrió?

—Solo si tú quieres contármelo.

—Todavía no.

Naughton le besó ambos párpados, la punta de la nariz y la frente antes de volver a posar sus labios sobre los de ella.

—Te deseo, —le suplicó ella.

Naughton le desabrochó lentamente la blusa, dejándole un rastro de besos. Cuando la blusa quedó abierta, recorrió con los labios su torso hasta llegar a la cintura de sus vaqueros. Se los desabrochó y se los bajó suavemente por las piernas antes de quitarle la camisa.

—Déjame a mí, —dijo cuando ella giró para desabrocharse el sujetador.

Se apartó de su cuerpo, se puso de pie y se quitó su propia ropa.

— ¿Estás segura?, —susurró, arrodillándose a su lado.

Ella asintió y le tendió la mano. —Por favor, Naughton.

❦ 38 ❦

BRADLEY

La cama estaba vacía cuando Bradley abrió los ojos. El sol brillaba y podía oír a Naughton hablando con gente en la planta baja.

Después de levantarse de la cama y encontrar donde ella y Naughton habían dejado su ropa, Bradley se vistió. Se sentía cansada y, si Naughton hubiera seguido en la cama con ella, fácilmente habría vuelto a dormirse.

Llegó al último escalón y se detuvo cuando le oyó decir: — ¿Cómo que no sabes quién era el otro pistolero?

—No era uno de los nuestros.

Bradley continuó caminando y encontró a Naughton, a su padre, al comisario y a otro hombre, que le resultaba vagamente familiar, sentados en la sala de estar.

Cuando la vio, Naughton se levantó y se acercó a ella junto a la puerta.

— ¿Te hemos despertado? —le susurró.

Ella negó con la cabeza. —Tú no estabas allí...

—Lo siento, preciosa.

Su padre se levantó y la abrazó cuando Naughton se apartó.

—Buenos días, cariño —le dijo.

—Hola, papá.

—Buenos días, —dijo el comisario poniéndose de pie y haciéndole un gesto para que tomara asiento. — ¿Recuerdas al sargento Akins?

—Eh, creo que sí.

El sargento asintió con la cabeza. —Siento molestarla tan temprano, señora, pero tenemos algunas preguntas más.

—No tienes que hablar de ello hasta que estés preparada —dijo su padre.

Naughton asintió. —Tu padre tiene razón. Pueden esperar.

—Estoy bien, pero no recuerdo mucho. Fui al baño... —Se frotó las sienes doloridas con los dedos.

—Te traeré un vaso de agua, —dijo su padre, saliendo de la habitación y dirigiéndose a la cocina.

— ¿Qué pasó después de que fuera al baño?, —insistió el sargento.

—Dale un minuto, —espetó Naughton.

Bradley le puso la mano en el brazo. —Estoy bien, —repitió—. ¿He oído que decía algo sobre el otro pistolero?

— ¿Puede contarme lo que recuerda?

—Salí del baño y Jason estaba allí de pie...

— ¿Jason?, —preguntó Naughton.

—Déjala terminar, —dijo su padre, dejando el vaso de agua sobre la mesa delante de ella.

Ella dio un sorbo.

—Estoy confundido —dijo Naughton, mirando al comisario y al sargento.

—Rory Calder no secuestró a Bradley. Fue su hermano mayor, Jason —explicó el comisario—. Pero, como ha dicho tu padre, déjala terminar.

Bradley le tendió la mano cuando él se levantó.

—Lo siento. —Se volvió a sentar.

—Antes de que me diera cuenta de lo que estaba pasando, me golpeó en la cabeza. Eso es todo lo que recuerdo hasta que me desperté en el edificio de Tablas Creek.

Bradley dio otro sorbo. —No llevaba mucho tiempo consciente cuando oí a Jason hablando con Rory...

— ¿Dónde demonios está?, —espetó Naughton.

El comisario miró fijamente a Naughton. —Deja que el sargento termine de interrogar a Bradley o te pediré que abandones la sala.

—Adelante, señora —dijo el sargento.

—Jason gritaba por teléfono. Aunque no recuerdo lo que decía. Fue entonces cuando alguien irrumpió por la puerta trasera.

— ¿Puede describirlo?

—No pude ver mucho, pero iba vestido como ustedes anoche.

— ¿Algo más?

—Su voz. Recuerdo que era grave y un poco ronca.

— ¿Recuerda lo que dijo?

—Cada palabra. Primero le dijo a Jason que soltara el arma y luego dijo: «Te dispararé y no fallo». Eso fue todo.

Bradley notó que Naughton se tensaba.

— ¿En qué estás pensando, Naught?, —preguntó el comisario.

Naughton negó con la cabeza. —Nada. ¿Ya hemos terminado?

El sargento se levantó y le entregó su tarjeta a Bradley. —Si recuerda algo más, llámeme.

—Te acompaño a la salida —dijo el comisario.

— ¿Puedo verla ahora? —oyó decir a su tía cuando el comisario abrió la puerta principal.

—Pasa, Jean. Tú también, Charlie.

Bradley se puso de pie cuando la tía Jean corrió hacia ella y se abrazaron. Le acarició el cabello a Bradley, tarareando algo que le recordaba a su madre.

—Siéntense —dijo Naughton.

Los llevó hasta el sofá y, después de que se sentaran, ella acurrucada entre él y su tía, le tomó la mano durante un buen rato.

—Quería venir a verte anoche —dijo la tía Jean—. Pero tu padre y Charlie me convencieron de que no lo hiciera.

—Necesitaba descansar —dijo Naughton.

—Te necesitaba a ti —respondió la tía Jean.

39

NAUGHTON

Unos minutos más tarde, el comisario regresó. —Bradley, Naughton, los pondré al día sobre lo que sabemos y luego los dejaré tranquilos con sus familias. —Señaló hacia la otra habitación.

—No pasa nada. Puede contárnoslo todo, —dijo Bradley.

—Trey Deveux nos entregó anoche una confesión detallada y firmada, en la que incluye los nombres de los hombres que abrieron los grifos en tu casa, Charlie. Tiene pruebas de que Rory Calder estaba detrás de casi todo, y estaba dispuesto a compartirlas con nosotros a cambio de un acuerdo.

Naughton se tensó. — ¿Qué tipo de acuerdo?

—Irá a la cárcel sin duda. La duración de la condena dependerá de cuánto nos ayude en adelante.

— ¿Han detenido a los dos hombres que abrieron los grifos?, — preguntó Charlie.

El comisario asintió. —Y tenemos pruebas suficientes para retenerlos y conseguir una condena.

— ¿Y Vatos?, —preguntó Naughton.

—Que Rory le pagara o no para provocar el incendio no cambia nada. Seguirá siendo acusado de incendio premeditado, —explicó el comisario.

— ¿Y Rory?, —preguntó Charlie.

Naughton se inclinó hacia delante.

El comisario carraspeó. —Como ha dicho Bradley, el hombre que la secuestró, y al que posteriormente dispararon, era Jason Calder, el hermano mayor de Rory. Ha sido identificado positivamente.

—Maldita sea, Bill. Deja de dar vueltas al asunto. ¿Qué hay de Rory?, —exigió Naughton.

—Lo estamos buscando.

Naughton se levantó de un salto del sofá. — *¿Lo están buscando?*

—Rory Calder ahora es considerado un fugitivo.

—*Dios mío.*

Naughton salió furioso de la habitación y respiró profundamente varias veces. No sería de ninguna utilidad para Bradley a menos que lograra controlar su temperamento.

Cuando regresó a la sala, se sentó a su lado y le tomó las manos entre las suyas. —Te vas a mudar aquí conmigo.

Bradley le apretó los dedos. —Sí, lo haré. Y Naughton, nunca me iré.

—Es hora de dar por terminada la noche —dijo su padre, levantándose después de que el comisario se marchara. Charlie y Jean también se levantaron. Le dieron las buenas noches a Bradley mientras Naughton hablaba con Maddox.

—Llama a Hawks esta noche y dile que se ponga en contacto con el contratista de mano de obra. Él puede decidir cuánta ayuda necesita. No elijas nada nuevo; solo termina lo que hemos empezado.

—Entendido. —Él y su hermano se abrazaron—. Descansa un poco, Naught.

—Tengo que ocuparme de Bradley.

Maddox asintió. — ¿Algo más, jefe?

—Sí, no me llames. Yo te llamaré a ti.

Su hermano le puso la mano en el hombro a Naughton. —Has lo que necesites, Naught. Creo que nunca antes lo has hecho.

—La necesito a ella —murmuró, mirando a Bradley.

—Sí, claro que sí —dijo Maddox antes de salir.

NAUGHTON SE DIO VUELTA Y GRUÑÓ CUANDO OYÓ QUE ALGUIEN llamaba a la puerta principal. Era de madrugada, pero como Maddox sabía que él y Bradley no estarían en el viñedo ese día, no tenía ni idea de quién podía venir a esa hora.

Quienquiera que fuera siguió llamando, entonces Naughton se puso los vaqueros y bajó las escaleras, dispuesto a echarle la bronca a la persona que estaba en la puerta principal.

— *¿No oyes que estoy llamando? Por Dios* —dijo su madre y le dio un golpecito en la cabeza cuando abrió la puerta.

—Buenos días, mamá. —Le dio un beso en la mejilla y la siguió hasta la cocina—. ¿Por qué has venido tan temprano?

Ella le hizo un gesto con la mano. —He traído comida.

Él la observó mientras sacaba una cesta llena de tocino, salchichas, frijoles horneados y pan frito. — ¿No tienes huevos?

—Tengo huevos, mamá.

Ella lo miró con ira hasta que él los sacó del refrigerador.

—Huevos fríos. —Ella negó con la cabeza.

Naughton se colocó detrás de ella y le puso las manos sobre los hombros. — ¿Por qué estás aquí realmente, mamá?

Ella sacó un pañuelo de la manga de su blusa. —No me hagas hablar otra vez. —Lloró sobre su hombro. Entre sollozos, habló, pero Naughton no entendió ni una palabra del gaélico que ella usaba cuando estaba alterada. Después de un minuto, se apartó y encendió la cocina.

Él sacó la sartén de hierro fundido del armario, la puso en la cocina y observó a su madre cocinar huevos.

— *¿No sabes que no tengo ningún favorito?,* —comenzó ella, agitando la espátula hacia él—. Pero si lo tuviera... —Se detuvo para sonarse la nariz con el pañuelo—. *Serías tú* (respondió en gaélico).

Él entendía muy poco de sus divagaciones cuando ella estaba así, pero en este caso, sabía exactamente lo que había dicho. Desde que era un niño pequeño, ella le había dicho que era su favorito. Cada vez que lo hacía, incluso ahora, él pensaba que se lo decía a todos sus hijos en algún momento u otro.

—Tengo que irme —dijo ella de repente—. Tu padre se preguntará dónde estoy. Pero primero —le tomó la mano y le abrió la palma—. Esto es para ti.

— ¿Qué es, mamá? —preguntó él cuando ella le puso la bolsa de fieltro en la mano y le cerró los dedos alrededor.

—*De mi madre* (le dijo en gaélico). —Sus ojos se llenaron de lágrimas de nuevo y salió por la puerta antes de que Naughton tuviera oportunidad de mirar dentro de la bolsa, pero él supuso que era lo que ella quería. Lo que le había dado, según ella, era de su madre.

Echó un vistazo y, tras sacar el contenido, supo lo que ella esperaba que hiciera con ello.

BRADLEY ESTABA DESPIERTA Y SENTADA EN LA CAMA CUANDO subió las escaleras.

—Buenos días, preciosa, —dijo antes de quitarse los vaqueros y acostarse a su lado.

—Hay algo que huele muy bien.

—Mamá ha traído el desayuno.

—Ah. —Cuando Bradley le alisó el cabello, Naughton sonrió.

—Ya se ha ido.

Él se recostó, atrajo a Bradley hacia sí y ella apoyó la cabeza en su pecho. —Lo que dije anoche sobre que te mudaras conmigo iba en serio.

—Yo también hablaba en serio, —respondió ella.

—Nunca te irás, ¿verdad?

—No. A menos que sea contigo.

—Amas como tu madre, —susurró él, recordando lo que había dicho el padre de Bradley.

Ella asintió.

—Y yo me parezco mucho a tu padre.

Ella sonrió. —En todo lo bueno.

Él miró a los ojos a esta mujer, a la que conocía tan bien como si hubieran pasado toda una vida juntos. Toda una vida en menos de catorce días. La cantidad de tiempo no significaba nada. La calidad lo era todo.

— ¿Crees en las almas gemelas?, —preguntó él.

—Ahora sí. —Ella le guiñó un ojo.

— ¿En serio?

—Lo digo en serio, Naughton. No creo que lo creyera antes de conocerte a ti y a tu familia. Cuando vi cómo estaban Maddox y Alex juntos, y Brodie y Peyton, supe que era real. Te dije que, desde que murió mi madre, no me había sentido tan querida. Es más que eso; ahora sé lo que es el amor, Naughton. El amor verdadero. El tipo de amor que dura más allá de una vida. No puedo imaginar pasar un solo día de mi vida sin ti.

Se inclinó hacia delante y rozó sus labios con los de ella. Su beso fue profundo, apasionado, como si fusionaran sus almas. Nunca había sentido que un beso pudiera ser tan intenso. No se trataba de cubrir su boca con la suya, de acariciar y mimar sus lenguas, se trataba de un amor tan puro que cambió para siempre el curso de su vida.

— ¿Tienes idea de cuánto te amo?, —le preguntó.

—Sí, Naughton. Lo siento cada vez que me tocas. Lo veo en tus ojos cada vez que me miras y lo escucho en cada palabra que dices.

— ¿Tengo una propuesta de negocios para ti?

Ella se rio. — ¿En serio?

—Tendrás que decirle a Maddox que ya no puedes trabajar para él.

Ella sonrió. — ¿Por qué?

—Tú y yo estamos destinados no solo a construir una vida maravillosa juntos, sino también a elaborar un vino extraordinario.

— ¿Me estás ofreciendo un trabajo, Naughton?

—Te estoy ofreciendo una vida, Bradley. Una vida junto a mí. Tú y yo tomaremos esta tierra tan cuidadosamente cuidada por mis padres y sus padres antes que ellos, y el legado vivirá en nosotros, en nuestros hijos y en nuestros nietos.

Sus ojos se llenaron de lágrimas. —Acepto tu oferta con todo mi corazón.

Naughton abrió la mano que ocultaba el contenido de la bolsa y deslizó el anillo de esmeralda, que había sido de su abuela, en el dedo de Bradley.

— ¿Te casarías conmigo también? —susurró él.

—Sí, me casaré contigo también. Te amo, Naughton.

—Te amo tanto, Bradley. —La besó una y otra vez, como tenía intención de hacer cada día y cada noche a partir de ahora—. Creo que será un compromiso corto.

—Estoy de acuerdo.

— ¿El último día de la cosecha?

—Sí —dijo ella mientras él la colocaba debajo de él y unían sus cuerpos para siempre.

40

NAUGHTON

Caminó entre las hileras de Cabernet Sauvignon, maldiciendo las vides. Estos eran los únicos viñedos que quedaban por cosechar, junto con una pequeña cantidad de Zinfandel que usarían para vino de postre, y era como si las uvas se negaran a madurar por completo.

No le importaba que no estuvieran listas. Las recogerían el viernes porque simplemente no podía esperar más para convertir a Bradley en su esposa.

Naughton, su familia y los empleados del Rancho Butler siempre hacían una gran fiesta cuando el tractor traía las últimas uvas recolectadas. Era una tradición que Maddox había iniciado hacía unos años, después de pasar un año trabajando en bodegas de Europa.

Este año, sin embargo, la celebración sería la más importante de su vida, porque sería cuando él y Bradley se casarían.

Esa noche, sus tíos los invitaron a cenar en los Viñedos Jenson para discutir los últimos preparativos de la boda. También estaban invitados su padre, sus padres, Maddox, Alex, Brodie y Peyton.

La boda sería pequeña, solo para la familia, y tendría lugar justo fuera de la bodega, al borde del viñedo.

Edgar St. John había llamado a Naughton ese mismo día, diciendo que estaba ansioso por hablar sobre el mercado de los futuros vinos del Rancho Butler y los Viñedos Jenson. En lugar de tener esa conversación esa noche, Naughton le había sugerido que se reunieran al día siguiente.

—Claro, claro, —respondió Edgar—. Esta noche se trata de tu matrimonio con mi hija.

Su futuro suegro estaba haciendo todo lo posible por conocer mejor a Bradley, informándose todo lo que podía sobre el sector que ella había elegido como carrera profesional. A veces, su entusiasmo excesivo rayaba en lo incómodo, pero Naughton, comprendiendo sus motivos, le daba un poco de margen.

Sin embargo, Edgar tenía razón en cuanto al potencial del Rancho Butler y los Viñedos Jenson para convertir su desgracia en ganancias económicas.

Los rendimientos superiores a la media de los últimos tres años habían dejado a muchas bodegas del oeste con un exceso de existencias. Los Cab había estado a punto de perder su vínculo con la junta de impuestos sobre el alcohol por culpa de ello.

Ahora, con rendimientos mucho más bajos, la demanda de su vino aumentaría y los precios subirían. No parecía correcto aprovecharse del incendio y el vandalismo, pero la reacción del mercado estaba fuera de su control.

Si fuera un hombre religioso, le pediría a Dios que mantuviera alejadas a las fuerzas decididas a arruinar a su familia y a quienes lo rodeaban. Bradley ya había sufrido lo suficiente, tanto recientemente como en el pasado. Se merecía una boda, y una vida, llenas de felicidad y celebración.

—Hola, Naught. ¿Tienes un minuto? —Estaba tan absorto en sus pensamientos que Naughton no había oído a Maddox llegar en uno de los todoterreno.

— ¿Qué pasa?

—Quiero preguntarte algo.

Lo siguió mientras Maddox caminaba hacia el mismo lugar fuera de las cavas donde él y sus hermanos se habían enfrentado a su padre el mes pasado. La sensación de pánico en el estómago se intensificó.

—Hay un par de cosas... —comenzó Maddox.

Naughton esperó a que su hermano continuara, aunque su nivel de ansiedad aumentaba con cada segundo que pasaba. Quería gritarle que se diera prisa, pero Mad nunca era rápido en nada, especialmente en algo importante que quería decir.

—Me preguntaba si querrías ser mi padrino de boda.

El suspiro de alivio de Naughton fue audible. ¿Era eso lo que había estado atormentando a su hermano? ¿Había estado tan nervioso antes de hacerle la misma pregunta a Brodie? Quizás.

—Por supuesto, Mad. Sería un honor.

—Significaría mucho para mí y completaría el círculo.

— ¿Qué quieres decir?

—Tú se lo pediste a Brodie, Brodie me lo pidió a mí y ahora yo te lo pido a ti.

Un segundo suspiro de alivio escapó de los labios de Naughton. Esperaba que Mad no se sintiera ofendido por haberle pedido a Brodie que fuera su padrino en lugar de a él.

—Pero no es por eso por lo que te lo he pedido, Naught. No hay nadie a quien quiera más a mi lado que a ti cuando me case con Alex. Al fin y al cabo, has estado a nuestro lado desde el principio.

Naughton sonrió. —Me alegro de que lo hayas comprendido.

—Yo también.

—Hay algo más.

Cuando Naughton le agarró del cuello, Maddox le bajó el brazo. —Es algo bueno, Naught. Al menos, espero que lo veas así.

— ¿Quieres *seguir* con lo que estabas diciendo?

Maddox se rio. —Sí. Lo siento. —Apoyó las manos en los hombros de Naughton y lo miró a los ojos.

— ¿Recuerdas cuando dijiste que te gustaría saber qué quería Kade para ti?

Él asintió.

— ¿Ya lo has descubierto?

Naughton negó con la cabeza y contuvo la respiración, esperando a que su hermano continuara.

—Pronto lo sabrás.

— ¿Eso es todo? Debes estar bromeando.

Le apretó el hombro. —Te prometo que no tardarás tanto en conocer tu destino como tardé yo en conocer el mío.

—No puedo creerlo. ¿De verdad vas a soltarme eso y luego marcharte?

—Créelo, hermano. —Maddox se rio y se subió al todoterreno—. Oye, se me olvidó decirte que mamá ha invitado a Ainsley a venir esta noche. A Skye y a Mac también.

Naughton debería llamar a Bradley para que se lo dijera a su tía. —
¿Van a traer a los niños?

—No iban a hacerlo, pero Jean les ha dicho que deberían.

— ¿TE HAS ENTERADO DE LA FIESTA LLENA DE GENTE QUE DAN
tus tíos esta noche? —Naughton llamó a Bradley y le preguntó
después de que Maddox se marchara a la bodega.

—La tía Jean está muy emocionada. Dice que siempre quiso tener
una familia numerosa, pero como ella y el tío Charlie nunca
tuvieron hijos, pensaba que nunca lo conseguiría. Estoy segura de
que quieren adoptar a tu familia, Naughton. A todos y cada uno
de ustedes.

—Puede que cambien de opinión cuando nos vean a todos juntos.

—Estoy deseando conocer a tus hermanas.

A veces era difícil recordar que Bradley no había formado parte de
su vida durante mucho tiempo. Parecía que la conocía desde
siempre, en lugar de solo un par de meses.

— ¿Estás nervioso? —le preguntó ella.

Él no lo estaba. En absoluto. Pedirle a Bradley que se casara con él
no había sido una elección; estaba destinado a ser así. — ¿Y tú? —
le preguntó él.

—En absoluto. ¿Es raro? —Cuando ella se rio, Naughton sintió
que toda la tensión y la preocupación abandonaban su cuerpo.
Mientras estuviera con Bradley, y tenía intención de estarlo hasta
el día de su muerte, fuera lo que fuera que el mundo le iba a
deparar, podría afrontarlo. Sin ella, estaría perdido.

—Te quiero.

—Yo también te quiero, Naughton. Estoy deseando ser tu esposa.

— ¿A qué hora quieres salir esta tarde?

—Probablemente alrededor de la una. Ya casi termino con el papeleo que me pasó Maddox, luego tengo que correr a casa y cambiarme.

Él y Bradley iban al juzgado de Paso Robles a obtener su licencia de matrimonio y luego a elegir los anillos de boda.

—Tienes que traer el resto de tus cosas a mi casa.

—He estado un poco *ocupada*. —Ella sonrió.

—Bueno, ocúpate de ello, mujer.

Ella se rio. —Qué mandón. Quizás tenga que replantearme trabajar para ti en lugar de para tu hermano.

—Ya te dije una vez que nunca trabajarías para mí.

—Lo recuerdo, ¿y qué haríamos entonces?

—Trabajar juntos.

NAUGHTON MIRÓ LA HORA. TENÍA VEINTE MINUTOS ANTES DE que Bradley se reuniera con él en la casa, así que se detuvo en la bodega para ver si Maddox tenía alguna cifra concreta sobre la cantidad de mosto afectado negativamente por el humo.

Cuando tomó un atajo por la sala de degustación, vio a una mujer de pie cerca de la puerta.

—Aún no hemos abierto.

—Tú debes ser Naughton.

— ¿Quién eres tú? —espetó él, invadido por una sensación de *déjà vu*.

Ella dio un paso adelante y le tendió la mano. —Soy Quinn.

Naughton cruzó los brazos. — ¿Quinn qué?

—Mi apellido es Hess, aunque recientemente he descubierto que en mi partida de nacimiento figura como Butler.

Naughton frunció el ceño. — ¿Quién demonios eres tú?

—Soy el secreto de tu hermano mayor y tengo mucho que contarte, tío Naughton.

Estaba aturdido. ¿Era esto, o era ella, lo que su padre o Lena le habían estado ocultando?

—Siéntate —dijo, señalando un taburete en la barra de degustación.

—No ha sido fácil conseguir una audiencia contigo.

—Ahora estás aquí. Empieza a hablar, Quinn.

—No sé por dónde empezar...

Naughton oyó a alguien caminando por la bodega y recordó que debía encontrarse con Bradley en la casa en unos minutos. No sabía qué demonios hacer. Tenía que averiguar quién era esa mujer y si realmente tenía alguna conexión con Kade.

—Antes de empezar, tengo que hacer una llamada.

Cuando ella asintió, él fue detrás de la barra y atravesó una puerta que daba al almacén para ponerse en contacto con Bradley.

—Hola —respondió ella—. Te estaba buscando.

—Ha surgido algo y tengo que cambiar nuestros planes. Tendremos que ir a la ciudad mañana.

—Naughton, ¿qué pasa?

Se frotó la cara con la mano, sin saber qué decirle ni cómo decírselo.

— ¿Dónde estás? —preguntó ella antes de que él pudiera responder.

—En la sala de catas.

—Ahora mismo voy.

MIRÓ A TRAVÉS DE LA VENTANA A LA PUERTA QUE SEPARABA EL almacén y la sala de degustación y observó a la mujer que se había presentado como Quinn. Sin duda se parecía a Lena, pero no se parecía mucho a los Butler.

Tenía el cabello de un color rubio pálido y los ojos marrón oscuro. Tampoco había nada en sus rasgos faciales que se pareciera a nadie de su familia, y era alta y delgada, más parecida a Peyton y Alex que a sus hermanas o a su madre, que eran todas menudas.

Quinn levantó la vista al mismo tiempo que Naughton oyó abrirse otra puerta. Entró en la sala de degustación y vio entrar a Bradley, seguida de Maddox.

— ¿Quién es ella? —preguntó Maddox, acercándose a ella.

—Soy Quinn —dijo ella antes de que Naughton pudiera presentarla.

— ¿Cuál es tu apellido, Quinn?

—Como le estaba diciendo a tu hermano...

—Hess —interrumpió Naughton.

—Interesante —Maddox la estudió—. ¿Alguna relación con la familia Hess que conocemos?

Naughton abrió la boca para responder, pero esta vez Quinn lo interrumpió.

—Lena Hess es mi madre.

—Soy Bradley, la prometida de Naughton.

Quinn le estrechó la mano a Bradley, pero no apartó la mirada de Naughton.

—Encantada de conocerte, Quinn —dijo Maddox—. No conocemos muy bien a tu madre y no sabíamos que tenía una hija.

—He estado fuera... hasta hace poco. Primero, en un internado, luego en la universidad.

— ¿Vacaciones de otoño? —preguntó Mad. De vez en cuando, sus ojos se cruzaban con los de Naughton, que sabía perfectamente lo que estaba tramando su hermano.

—Algo así.

—No hemos visto a tu madre desde... ¿Cuándo fue la última vez que vimos a Lena, Naught?

—A finales de junio, principios de julio, por lo que recuerdo.

—En realidad, por eso estoy aquí... por mi madre. —Quinn miró primero a Naughton y luego a Bradley—. Pero veo que no es un buen momento.

—Tienes razón. Bradley y yo tenemos una cita esta tarde.

—Quizá yo pueda ayudarte, —se ofreció Maddox.

—Gracias, pero... yo... me pondré en contacto. —Quinn buscó su bolso de la barra y se dio vuelta para marcharse.

—Espera —dijo Maddox antes de que Naughton pudiera hacerlo—. ¿Cómo podemos ponernos en contacto contigo?

Aunque estaba respondiendo a Maddox, Quinn miró a Naughton. —No lo hagan. Yo me pondré en contacto con ustedes.

— ¿Qué ha sido eso? —preguntó Bradley después de que Quinn se marchara.

—Te lo explicaré de camino a la ciudad —Naughton le besó la frente—. Pero primero necesito hablar un momento con mi hermano.

—Por supuesto. ¿Te espero en casa?

—Gracias, preciosa —Naughton sonrió y se inclinó para besarla en los labios—. Te prometo que no tardaré mucho.

NAUGHTON Y MADDOX ESPERARON A QUE SE CERRARA LA puerta tras ella.

— ¿Crees que es el secreto de papá?

—Y de Kade.

Maddox arqueó una ceja.

—Cuando se presentó, me dijo que había descubierto recientemente que en su certificado de nacimiento figuraba Butler, no Hess.

Maddox se quedó boquiabierto. —*Maldición...*

— ¿Verdad? —Naughton negó con la cabeza.

— ¿Crees que no deberíamos haberla dejado irse de aquí?

Él se encogió de hombros. —Probablemente no, pero no sabía qué más hacer.

—Espero que no tarde mucho en ponerse en contacto.

—No creo que demore mucho. Me dio la impresión de que necesita nuestra ayuda, ¿tú crees lo mismo?

—Más o menos. A mí me pareció más bien que ella necesitaba *tu* ayuda.

Naughton también lo creía así. No había querido decirlo, esperando que su instinto estuviera equivocado. — ¿Pero por qué yo? No tiene sentido.

—Ni idea, hermano. —Maddox cambió el peso de una pierna a otra. Probablemente no se daba cuenta, pero era uno de sus gestos reveladores.

—Tienes algo que decirme. ¿Qué es?

—Alex y yo cenamos con Noah Ridge hace un par de semanas. Iba a esperar hasta después de la cosecha y tu boda para contártelo.

— ¿Contarme qué? ¿Qué cenaron juntos?

Maddox negó con la cabeza. —Confirmó que nuestro hermano mayor tenía una conexión con Rory Calder.

Naughton se sentó cuando empezó a marearse. —Tenía razón. Era algo personal.

— ¿Qué quieres decir? —preguntó Mad.

—Cuando Calder me tendió una trampa para que entregara a los Ávila a la agencia tributaria, sentí que era algo personal.

—La trama se complica con el hecho de que Quinn quiera hablar contigo y no conmigo.

—Bradley está esperando... —Y con la noticia de que Calder tenía una conexión con su familia, a Naughton no le gustaba la idea de que ella estuviera sola, nunca.

—Ve, entonces. No hay nada que podamos hacer por Quinn ahora. —Maddox se rio.

— ¿Qué tiene de gracioso? —Naughton no veía nada divertido en la situación.

—Deberíamos haberla invitado a cenar esta noche. Habría sido interesante.

Naughton se rió entre dientes. —A veces eres un *maldito* enfermo. ¿Lo sabes?

—Eso me dice Alex.

NAUGHTON SE TOMÓ SU TIEMPO, CAMINANDO DESDE LA BODEGA hasta su casa, tratando de decidir qué debía y qué no debía contarle a Bradley. Odiaba ocultarle cosas, pero ¿necesitaba ella saber algo sobre Quinn en ese momento? Por otro lado, habían prometido no guardarse secretos el uno al otro, y él tenía que cumplir esa promesa.

Estaba a punto de poner la mano en el picaporte de la puerta cuando esta se abrió.

—Era ella —dijo Bradley con los ojos muy abiertos—. Esa era la persona con la que tu padre estaba hablando en la bodega.

Naughton la empujó suavemente hacia el interior de la casa y cerró la puerta tras él. — ¿Qué te hace estar tan segura?

—Principalmente su acento, pero también su voz.

—Yo no he notado ningún acento.

—Era muy leve, pero si hubieras vivido en Nueva York, lo habrías reconocido inmediatamente.

—Sentémonos. —Naughton la llevó al salón y la sentó a su lado en el sofá. —Antes de que entraras con Maddox, Quinn me dijo que tenía motivos para creer que mi hermano Kade era su padre.

Bradley se quedó sin aliento. — ¿No lo sabías?

— ¿Que tenía una hija? Ni idea. —Naughton rodeó con el brazo los hombros de Bradley—. Hay más.

Bradley lo miró fijamente. — ¿Qué?

—No sé si lo recuerdas, pero cuando te conté lo que pasó conmigo, Calder y Los Cab, te dije que me lo tomaba como algo personal.

Ella asintió.

—Después de que te fueras, estuve hablando con Maddox y me dijo que recientemente se había enterado de que Calder y Kade tenían una conexión.

— ¿Qué tipo de conexión? —preguntó ella.

—Mad no dio más detalles.

— ¿Qué quieres hacer, Naughton?

—No estoy seguro de lo que me estás preguntando. Si te refieres a ahora mismo, diría que vayamos al ayuntamiento y consigamos nuestra licencia de matrimonio.

— ¿Crees que deberíamos retrasar la boda?

Naughton se sorprendió e iba a exclamar, pero se contuvo. — ¿Por qué íbamos a hacerlo?

—No sé... por todo lo que está pasando.

—Ni lo sueñes, Bradley. —En cuanto pronunció esas palabras, se arrepintió. No arriesgaría la vida de la mujer que amaba, ni literal ni metafóricamente—. En todo caso, quiero casarme contigo cuanto antes.

— ¿Por qué?

—Porque te quiero conmigo, a mi lado, para siempre.

—Ahora estoy a tu lado, Naughton.

Él le acarició la cara y se besaron. Una parte de él temía que ella se apartara, pero no lo hizo. Bradley se quedó quieta mientras Naughton le daba una serie de besos desde los labios hasta la mejilla, luego en la frente y de nuevo hacia abajo.

Cuando volvió a llegar a su boca, ella se levantó y le tendió la mano. —Ven conmigo, futuro marido.

Él la siguió por las escaleras hasta su dormitorio, ahora el dormitorio de ambos. Cuando ella lo agarró por la cintura de la camisa, que llevaba metida por dentro de los vaqueros, Naughton deslizó la mano hasta sus hombros, le apartó la mano, se desabrochó los vaqueros y los dejó deslizarse hasta que quedaron a medio colgar de sus piernas, antes de quitárselos de una patada.

Una vez que ella estuvo tan desnuda como él, Naughton giró su cuerpo para que ella cayera sobre la cama debajo de él.

Hicieron el amor con ternura y frenesí hasta que ambos se quedaron dormidos.

LO SIGUIENTE QUE SUPO FUE QUE BRADLEY ECHÓ HACIA ATRÁS las sábanas y lo tiró del brazo. —Vamos. Tenemos que ducharnos.

— ¿Qué hora es?, —preguntó él, con una voz más grave de lo que esperaba.

—Poco más de las tres. Aún podemos llegar al centro. A menos que prefieras esperar.

La siguió al cuarto de baño, le quitó el champú de las manos y se lo aplicó en el cuero cabelludo. —Date vuelta. —Con ella de espaldas, le extendió la espuma del champú por todo el cuerpo.

—Supongo que prefieres esperar, —murmuró ella.

—No, solo quiero que estés limpia antes de convertirte en mi esposa.

—Naughton, no nos casamos hasta el viernes. Espero que sepas que pienso volver a ducharme entre ahora y entonces.

— ¿Qué pensarías si lo hacemos hoy?

Bradley sonrió. —Me encantaría.

LA PROMESA DE MERCER

Sigue leyendo para conocer un adelanto del
próximo libro de la serie Rancho Butler de Heather Slade,
La Promesa de Mercer.

MERCER

He dedicado mi vida a proteger a los demás, pero Quinn Hess
pone en duda todo lo que creía saber. Mi misión era sencilla:
mantenerla a salvo. Nunca esperé enamorarme de ella. A medida
que resurgen los peligros del pasado y salen a la luz secretos, me
encuentro atrapado entre el deber y el deseo. La presencia de
Quinn despierta en mí algo que no sabía que existía. Pero, ¿puedo
confiar en mi corazón cuando cada momento puede traer nuevos
peligros? Entre las viñas bañadas por el sol, estoy decidido a
protegerla de cualquier daño. Sin embargo, a medida que se
revelan las verdades, me pregunto: ¿podrá nuestro amor soportar
el peso de secretos que se han ocultado desde hace décadas?

QUINN

Creía saber quién era, pero todo cambió cuando descubrí la
verdad sobre mi pasado. De repente, mi mundo se llenó de

guardaespaldas, amenazas ocultas y una familia que no sabía que existía. Mercer Bryant debía ser mi protector, pero se ha convertido en mucho más. Mientras navego por esta nueva realidad, me siento atraída por él de una forma que nunca hubiera imaginado. Con el peligro acechando y mi identidad cuestionada, ¿puedo confiar en la innegable conexión que compartimos? En medio de las raíces de mi herencia, debo decidir si nuestro amor es lo suficientemente fuerte como para enfrentar la tormenta de revelaciones que amenazan con separarnos.

QUINN

Quinn se levantó y estiró las piernas, queriendo hacerles saber a sus amigos de que se marchaba. Cuando se alejó del agua, vio a alguien que le resultaba familiar, pero no conseguía ubicarlo.

El camino de grava por el que caminaba no estaba bien iluminado, por lo que podía ver al hombre de pie, con el hombro apoyado contra el arco de piedra que separaba el hormigón que rodeaba la piscina de la casa de los jardines, mejor de lo que él podía verla a ella.

A medida que se acercaba, estuvo segura de que lo reconocía de su edificio de apartamentos, pero ¿qué demonios hacía el Sr. Bryant allí?

Recordó el día en que se mudó. Había supuesto que trabajaba para una empresa de mudanzas. Descubrió que no era así cuando se subió al ascensor con el resto de los mudanceros al final del día.

—Aún no he conocido a mi nuevo vecino, —dijo—. Espero que no lo hayan hecho trabajar demasiado hoy.

—No, señora, —respondió uno de los hombres—. El Sr. Bryant nos ayudó.

Después de verlo ese día, incluso desde la distancia, se sorprendió de que la junta hubiera aprobado la venta. Parecía alguien que debería aparecer en la portada de una novela romántica de los SEAL, no es que ella las leyera, pero aun así, parecía decir a gritos «militar».

Acercándose sigilosamente, Quinn se abanicó la cara ante el contorno marcado de su musculosa espalda. ¿Era necesario que llevara una camiseta tan ajustada?

Parecía como si estuviera buscando a alguien, pero en lugar de abrirse paso entre la multitud, se quedó en la periferia.

Ella no había decidido si saludarlo o no cuando él giró y la miró.

—Hola, —murmuró.

Entrecerró los ojos y luego los abrió de par en par al reconocerla. —Hola.

A la luz de la fiesta, Quinn se fijó en que su cabello, que ella creía castaño, pero era más bien rubio claro y, al acercarse, vio que sus ojos eran de un tono avellana claro, como el caramelo.

—Sr. Bryant... — ¿Qué podía decir para no ofenderlo? Su primera reacción fue preguntarle qué hacía allí.

—Dime Mercer.

Quinn se sonrojó. —Lo siento, señor Mercer.

—Solo Mercer.

Oh. *Mercer* era guapo. De hecho, muy guapo, con un cuerpo que le aceleraba el pulso. Su camiseta ajustada, negra y con cuello en V resaltaba los músculos de su pecho y espalda, y sus brazos eran duros como piedras.

Su primera impresión, al pensar que era militar, se mantuvo. Llevaba el cabello bien cortado, pero su barba bien cuidada de tres días, descartaba que estuviera en servicio activo. ¿No era así?

Sacudió la cabeza ante el recuerdo que vino a su mente. Habían pasado años desde que pasó tiempo con sus abuelos, desde que se fue al internado, pero le quedaba un recuerdo de su abuelo hablando de sus días con los marines.

Ella le había preguntado qué significaba la palabra «jarhead» (rapado, cabeza de tarro) y él le había respondido que no tenía nada que ver con el corte de pelo bien pegado y corto que aún lucía, sino más bien con la disposición de los marines a seguir órdenes sin cuestionarlas.

—Tenemos la cabeza dura, pero a veces vacía, —bromeó él.

Ese día también habían hablado de barbas, porque su abuela se había burlado que la suya apenas pasaba la prueba.

— ¿Qué estás haciendo aquí? —La pregunta se le escapó, aunque un minuto antes había decidido que sería descortés preguntarlo.

—Estoy con amigos, —respondió él casi demasiado rápido, como si hubiera anticipado la pregunta—. ¿Y tú?, —añadió.

—Con amigos también, aunque... —A Quinn le gustó que él mantuviera la mirada fija y no terminara la frase cuando ella dudó —. Estaba pensando en irme.

—Yo también —murmuró él.

—Estaba a punto de llamar a un servicio de transporte, si quieres compartir el viaje —le ofreció ella.

—Tengo coche.

Oh. ¿Eso significaba que le estaba ofreciendo llevarla o que rechazaba su invitación para compartir el viaje?

Se dio vuelta para marcharse, pero miró atrás cuando Quinn no lo siguió. — ¿Vienes? —preguntó.

—Probablemente debería avisar a mis amigos... —Una vez más, él no terminó la frase—. Supongo que podría enviarles un mensaje.

Él asintió y le indicó que lo siguiera.

—Aquí estamos —dijo, deteniéndose junto a un elegante descapotable que a Quinn le recordó a una bala.

—Bonito coche —dijo ella después de que él le abriera la puerta, esperara a que se sentara y la cerrara detrás de ella.

—Gracias. No es mío.

— ¿No? —*Interesante*. Quizás el apartamento tampoco lo fuera, aunque Quinn no había visto a nadie más entrar o salir—. ¿De quién es?

—Es de un amigo.

—Qué bien que tu amigo te deje usarlo. —Quinn pasó la mano por el suave cuero oscuro—. ¿Qué es?

—Un Jaguar Serie Uno E-Type. Eh... del sesenta y dos.

Respondió como si esperara que ella supiera lo que eso significaba. Jaguar era lo único que le sonaba familiar. Habiendo vivido en Nueva York y sus alrededores durante los últimos catorce años, no había tenido razones para aprender mucho sobre los coches. Ni siquiera había aprendido a conducir.

Quinn se relajó en el cómodo asiento y desvió su atención del hombre que tenía al lado hacia la cálida brisa veraniega que le acariciaba el rostro.

— ¿Tienes frío? —le preguntó él una vez que entraron en la autopista.

—Se siente bien. Aunque... quizá un poco.

Mercer se estiró por detrás de su asiento y sacó una manta. — ¿Te importa si dejo la capota bajada?

Quinn se acurrucó debajo de ella. —No, está bien. ¿Y tú? ¿Tienes una chaqueta?

—No paso frío —respondió él.

— ¿Nunca?

—No en verano.

—Hmm.

Mercer giró y la miró cuando ella no continuó. — ¿Sí?

—Nada.

Cuando él esbozó una sonrisa, ella se dio cuenta de que era la primera vez que lo veía hacer otra cosa que fruncir el ceño. — Tienes una bonita sonrisa.

Él apartó la mirada, como si no estuviera acostumbrado a los cumplidos. —Tú también, —lo oyó murmurar.

Lo observó más tiempo del que debería. Aunque era probable que él sintiera su mirada persistente, no lo demostró. ¿Quién era este hombre? ¿Y cómo alguien que parecía tener menos de treinta años y que probablemente había servido en alguna rama del ejército podía permitirse un apartamento de dos millones de dólares en el corazón de Manhattan? Quinn supuso que podría ser un niño de familia adinerada, como ella, pero tampoco parecía encajar en ese perfil.

La Promesa de Mercer

ACERCA DE LA AUTORA

Heather Slade, autora del top 15 de los más vendidos de *USA Today* y *Amazon*, escribe novelas románticas de suspenso descaradamente sensuales y que te mantendrán en vilo.

Un año, se regaló a sí misma escribir un libro por su cumpleaños. Más de sesenta libros después (y sumando), está disfrutando como nunca.

Las mujeres que Slade describe son seguras de sí mismas, fuertes, con voluntad propia y corazones tan grandes como el cielo de Colorado. Los hombres son alfas sublimemente sensuales y seductores que aceptan el reto de conquistar el dulce corazón de una mujer a la que mantendrán en la palma de su mano para siempre. Añádele un par de giros y vueltas que te dejarán boquiabierto, un misterio que te mantendrá en vilo y un final feliz digno de desmayarse, y tendrás uno de sus libros en tus manos.

Le encanta saber de sus lectores. Puedes ponerte en contacto con ella en heather@heatherslade.com

Para estar al día de sus últimas noticias y novedades, visita su página web www.heatherslade.com y suscríbete a su boletín de noticias.

OTRAS OBRAS DE HEATHER SLADE

RANCHO BUTLER

El valor de Kade

La promesa de Brodie

La tregua de Maddox

El secreto de Naughton

La Promesa de Mercer

El regreso de Kade

Navidad en el Rancho Butler

VINICULTORES MALVADOS DE ETIQUETA DE PRIMERA LÍNEA

La apuesta de Brix

El lanzamiento de Ridge

La pasión de Press

El pecado de Zin

La tentación de Tryst

VINICULTORES MALVADOS DE MARCA DE SEGUNDA LÍNEA

El Amado de Beau

El Flechazo de Cru

¡Próximamente!

La Dicha de Bit

La Seducción de Snapper

El Beso de Kick

RANCHO ROARING FORK

¡Próximamente!

El Vaquero de Roaring Fork

El ganado de Roaring Fork

El Experto de Roaring Fork

El Criadero de Roaring Fork

Bridger de Roaring Fork

EQUIPO UNO K19 DE SOLUCIONES DE SEGURIDAD

El Filo de la Cuchilla

La Redención de Gunner

La Magia del Muérdago

El Deseo de Mantis

La Salvación de Dutch

EL EQUIPO DOS K19 DE SOLUCIONES DE SEGURIDAD

La Decisión del Atacante

El Fuego del Monje

El Juramento del Halo

El Honor de Tackle

El Despertar de Onyx

EQUIPO UNO K19- OPERACIONES EN LAS SOMBRAS

Nombre en clave: Ranger

Nombre en clave: Diesel

Nombre en clave: Wasp

Nombre en clave: Cowboy

Nombre en clave: Mayhem

EQUIPO UNO K19 - INTELIGENCIA ALIADA

Nombre en clave: Ares

Nombre en clave: Cayman

Nombre en clave: Poseidon

Nombre en clave: Zeppelin

Nombre en clave: Magnet

EQUIPO DOS K19 - INTELIGENCIA ALIADA

Nombre en clave: Puck

Nombre en clave: Michelangelo

Nombre en clave: Typhon

¡Próximamente!

Nombre en clave: Hornet

Nombre en clave: Reaper

LOS AGENTES REALES DEL MI6

Hazme Temblar

Vuélveme Salvaje

Siente mi pellizco

Persigue mi sombra

Encuentra mi Ángel

EQUIPO UNO DE PROTECTORES ENCUBIERTOS

Agente encubierto

Emisario encubierto

¡Próximamente!

Salvador Encubierto

Infiel Encubierto

Asesino Encubierto

EQUIPO DOS K19 - INTELIGENCIA ALIADA

Nombre en clave: Puck

Nombre en clave: Michelangelo

Nombre en clave: Typhon

¡Próximamente!

Nombre en clave: Hornet

Nombre en clave: Reaper

LOS INVENCIBLES – EQUIPO UNO

Nombre en clave: Deck

Nombre en clave: Edge

Nombre en clave: Grinder

Nombre en clave: Rile

Nombre en clave: Smoke

LOS INVENCIBLES- EQUIPO DOS

Nombre en clave: Buck

Nombre en clave: Irish

Nombre en clave: Saint

Nombre en clave: Hammer

Nombre en clave: Rip

LOS IMPARABLES- EQUIPO UNO

Nombre en clave: Fury

Nombre en clave: Merried

¡Próximamente!

Nombre en clave: Vex

Nombre en clave: Steel

Nombre en clave: Jagger

LOS VAQUEROS DE LA CIMA DE LA COLINA

La Caída del Vaquero

El Baile del Vaquero

El Beso del Vaquero

La Estancia del Vaquero

El Vaquero Gana